鷲手の指

評伝 冬敏之

鶴岡征雄

本の泉社

鷲手の指――評伝　冬敏之◎目次

少年時代　9

思春期　50

青年時代　76

文学修業時代　108

野望と挫折　143

作家の座　178

人生の春　206

鷲手の指——評伝　冬敏之

少年時代

ふるさとは愛知・矢作川のほとり

短編小説集『ハンセン病療養所』の作家・冬敏之は、一九四二（昭和17）年九月末、北條民雄のいた東京・東村山の国立ハンセン病療養所多磨全生園に、父とふたりの兄とともに入園した。当時、満七歳、国民学校の二年生だった。

冬敏之の本名は深津錡《かなえ》、本籍地は、愛知県碧海郡本郷村大字渡川字上郷中五〇番地（現在の豊田市）、出生は三五（昭和10）年二月一〇日である。農業を営む父・義次は、〇一（明治34）年九月二九日生れ、母・イマの出身地は、碧海郡高岡村、板倉竹治郎、くわの三女として〇七（明治40）年一月二〇日に生れている。父・竹治郎は村長、教育委員長などを務めた。

義次（26歳）とイマ（20歳）が婚姻届を出したのは、二七（昭和2）年一一月一四日のことであるが、翌月の一二月八日には、早くも長男・厚が生まれているから、足入れ婚だったのかもしれない。それから四年後に次男・健次が生まれた。健次の誕生は三一（昭和6）年一月二日、その四年後に末っ子として錡が生まれたのである。多磨全生園に入園した時、義次は四二歳、厚は一五歳、そして健次は一一歳だった。

祖父・深津健次郎、祖母・りきの間には五男、五女があり、義次はその長男だった。義次の下には、分家した二男・富和、三男・正三、五男・仙市がいた。二九（昭和4）年四月一一日に祖父・健次郎が死亡、同年一二月一三日、義次が二八歳で家督を継いだ。りきと五女のハナエが義次一家と同居、錡の誕生で家族は七人になった。

冬敏之は、小説「埋もれる日々」で、生家附近の風景を次のように描いている。

私の集落の南側は一面の水田地帯が拓け、中部地方の古い城下町として知られるO市から、新興都市T市へ通ずる街道が集落を南北に横断していた。Y川は集落の東の山裾をゆったりと流れ、一段と高く築かれた街道に立つと、Y川に架けられた電車の鉄橋が赤い橋桁を輝かせているのが見えた。

O市は愛知県岡崎市、T市は豊田市、Y川は矢作川である。

生家は、矢作川のほとり、一段と高く築かれた街道のすぐ下にあった。だが、錡が本郷村で過ごしたのは僅か七年、以後二六年間、ハンセン病療養所に強制収容され、厳しく隔離された。

父・義次は小柄で口数の少ないおとなしい男で、息子たちに昔話を話して聞かせるようなこともなかった。無骨でただひたすら黙々と土を耕す百姓だった。母・イマは、気丈夫な明治の女で、妻として、母として、農婦として身を粉にして働いていた。

錡が物心ついた頃、義次は既に病膏肓《こうこう》に入っていた。「らい」病に罹っていたのである。「らい」病は、ハンセン病、レプラともいい、癩菌によって起る慢性の感染症であるが、感染力は結核菌よりも弱く、幼児期に家庭内感染する場合があり、難治の病として怖れられていた。癩種型と類結核型の二病型があり、癩種型癩は結節癩ともいい、顔面や四股に褐色の結節（癩種）を生じ、眉毛が抜けて頭髪も少なくなり、結節が崩れてケロイドのような痕が残る。皮膚だけでなく、粘膜、神経をも侵された。類結核型は斑紋癩・神経癩ともいい、皮膚に赤色斑を生じ、知覚麻痺を伴った。

イマは、義次を介護しながら、三人の息子を育て、ひとりで農業を守っていた。姑であるりきは気が狂っていて、イマはりきの徘徊に悩まされてもいた。りきがいつ頃発狂したのか、錡は知らなかった。

義次が寝込むようになってからは、厚が畑仕事を手助けしていた。とはいってもまだ一〇代の少年で一人前とはいえなかった。義妹のハナエがなにかとイマの力になっていた。ハナエは、二三（大正12）年一月一八日の生れで、厚よりも四歳年上だった。錡は、叔母のハナエを〝姉さん〃と呼び、慕っていた。

四一(昭和16)年三月、錡は六歳で国民学校、上郷村東部小学校に入学した。體は目だって小さかった。この頃になると錡はそれとなく義次が「らい」であることを認識していた。錡は義次を毛嫌いして傍には寄り付かなかった。悪臭に顔をしかめ、露骨にそっぽを向いた。イマに「お父さんにやさしくしなさい」と、きつく叱られた。

錡は、義次に対しては冷淡だったが、イマには子猫のように甘えた。小学校に上がってからも、イマの蒲団に入って寝ている甘えん坊だった。錡はイマの蒲団の中へ入り込むと、擦り寄っていって、野良仕事で疲れ切って眠っているイマに小さな體を押しつけるようにして寝た。時々、イマの乳房を弄んだり、両腿の間に足を入れて温めて貰って眠った。イマは地肌に洗い晒しの木綿の浴衣を寝巻にしていた。錡が太腿の間に足を入れると、前がはだけて直に肌と肌が摩れ合った。錡にはその感触が気持ちよかったのだ。

錡の遊び相手はもっぱら女の子で、同級生から、「おんなと遊ぶ泣き虫毛虫」と野次られ、「姉ちゃんはハナエ、お前はカナエ、カナエは男おんな」といじめられた。錡は女の子と遊びたいのではなく、乱暴な男の子と遊ぶのが恐ろしかったのだ。

ところが、健次は錡とは全く正反対の性格で、男の子の集団に交じって釣りやメンコに夢中になって日の暮れるまで遊び呆けている餓鬼大将だった。遊び場所は矢作川の河川敷であったり、糟目《かすめ》春日神社の境内だったりした。健次はイマのいいつけには耳も貸さない腕白だった。

農作業の手伝いはおろか、勉強もロクにやらなかった。イマは健次の粗暴な振る舞いに手を焼き、「健次は出来損いだ」と歯ぎしりしていた。

しかし、錡は健次を「中兄」と呼び、イマの知らない別の顔を知っていた。健次は正義感が強く、曲がったことが嫌いだったのだ。理不尽だと思えば、たとえ相手が年上であっても容赦なく立ち向かっていった。だから錡は、気性の真っ直ぐな中兄を誇りにしていた。遊び仲間に入れてもらいたい錡は健次につきまとったが、中兄は泣き虫の錡を疎ましがって、あっちへいけとばかりに手を振って追い払った。

翌年四月、錡は二年生になった。その頃から、錡の左手が父親の手に似てきた。左手の小指と薬指が鷲の手脚のように曲がって来たのである。その上、指先が麻痺して、体操の時間に鉄棒から落ちたりもした。工作の時間に粘土で皿を作ったが、それを落としてバラバラに砕いてしまったこともある。級友は、下手だからわざと落として壊したのだろうと難癖をつけたが、故意に落としたわけではなかった。不思議なことに時々、物を摑んでいるという感触がなくなるのである。

朝礼で前へならえの号令がかかっても、指は真っ直ぐに伸びなくなっていた。右手を添えて伸ばせばどうにか真っ直ぐになったが、手を離せばまたすぐに元に戻った。医院で電気治療を試みたが効果はなかった。錡は左手をズボンのポケットに入れて、人目につかないように隠して歩いた。

だが、錡の悩みはそれだけではなかった。

父親の「らい」病が級友に知られることを一番に恐れていたのである。それに、村中を鬼婆のように徘徊して廻る祖母の存在も錡の心を傷つけていた。村の悪童たちは棒切れなどを持ってりきを追い回し、棒の先で着物の裾をめくっては歓声をあげた。着物の前が割れ、白い腰巻があらわになっても、りきは口の中で何事か呟きながらふらついていた。

「気違いおんば、気違いおんば、黒いもん見えた――」

悪童たちは囃しながらりきの先になったり、後になったりして家の近くまで追ってきた。そのようすを錡は何度も目撃していた。その都度、錡は顔から火が出るほど恥ずかしい思いをしていた。

「らい」病の父と気違いの祖母、錡は七歳にして血筋を呪った。錡は、鷲のように曲がった左手の指をじっと見つめて溜息をついた。一方、健次は地獄図の家を飛び出して、終日、能天気に遊びまわっていた。

一家揃って名古屋大学皮膚科の診察を受けたのは九月に入ってからのことである。

ふたりの兄にも「らい」の兆候が現れていたからである。錡は、大学病院の廊下を行き交う白衣を着た大勢の医師や医学生、ガラス戸棚に並んださまざまな器具、強烈な消毒薬の匂いに圧倒された。

三一（昭和6）年、「癩予防法」が改正され、強制隔離が動かぬものとなった。「らい」は不浄、国辱とみなされ、在宅患者を強制収容・終生隔離の国策が講じられ、ハンセン病患者の暗黒時代がはじまったのである。軍国主義化の荒波に乗った「無らい県運動」は、長島愛生園のハンセン病医・小川正子が自費出版した『小島の春』の映画化の影響もあって広まり、全国的に「患者狩り」が行われていた。中でも愛知県はその先進的な役割を担うことを自認していた。「無らい県運動」は、「探しだす」「知らせる」「隔離する」ことを目的にしていたのである。三〇（昭和5）年の統計では、全国の患者総数は一四、二六一人、療養所入所者数・三、二六一人、在宅患者は一一、〇〇〇人となっていた。らい病患者といえば、らい病乞食を連想するのがあたり前のように思われていた時代だった。在宅患者らが七七％を占めていたのである。警察力を使った山狩りが行われ、在宅患者は密告などによって摘発され強制的に療養所に送り込まれた。「無らい県運動」は、それまでの偏見・差別をより助長させ、村八分や縁組の破談、一家離散の悲劇を招いていた。

群馬県草津町の湯の沢部落には多いときには三七二人の患者がいたが、合意のもとに栗生楽泉園へ移った。しかし、熊本市の本妙寺部落は、熊本県警察本部長の指揮のもとに「一網打尽に検挙」されている。ハンセン病患者は不治の病原菌を撒き散らす恐怖の対象にされていた。熊本県警の狩り込みはさながら患者を犯罪者に見立てた逮捕劇だった。それを裏付けるように、熊本県警が患者を収容したのは療養所ではなく、警察留置所、監禁室だったのである。

大学の診察室では、大きなマスクをかけ、ゴム手袋をはめ、白い予防服を着て、ピカピカに光るエナメルのゴム長靴を履いた若い四、五人の医師や医学生が鋳を取り囲んだ。そして筆の中心に針を仕込んだ器具で、裸体になった鋳のあちこちを限なくつついた。耳まで覆ったマスクから漏れる会話はすべてドイツ語だった。

「ここは痛くないね」

筆を手にした中年の医師は、若い医師と話すときとは違った猫なで声で鋳に問いかけた。診察は一時間ほどで終わり、それからイマが呼ばれた。

鋳は、廊下へ出てイマを待った。厚も健次も診察の順番を待たされていた。巨大な大学病院の裏側に小さな小屋があり、そこに羊が二頭飼われていた。イマに買ってもらったキャラメルを口に入れ、寄って来た羊にその包み紙を投げてやった。羊は臭いを嗅いでいたが、「フン」とでもいうように横を向いてしまった。鋳は、尻の辺りに糞のこびりついた汚い二頭の羊をぼんやりと見ていた。

その夜、イマは鋳を抱きよせて、代われるものなら代わってあげたいといって泣き崩れた。大学病院での診察結果、義次、厚、健次、そして鋳の四人が四人とも癩種型の「らい」病と診断されたのである。

「らい」発症、国立ハンセン病療養所へ

父子四人は、多磨全生園へ強制収容されることになった。彼岸のあと、岡崎駅から品川行きの「お召移送列車」に押し込まれた。「お召移送列車」とは、伝染病患者輸送車の隠語である。三兄弟はよそゆきの洋服に着替えさせられていた。義次は足の裏の傷が悪化、膿が流れ出て悪臭を放っていた上に、目も見えなくなっていた。家に閉じこもっていたこともあって歩くことさえままならない體になっていた。義次をリヤカーに乗せ、厚が梶棒を握り、健次が後押しした。巡査が警護に付き、イマが多磨全生園まで付き添うことになった。

岡山県の国立療養所・長島愛生園に入園、三九（昭和14）年六月九日、三七歳一一ヵ月で死去した歌人・明石海人が、妻子との別れを詠んだ絶唱がある（歌集『白猫』同年二月刊）。

鉄橋へかかる車室のとどろきに憚らず呼ぶ妻子がその名を　海人

午後一〇時に岡崎駅を出発した列車は、翌朝、品川駅に到着した。お召列車の車両は、引き込み線に牽引され、入所者一三人と付き添いの家族ら約二〇人は、線路上に降ろされた。そこで迎えの小さなバスに詰め込まれた。それが多磨全生園行きの護送車だった。鉄格子のある窓

は閉じられたままで、九月末というのに蒸し風呂のような暑さだった。たまりかねて窓を叩いたり叫んだりしたが、引率の職員や運転手はてんでとりあってはくれなかった。

多磨全生園は、一一万坪余を有する広大な武蔵野の森にあるハンセン病患者専門の国立療養所で、定員一、二〇〇人に対し一、四〇〇人余の患者が入園していた。この年収容された新患は三一九名、ここに深津父子四名が含まれていた。男女比は男九六六人、女四五二人となっている。医・衣・食・住は国庫によって賄われたが、それはあくまで最低限のもので、食事の予算額は刑務所の囚人よりも少なかった。周辺は狸や野兎が走り回る雑木林で所々にサツマイモ畑や麦畑、果樹園などがあるものの、人家は駅の近くにまでいかなければ見当たらなかった。療養所の周辺は二mを越す柊の生垣がめぐらされ、中から外を見ようとすると柊の葉っぱのトゲが顔に当った。その上、青い割竹が格子状に組まれ、針金で頑丈に補強してあるため猫でさえそこから出入りすることは難しかった。

入園者は、浮浪患者、一般家庭人の別なく数人の職員の前で素っ裸にされ消毒のため入浴させられた。所持金は全部保管箱に回された。月二円の使用も園内でしか通用しない荷札かブリキの通用券を持たされた。義次は重症病棟に入れられ、健次は少年舎、厚と錡は青年舎に入れられた。錡は青年舎の対象になる年齢ではなかったが、幼な過ぎることから厚との同居が認められたのである。

園内には築山《つきやま》があった。園外に出られない患者たちが自力で築きあげたものでそこからふるさとを偲んだことから、別名、望郷台ともいわれていた。築山は錡たち子どもたちの遊び場にもなった。正面入り口には守衛詰所があり、守衛が交代で常駐して、人の出入りを厳しく監視していた。患者が脱走すれば捕り物騒ぎになった。

多磨全生園は、療養所とはいうものの、「らい」患者を社会から隔離するための強制収容所だった。

療養所には療養所独自の暦があった。行事も多かった。一〇月一日から冬時間となり、起床は朝六時半、就寝は午後九時となっていた。一日のスケジュールは寮夫によって厳格に管理されていた。

〇七（明治40）年に定められた法律第一一号「癩予防ニ関スル件」第二二条には、「人員点検号鐘ノ際ハ速力ニ自己ノ居室ニ集合シ検査ヲ受クルモノトス」とある。逃走を防止する軍国主義の管理方式が療養所に持ち込まれていたのである。三一（昭和6）年には、「国立療養所患者懲戒検束規定」が付け加わり、規律を破ったものは園長権限で懲戒、検束、監房入りなどの厳罰が課せられた。草津の栗生楽泉園などには重監房があった。全生園では、園側に要求をつきつけて、草津の重監房送りになった患者もいた。錡は、大人たちから、ここは療養所ではなく収容所だと、囁かれていた。

北條民雄は、小説「いのちの初夜」の中で、ひとりの人物に、「誰でも癩になった刹那に、その人の人間は亡びるのです」といわせている。そしてまた、三四（昭和9）年一二月一二日の日記には、「この院内で定められてゐる規則を、ひとつひとつ片っぱしから破ってみたい」とも書きつけている。規則づくめの療養所生活に息の詰まる思いをしていたのである。

療養所は日常生活ばかりではなく、重病人の介護に到るまで、患者の手によって賄われていた。医師と看護婦は一定の時間にしか廻ってこなかった。子どもも例外ではなかった。大人も子どもも、便所掃除の当番があてがわれた。盲人や重不自由者も中・軽症者も、年齢、趣味、階層、傾向、学歴、出身に関係なく、とにかく平等に仕事があてがわれた。

七歳の錡も、大人と全く同じ扱いだった。

一二畳半の青年舎には、七、八人が共同生活を行っていた。個人のプライバシーなどあるはずもなかった。あるのは軍隊式の規律と、当番制の平等主義だった。風邪などひいて体調が思わしくなくとも、当番の時間には配食を取りに行かなくてはならなかった。寝込むと掃除や食事にも差し障るので無理して起き出した。

それは、少年舎でも少女舎でも同じだった。錡は、一五人分の味噌汁を運んだこともある。七、八歳の子どもには過酷で手に余る役目だった。軽症の子ならともかく、錡のように手に麻痺のある子どもには辛い力仕事だった。錡は転んで味噌汁の入ったバケツを何回もひっくりかえしている。炊事場に残りがあればまだしも、ないときは味噌と二、三本のネギをもらって、それで味噌汁を作るのもこぼした子の責任なのである。夕食時ならまだしも、朝は悲惨だ。学校に間に合わず、寮夫や上級生に叱られて涙を流していた。誰一人助けてはくれず、慰めてもくれなかった。

寒い朝など、水道が凍れば、二〇〇メートルも離れた井戸まで汲みに行かなければならなかったし、履物は松の木の大人と同じ重い下駄で、霜柱は一〇センチほどもあった。足を滑らせて両手のバケツの水を頭からかぶったこともある。

ハンセン病は體を冷やすのがいちばんこたえるのだが、洗濯や食器洗いにお湯が使えなかった。そのことが神経痛や熱こぶを発症させ、急激に病状を悪化させ、時には死にいたらしめることもあった。治療薬は大風子油という五cc（子どもは半分）の注射が主で、それもあまり効果がなく、人によっては化膿することさえあった。

入所早々、錡は同じ年齢の少年にこういわれた。

「ここへ入ったらもう終わりだよ。退園するときは煙になって行くんさ」

療養所の北北東に火葬場があって、さして高くないその煙突から流れる煙が、開いた窓から学園の教室に入って来ることがあった。魚でも焼いているような匂いが、それが偶々、顔見知りの人であったりすると、何ともいえない恐れと悲しみに襲われた。

戦争が激しくなるにつれて、死は日常化していった。錡は合同葬があるとその都度、参列させられた。

「全生学園」は、文部省の管轄外に置かれていたため、資格を持った教師はいなかった。希望する患者が教師役を担っていたのである。授業は、小学部と高等部（中学部）に分かれて行われていた。
寮父母は三人で、寮夫一人と寮母がふたりいた。子どもたちは、寮夫を「おとうさん」、寮母を「おかあさん」と呼んでいた。錡のいた少年舎の寮夫は東晴光という人だった。満足な教科書も正規の教師がいるわけでもないのに、錡の中学時代には成績表（通知表）が出ていた。それには、父兄の欄に「東」の三文判があり、担任の欄には「牧田」の印鑑が捺印されている。牧田先生は、地方の巡査あがりで、園内で結婚した四〇前後の患者だった。園内で結婚する場合、男は断種が前提になっていたし、妻が懐妊した場合は臨月間近でも園側が強制的に堕胎を行った。

「全生学園」では、複式授業、複々式授業が行われていた。複々式授業というのは一人の教師が二学年以上の生徒を教えることで、これは教員資格のない患者にはとうていこなしきれるものではなかった。そこで一年、二年を同じ教科書で教え、三年、四年をひとつにまとめて教えるやり方がとられていた。一、二年を教えているときは、三、四年は自習になった。

患者に学問はいらない、自分の名前が書けて新聞ぐらいが読めて、園内通用券の金の勘定ができればそれでよい、というのが暗黙の教育目標だったようだ。子どもたちは、規律は厳しく守らされたが、正規の教育は受けられず、教科書も食糧もない療養所で、猫でも飼うように放置されていた。錡は、戦火が拡大していく中、授業を受けられない苛立ちを抱えながら、充たされぬ日々を送っていた。

屍の森の中で父が死んだ、中兄も死んだ

入園した年の暮れ、一二月一二日に、祖母りきが死んだ。六三歳だった。義次は衰弱が激しく、実母の死に目に会うことはできなかった。

二六日から園内ラジオで死亡者の訃報放送がはじまった。錡は四六時中、死者に囲まれているような気がしてならなかった。

年を越してすぐ、義次の容態が急変した。入園した時、既に肝臓がかなり悪くなっていた。医師から、長くても一、二年だろうといわれていたが、入園からまだ四ヵ月しか経っていなかった。義次は死期の近いことを悟ったのか、息子たちを病棟に呼び寄せた。

「厚は一日おきぐらいにわしのところに来てくれ。健次と錡は一週間に一度位でいいから、声を聞かせてくれ」

だが、義次から心の離れていた錡は、このいいつけを守らなかった。錡は物心がつくころから父親を他人でも見るような冷ややかな目で見つめていた。病状も重く、手足もかなり悪くなっていた義次の傍らには気味が悪くて寄りつけなかったのだ。義次の體から発する悪臭にも辟易していた。目の見えない義次は、奇妙な形をした手で錡の顔を撫でた。錡は父親を「お父さん」と呼べない子どもだった。「らい」に病み崩れて、死にかけている男を父親として受け入れ

ることができなかったのである。

義次を診察した医師はこの四、五日が峠だろうと厚にいった。厚の打った電報でイマが駆けつけて来たのは二月一三日だった。その翌々日、厚、健次、錡の三人は病棟に呼ばれた。ベッドの周りには入園以来、重度の義次の世話をしてきた患者で補助介護をしている秋山すぎや付添夫がいた。秋山すぎは、もの静かな、どっしりとした人だった。医師はいなかった。イマは義次のベッドの上に屈みこむようにして、その白く乾いた口元に耳を寄せ、何かを聞きとろうとしていた。カサカサに乾いた義次の唇はパクパクと動いていたが、錡には何をいっているのか聞き取れなかった。イマは、時々、「そうかい」とか、「わかったよ」などといっていたがすべてわかって返事をしていたわけではなかった。

義次が口を閉じるとひどく醜い顔になった。頭髪もほとんど抜け落ち、へこんだ眼窩《がんか》の底に見開かれたままの濁った眼球が沈んでいる。眉もなくなっていた。皮膚の色は全体に黄色味を帯びた茶色で、顎から咽喉にかけてはほとんど肉がなく、咽喉仏の骨が皮膚を突き破って飛び出してきそうに見えた。義次が沈黙すれば、すぐさま死神があの世へ連れ去って行ってしまいそうだった。

「お父さん、サイダーを飲むかい？」

イマの声が聞こえたらしく、義次はすぐに口を開いた。厚が栓を抜き、イマが壜のまま義次の口に少しずつ流し込んだ。それでも液体は白い泡を立ててあふれ出し、義次の白衣の襟に沁みた。

「うまいかい?」

イマの声に、義次は弱々しく頷いた。

「お父さん、みんな来てるんだよ。分かるかい?」

「さあ、錡ちゃん、お父さんに声をかけてあげなさい」

秋山すぎが錡を義次の前に押し出した。だが、錡は何といっていいかわからず、尻込みしていた。

「錡ちゃん、お父さんといってあげな」

秋山すぎにうながされても、錡は體を固くして唇を嚙み締めていた。錡は、恥ずかしかっただけでなく、そのような愁嘆場を演じるには、義次から心が離れ過ぎていたのだ。秋山すぎはあきらめて、健次に同じことをいった。健次はいわれた通り、義次の耳元で、「おとっつあん――」と叫んだ。すると義次の口元が少しゆるんだ。

「お父さん、サイダーをもっと飲むかい? もういらんかね?」

反応がなかった。その時、既に義次は息絶えていた。サイダーが末期の水になったのだ。物資の乏しい世の中でイマが義次の好物をたべさせたいと精一杯苦労して手に入れたのが一本のサイダーだった。死因は敗血症だった。入園して僅か四ヵ月、四三(昭和18)年二月一五日、享年四二だった。

療養所では遺体のすべてが解剖された。火葬窯に火が入ってから二日後に窯の蓋が開けられた。経文を読んだのも患者の坊さんだったが、火葬場の鉄の扉を開けた穏坊も手の指が落ちた患者だった。

「こんなに早く死ぬんだったら、家で死なせてやりたかった」

イマは、義次の骨を拾いながら溜息をついた。

錡の目に涙はなかった。白い骨になった父親をみて、むしろ安堵していた。ああこれでこれからは肩身の狭い思いをしなくてすむ、とほっとしていたのである。錡を苦しめた醜く、おどろおどろしい父の姿を二度と見ずにすむと思うと心に羽がはえたように軽くなった。醜い義次を錡は呪っていた。錡の背中に重くのしかかっていた大きな石が取り除かれた気がしたのである。錡はすでに子どもらしい素直な心を失っていた。錡は、父親を家族とは見ていなかった。物心がついた頃から他人だと思えと自分にいいきかせて一線を画していた。それは、「らい」に病み崩れた病者への嫌悪にほかならなかった。

それだけにイマから、「お前も、お父さんと同じ病気だ」と告げられた時の衝撃は計り知れない程大きかった。大学病院での診断以後、錡は子どもながら、自分の将来を速断してしまっていたのである。

四二歳は男の大厄だからな、と誰かがいった。厄年と死が結びついて、錡は、四二歳になったら己も病み崩れて死ぬのだろうと思った。

「らい」患者は、手を切り、足を絶ち、咽喉に穴をあけられ、病み崩れて死ぬ。「らい」患者には生きる目的も希望もないのだ。「らい」患者の末路は、誰もが薪の油煙で真っ黒になったこの窯の中で骨になるのだ、と錡は思った。

後々、錡は二三歳三ヵ月で死んだ『北條民雄全集』を読むことになるが、そこに収録されている三七（昭和12）年三月二一日付の日記にはこう書かれていた。

先づ盲目になる。それから指も足も感覚がなくなる。続いて顔、手、足に疵《きず》が出来る。目玉をえぐり抜く。指の爪が全部落ちる。頭のてつぺんに穴があき、そこから膿がだらだらと出る。白い脛に谷のやうな深い長い疵が出来る。包帯の間にフォークを挾んで飯を食ふ。鼻血がだらだらと茶碗の中に流れ落ち、真赤に染まった飯を食ふ。さてそのうちに咽喉がやられカニューレで呼吸をする。毎日々々金魚のやうにあつぷあつぷと苦しがりながら寝台の上で寝て暮す。夏ともなれば蛆が湧き、冬ともなれば死んぢまふ。それ、焼場で鐘が鳴つてゐる。北條民雄が死んだのだ。

凄惨で絶望的な重症病棟の世界を北條民雄は痛々しく詩《うた》いあげている。錡が、民雄の文学仲間だった光岡良二から天才作家・北條民雄の人となりを聞くことになるのは一九歳になったときのことだった。

義次の遺骨はイマに抱かれて帰郷した。壺に入り切れなかった骨は園内の納骨堂の中に撒かれた。その墓穴も二、〇〇〇体を越す死者の遺骨ですでにいっぱいになっていた。墓穴には患者だけでなく職員の遺骨もばらまかれていた。

イマが持ち帰った義次の遺骨は、先祖伝来の広大な深津家の墓所に埋葬された。イマは僅か二ヵ月の間に夫と姑を見送った。跡取り息子三人を「らい」に奪われ、ハナエも家から去って行った。七人家族のにぎわいは幻となって消えていたのである。

義次が没したあとの家督相続を急がなければならなかった。義次には相続権を持つ三人の弟がいたからである。厚はまだ一五歳、しかもハンセン病療養所に収容された息子たちに退園の見込みはないと親類の声が喧《かまびす》しくなっていたのである。

それでもイマは、長男の厚は、きっとここに帰ってくるという希望を捨てていなかった。

イマは、厚に家督を継がせる決心をした。四三（昭和18）二月一五日、家督相続届を役所に提出した。厚にも知らせた。厚は、一五歳一〇ヵ月で深津家の戸主になった。

四四（昭和19）年、全生園は定員一、二〇〇人に対し、一、四〇七人もの患者が収容されていた。当時の賄費は一人一日二九銭五厘、一〇月一九日朝の献立は青菜味噌汁、昼、うどん汁、夕、大豆煮豆、二〇日朝も青菜味噌汁、昼、小松菜漬、夕、かぼちゃ煮付けとなっている。味噌汁といっても少量の味噌に塩をだしのかわりにまぜたもので、実をすくうと汁は透明に近かった。

一一月になると連日、警戒警報、空襲警報が発令され、食糧事情、医療事情はさらに劣悪化して、一日に三人が死んだこともある。入浴は一ヵ月に一度から二ヵ月に一度となり、棺桶の板材まで払底、急遽、園内の松の木を切り倒して棺桶材を間に合わせたりした。

この頃、健次の様子がおかしくなっていた。野生児だった腕白が気の抜けたようにしょんぼりとして、元気がないのである。錡には健次がどことなくおどおどしているようにさえ見えた。

健次のいた少年舎は一〇畳の部屋が二間と四畳半一間の一戸建で、一〇歳から一五歳の少年が一四、五人、寮夫の監督の許に生活していた。ここでリンチが行われていたのである。一人のボス的少年の命令で毎日誰かがイジメの対象にされていた。命令に背けばその少年がやられた。そこで健次はリンチにあっていたのである。

親玉《ボス》になっていたのは、Sという少年だった。Sが指揮をとって幼い少年たちをいじめていたのである。いじめの手口は決まり切っていた。胴上げをしておいていっせいに手を放す。あるいは掛布団を一五、六枚も引っ張り出して一人の少年を蒲団蒸しにしていた。遊びにしては度が過ぎた。やめろと口を出せば、すぐさまその正義漢が標的にされた。Sには誰ひとり逆らえなかった。寮夫は何事にも無関心で見て見ぬふりをしていた。迂闊に口を挟めば寮夫といえどもSは容赦しなかったからである。Sと健次との間で何があったのか錡は知らない。戦況の悪さは子どもの心まで蝕んでいた。蒲団蒸しは一二、三歳の少年にはこたえたらしく、肺を悪くして入室（病棟に入ることを入室という）する少年が続出した。ある日、健次は高熱を出し、その熱が引かなかった。高熱が引き金になったのか、脳を侵され、暴れ出すようになった。暴れまわる健次を厚が泣きながら必死になって抑え込む様子を錡は鉄格子越しに見ていた。健次は精神科病棟に入れられていたのである。

健次は、一二月一日の早朝、一三歳で死んだ。雪が降っていた。

療養所では、毎日のように患者が死んでいた。夕方になると、ドンドンドンと、礼拝堂で太鼓が打ち鳴らされた。その太鼓の音によって、死者の霊が迷わずに成仏するのだということを、寮夫であるおとうさんから教えられていた。

中兄は、イマに、「出来損い」と口汚くいわれ、勉強も出来なかった。ところが健次を可愛がっていた秋山すぎの夫である秋山秀雄から、錡は意外なことを告げられた。

「健ちゃんは頭がよかった。三人の内で一番よかった」

それは満更、死者への供養とばかりとは思えぬ口ぶりだった。三兄弟で一番成績がよくて頭のいいのは僕だと級長の錡は鼻を高くしていた。いきなりその誇りをへし折られた気がした。健次は、勉強が出来なかったのではなくて、やらなかっただけだったのかもしれない、と錡は中兄を見直していた。と同時に中兄をみくびっていた驕りを反省させられた。錡は、健次から、〝図に乗るな〟と一喝されたような気がした。

葬儀は月に一回、礼拝堂で合同葬として施行された。

健次の死はSの仕業だ、と、錡は恨み、報復の策さえ練ったりしたが、冷静になって考えてみれば、悪いのは、Sでも無関心な寮夫のせいでもないのかもしれない。死因はやっぱり「らい」の重さだと思った。中兄は誰かに殺されたわけではなく、むしろ内面の苦しみから狂死に至ったのではないかと錡は考えるようになっていた。苦しみの激しさから病気になり、死に到ることもあり得ると思ったのだ。野生児が突然、囲いの中に閉じ込められて、自由を奪われた中兄の苦しみの深さを錡はこれまで忖度《そんたく》したことがなかった。秋山のおじさんは目が見えなかったが、心で人を見ているのだと思った。療養所では、病気の軽い患者が重い患者の面倒をみていた。父のいない健次と子のないおじさんは親子のように支え合って暮らしていた。

散歩して牧場を見れば四頭の牛は並びてこちら見て居り　　深津健次

『ハンセン病文学全集』「児童作品」に収録されている健次の短歌である。活字になっている健次のものはこの一首のみだが、〝四頭の牛〟は、入園した父子四人に重なってくる。健次が恋しがっていたのは故郷・矢作川の流れだったに違いない。

園内の火葬場で骨になった健次は、外出許可の出た厚に抱かれてイマのもとに帰って行った。戸主となった厚が、〝家長〟として、健次の霊を弔ったのである。

イマの許に、〝ケンジシス〟の電報が届いたのは一二月一日の夜だった。義次の死から僅か二年、しかも健次はまだ一三歳なのだ。イマは電報を見て動顚した。三兄弟の中で最も腕白で元気旺盛だった健次がなぜ死んだのか。

イマは厚の持ち帰った骨壺を抱き締めて悲鳴をあげた。仏壇には健次郎、義次、りき、そして健次の真新しい位牌が並んだ。

栄養失調、飢餓地獄の中で戦争が終わった

四五（昭和20）年二月一〇日、錡は満一〇歳の誕生日を迎えた。去年の暮れから栄養失調のため入室していて、外の風に当たるのは半年ぶりだった。厚は、錡が青年舎を離れてから、親鳥が雛の面倒をみるように、錡を小まめに見守っていた。

三月一〇日、午前零時一〇分頃より約二時間、都内はB29約一三〇機の来襲を受け大火災が起きた。寮舎の東側の壁は明るく照らし出され、少年舎では新聞が読めるほどだった。岡崎市も七月一九日未明から二〇日にかけて米軍による大規模な空襲を受けた。岡崎は、名古屋の大規模軍需工場の関連企業が密集していたため狙われたのだ。

戦争はいっそう激しくなり、食糧事情は悪化の一途を辿っていた。子どもたちはヘビやカエルまで食べていた。空襲警報の発令も頻繁で少年舎の庭には防空壕が掘られた。B29の編隊があらわれると錡たちは慌てて壕に逃げ込んだ。だが、中には水が溜っていたり、百足《むかで》や気味の悪い虫がうごめいていて、長くは隠れていられなかった。ジメジメとした壕に入っていて體を

冷やし症状を悪化させて入室する少年が続出していた。

防空壕で、誠が蜂に刺され、病棟に緊急入室したという知らせが錡の許に届いた。一級上の誠は錡にとっていちばんの友だちだった。

それまでにも誠は少年舎と病棟を何回か往復していた。東京の裕福な家庭で生まれ育ったのだが、もともと體が弱く、病気がちだった。ハンセン病は軽かったが、栄養不足から肝臓を悪くしていた。さらに結核性の脊椎カリエスが悪化し、腰部に二つの穴があけられ、そこに詰め込まれたガーゼ交換は死ぬ以上の苦しみようで見ていられなかった。そしてこんどは蜂に刺されて咽喉が腫れ上がり、口がきけなくなった。

誠には両親のほか、兄や姉もいたはずだか、錡は見たことがなかった。都内に家があるのだから、来ようという気持ちがあれば、すぐにでも面会に来られたはずなのだが姿を見せたことがなかった。錡は、ある時、誠が泣きながら手紙を燃やしているのを見たことがある。

「どうせ、ぼくは棄てられたのだから、早く死にたいよ」

誠のつぶやきが錡の耳に残っていた。

誠の危篤が伝えられると、園では父親宛に用意した三通の電報を、一定の時間を置いて打った。

第一電　マコトサマ　ヤマイオモシ　オイデコウ

第二電　マコトサマキトク　スグコラレタシ

第三電　マコトサマ　シス　ゴメイフクヲイノリマス　オイデコウ

結局、家族は誰も来なかった。一面、焼け野原となってしまった東京である。一家も無事ではいられなかったのかもしれない、と錡は思った。

誠は四角い小さな座棺に押し込められ、年輩の患者作業員の牽くリヤカーに乗せられて霊安室から火葬場へと向かった。粗末な杉の木の座棺は、患者の作業所で作られたもので毎日のように死人が出ていたために、鉋《かんな》をかける余裕はないらしく、表面はざらつき、杉の皮の一部が残っていたり、節穴があったりした。

戦前の全生園の死亡者記録を見ると、一九四二年以降、一四〇人、一一四人、一三三人、一四二人、一〇五人と五年連続一〇〇人以上の患者が死んでいる。敗戦の年が一四二人と一番多い。死因の第一は結核だが、食糧不足による栄養失調がその根底にあったといわれている。こうした状況は、全国一三ヵ所の国立療養所と私立三ヵ所の病院のどこでも変わりはなかった。

四月一一日未明にも空襲があり、周辺に多数の時限爆弾が落とされた。ひときわ大きな音がした。それもそのはず爆弾ではなくB29が墜落したのである。療養所から七、八〇〇メートル北のサツマイモ畑に墜ち、搭乗員二名が死亡、パラシュートで脱出した数人が捕虜になったという話だった。

五月末になるとB29、艦載機の来襲が頻繁になり空襲警報の発令は連日連夜となった。七月になると空襲慣れしてきたのか、あるいはデマによるものなのか警報が出ても子どもたちは誰もジタバタしなくなった。空襲警報にも動じなくなっていたのである。建物の窓から空襲警報の出ている夜空を見上げると米軍の戦闘機、グラマンやB29が轟音をたてて縦横無尽に旋回していた。機関銃から発せられる銃弾が流れ星のように美しく飛び散り、まぶしい程の明るさを放って落下してくる焼夷弾にはひときわ大きな歓声があがった。

その頃、癩病院には爆弾を落とさないというデマが飛び、誰もがそれを信じていたのである。戦争が激しくなってからも、少年舎の規則は厳しく、門限もきっちりと守られていた。錡はどんなことがあっても就寝前には帰ってきた。義次が亡くなったあとも錡を可愛がってくれていた秋山すぎはそのことを承知していて、

「早くしないとね」

などといってすいとんなどを手早く作って食べさせてくれた。極度の食糧不足のため栄養失調で死亡する患者が続出していた。錡の體も衰弱していた。肝臓をやられた患者はハンセン病の細菌にとっては格好の餌食となったのである。錡もやせ細って躓いてばかりいた。両手が鷲の手のように五本の指が内側に曲がり、いくら力を入れてもぴんとのびなくなっていた。さらに手や足などが末梢神経を冒されて感覚が麻痺、火に近づけても熱いとは感じなくなっていた。火傷が絶えなかったのはそのためだった。

錡の病状は日に日に悪化していった。再び、栄養失調のため入室を余儀なくされた。退出が許されて少年舎に戻ったその翌朝、錡は鏡に映った自分の顔を見て仰天した。そこに映ってい

たのは、童顔の少年とは似ても似つかぬ老いた醜い男の顔だった。頭が禿げ、顔にしわがより、口のひん曲がったさながら陰惨な七〇歳の老人だった。

これは誰だ、亡霊ではないのか、錡は思わず後ろを振り返って見た。そこには誰もいなかった。幻覚ではない、これがまぎれもなく自分の顔なのだ。

錡の體は凍りつき、愕然とした。「らい」にうちのめされた決定的瞬間がこの時だった。義次によく似た「らい」の顔の前で錡は茫然と立ちすくみ、思わず、死にたい、と口走っていた。

少年舎の一人が変わり果てた錡の顔を見て、即座に〝死にかけた狐〟とニックネームをつけた。それを寮夫が、「うまい、うまい」と褒め立てて大笑いをしていた。

八月一五日、長かった戦争が終わって静かな夜が戻ってきた。

四六（昭和21）年、錡は肝臓病と診断され八ヵ月間、入室した。ベッド数一六床の大部屋だった。その間、一ヵ月に二人も三人もが死んでいった。

菌検査で同級生たちがいつも陰性であるのに、錡は陽性だった。

四七（昭和22）年四月から六三制になり新制中学の一期生となった。とはいっても教科書はなく、午前と午後三時間ずつの授業の半分は自習だった。授業にあきたらない錡はもっぱら堀辰雄の小説を読んでいた。「風立ちぬ」などの療養所ものに夢中になっていたのだ。授業は作文とソロバン、それも足し算ばかりだった。それでも「学業通告簿」が出ていた。錡の成績は一学期、二学期、学年末ともほぼ似たり寄ったりの評価で、ほとんどが「優」と「良上」となっている。国語〈優〉、綴方〈優〉、算数〈良上〉、理科〈優〉、音楽〈良〉、習字〈良上〉、図画〈良上〉、英語は、一学期はなく、二学期、三学期で「優」となっている。

教科書のない学園では、先生が新聞の切り抜きを教科書に使っていた。

昭和21年6月16日のサインがある左手のスケッチ

理科で実験をやりたいと牧田先生に直談判したが返事すらもらえなかった。ソロバンの時間に、掛け算も教えてください、と希望すると渋々応じてくれたが、途中で先生がわからなくなり、再び、足し算に戻ってしまった。「学業通告簿」の評価と授業内容とは著しく矛盾しているが、中学を卒業したとき、九九も分数も分からず、ちんぷんかんぷんだったと冬敏之は正直に日記に書いている。教科書もなければ正規の教師もいない学園から「学業通告簿」が出ていること自体、奇妙なことであった。体裁ばかりで内容の伴わない「学園」であることは、「算数」で「優」をとっていた錡が一五歳にして九九もできなかったと自嘲していることひとつとってみても察しがつく。

だが、錡は羊のように従順だったわけではなかった。牧田先生に対する不満を爆発させてクラスメートを煽動して授業をボイコット、納骨堂にたてこもる行動派だった。

四一（昭和16）年にアメリカ国立ハンセン病施設カーヴィル療養所で新薬プロミンを患者に使用したところ、驚異的な効果が現れた。重症者たちの体中に出来た結節や潰瘍が吸収され、手足の疵《きず》が治り、病気の進行が停止した。〝カーヴィルの奇蹟〟といわれた。日本で特効薬プロミンが使用されるのは、戦争のため戦後になってからである。この間、戦争による食糧その他の物資欠乏で入園者は悲惨な状態に置かれていた。

四八（昭和23）年三月、全生園でプロミンの実験台になったのは三人だった。患者は新薬を警戒していた。錡が多磨全生園に入園した年に、マスコミの鳴物入りでセファランチンという新薬が登場したが、効果はなく、むしろ多くの患者が病状を悪化させたり、死んだりしたからだった。セファランチンはのちにナオランチンとかコロリンチンと揶揄された。

プロミンは確かに噂通り奇蹟の新薬だった。覿面《てきめん》に効果が表れたのである。当初、実験台になることに尻込みしていた患者たちも、治ると知って我も我もと名乗りを上げた。暗闇の底に沈んでいた患者たちの表情が輝き出したのである。

錡は、この時の喜びを、「言葉では言い尽くせない」とその時の感動をのちに随筆に書いている。プロミンは患者の生きる希望になった。不治の病といわれてきたハンセン病がプロミンによって治ると知り、錡は體を震わせて喜んだ。当初三名に過ぎなかったプロミン投与希望者が入園者一，一〇〇人の内六〇〇人を超え、くじ引きになった。光田健輔園長は依然として、「安心して大風子油をやっておれ、何十年もの実績のあるものに信頼をおいた方がいい」といい続け、プロミン使用には消極的な態度をとり続けていた。

プロミンで生き返った〝死にかけた狐〟

四九（昭和24）年春からは希望者全員に大人五cc、子どもはその半分のプロミンが静脈注射されることになった。〝死にかけた狐〟といわれた錡もプロミンによって病気の進行が止まり、一命をとりとめることができたのである。

俄然、勉強にも意欲が湧いてきた。作文にも力を込めた。〝牧田先生ボイコット〟の先陣に立った錡だが、その先生の指導によって啓発された作文によって頭角をあらわしはじめたのである。

深津錡の名前がはじめて活字になった作品は、中学二年の秋、『山櫻』誌（同年11・12月合併号）の文芸特集号、少年・少女作文の部で一等になった「猫の観察日記」である。同号は、第二一回癩学会記念号ともなっていて、プロミン治療の有効性を肯定する研究報告などの概要が掲載されている。

『山櫻』は文芸活動が盛んな全国の療養所の中でもずば抜けた編集内容の雑誌だった。「創作・感想」の部で一等になったのは、光岡良二の「北條のこと」である。北條とは、「いのちの初夜」の作者・北条民雄のことであることはいうまでもない。

『山櫻』は、一九年（大正8）四月に創刊された全生園発行の歴史ある月刊雑誌で園内にある印刷所で軽症の若い患者たちが印刷・製本作業にあたっていた。年一回の文芸特集号の創作欄は、文学志望者の華やかな登竜門となっていた。創作の選者として、これまでに豊島与志雄、式場隆三郎、木下杢太郎らが担当、この年の選者は阿部知二だった。受賞者には、麓花冷、内田静生、光岡良二らがいる。全国に一三ヵ所ある療養所の入所者からの応募もある傑出した文芸作品コンクールである。

以下は、作文「猫の観察日記」の全文である。選者は東村山町化成小学校長・高橋荘造。

猫の観察日記　　　　多磨全生園　中二　　深津カナエ

○月○日

今日から猫の観察日記を書くことにした。僕は朝六時に起きた。猫は僕のふとんの上でいい気持ちでねている。目はさめているのだがねているふりをしている。ずるいやつだ。そこで僕は思いきってふとんを取った。猫はふとんからころがり落ちてから大きなあくびをした。

そして大きく前足を出して背のびをした。今度はうしろ足を後にのばしてあくびをした。僕らにたとえると手をのばし足をひろげるといったところであろう。

昼になった。猫はどこへ行ったのか姿が見えない。ところが昼御飯になって魚を食べているとどこからともなく帰って来て「魚をくれくれ」というようにないている。少し身のついた骨をやるとすぐ食べてしまった。

午後になって温度がぐっと昇った。猫は暑苦しいと見えてつめたいうらのコンクリートの上にのびている。そのまわりにチョウチョウが飛んでいた。
○月○日
朝御飯を食べてから猫に少し煮干しをやった。喜んで食べた。ちゃんとすわって食べればよいのに行儀悪く立ったまま食べるとは。煮干しを全部食べてから猫は顔を洗いはじめた。これは又何ということだ。朝御飯を食べてからしかもすわって顔を洗っている。これは人間とは反対だと思った。よく見ていると、顔を洗う時耳まで洗っている。きっとこれは雨が降るぞと思った。はたして夕方になると「ぽつりぽつり」と降り出した。「せっかく洗濯したのに」とどこかのおぢさんが家へとんでいった。
○月○日
「ちい公は夕べ鼠をとったよ」というおとうさんの声がかや（註・蚊帳）ごしにきこえて来た。

「そうかい。だけどちい公はランマの所で朝ねぼうをしているよ」と僕はかやをはい出しながらいった。「夕べ鼠をとったのでつかれてねているのだろう」とおとうさんは言った。ぼくはちい公の所へいって頭をなでてやった。するとあまえて僕の手に頭をこすりつけて来た。昼になった。猫はまだランマの所にいる。きっと夕べの鼠で腹がすかないのだろう。全くものぐさなやつだ。だが午後になって寒暖計が三十度を示すようになると、いつものコンクリートの上にのびてしまった。夕方、尾長鳥が盛んに小鳥にえさをくれているころ、ちい公も僕の所へ来て「何かくれ」というように鳴く。仕方がないので考えたすえビタミン食をかんでやってみた所が猫は喜んでむしゃむしゃと食べてしまった。何しろ祥風（注・少年舎）の猫は小さい時分から何でも食べさせるようにしているので人間の食べるようなものは何でも食べる。冬など、おつけの大根や大根葉等も食べたものだ。

〇月〇日

昼になった。猫はどこからとったものか、一匹の小さい鼠を取って来た。それを庭に持ってきてじゃれはじめた。そのじゃれ方がおもしろいので、みんなで大笑いだ。そうして十分間位じゃれているうちに、とうとう食べてしまったが、ぼくはなぜ猫が鼠にじゃれてから食べるのかということがわからなかった。ぼくはおとうさんにきいた。すると、それはじゃれているのではなくて食べよいように骨をやわらかくするのだとわかった。猫はと見ると二号のランマに横になってねていた。

　錡は、猫を題材にした動機を尋ねられて、「猫が片目でかっこ悪かったからだ」と答えた。だが、作文には猫が子猫で片目でかっこ悪いなどとはどこにも書いていない。その子猫には近くに母猫がいて親の許に帰ろうとするところを、錡はその途中で待ち伏せして捕まえて離さなかった。子猫が母親を恋しがっているのに、意地悪く泣かせて楽しんでいたのだ。選評は唯一行、「自然的にして文学味あり」とあった。

「穀《ごく》つぶし」、「座敷ブタ」と患者は揶揄され、嘲弄され、あるいは自嘲し、卑下する者がいた。外からは「井の中の蛙」と蔑まされても、反発する前に己の宿命にうちのめされていた。錡の屈折した心境が作文から滲み出しはじめていた。

「猫の観察日記」が契機となって、錡は盛んに詩や作文を書きはじめるようになった。

　この頃に書いた無題の詩がある。ノートの表紙には「昭和二四年、詩集第二号　深津錡」と万年筆で書かれている。


　　手は悪く／脚は悪く／全く不自由な體をし／日々の生活をただおくり／ただ迎えるとしたら／ほんとに不幸かもしれない。

　　しかし悪い手にぺんを持ち／まずい詩でも書き／それを自分で味わったとしたら／そんな所にも／幸福の神はおとずれるのかもしれない。

ひばりよ、おまえの世界を高らかに歌え

五〇（昭和25）年一月五日の日記には次のように書いている。

クリスマス文芸に出した「雨」という詩が一等に入った。先生の批評は、「面白いものです。雨という感じがよく出ています。表現法もなかなか詩的です」という誉め言葉だった。正月文芸に出した「正月」という詩は一等になっていた。その原稿が戻ってきた。表には、「この深沢金夫というペンネームはあまり感心出来ません。ほかのものを考えてはどうですか？」、裏には、「めずらしい変わった詩です、感心しました。この詩の中に流れているのは母への情です。それはよいと思います。しかし、それだけに甘い詩です。錡さんはもっともっとつっこんだものをこれから書くべきです。何時までもこの場所であしぶみしていたのでは君の進歩はありません。どうかこれから君は詩人として勉強して下さい。長い長い人生です。何かしっかりしたものを求めて行くよう祈ります」。こう書いてあった。この厳しい批評に僕は深く考えました。そうしてみれば僕はまだ真剣になって書いてはいないのだ。ふだんの生活もまだ真剣さが欠けていた。このような批評をもらって僕は幸福だ、うれしかった。今から心をしめて暮らすよう心掛ける。なお、今日よりプロミン注射があった。

翌々日の日記。

朝、食器置きの時だった。藤田先生と会った。先生は、クリスマスと正月の文芸に出した詩のことをうまいといって下さった。大人の『山櫻』へ出してもはずかしくないといわれた。そしてこれからもうんと書きな、といって激励して下さった。僕はとてもうれしかった。いつの間にか目があつくなるのをおぼえてしまった。百人の人が口でうまいといって下さるよりも、一人の人が心のそこから感心したといって下さる方が僕にとってはうれしいのだ。又そのように一人でもよいから感心せさる作品なり詩なりを書きたいものである。藤田先生にほめられて僕はとてもうれしかった。

深津錡は、冬敏之を名乗るまで筆名を頻繁に変えている。既に、〝深沢金夫〟が出て来たが、深津カナエ、深川征、今村義夫、磨里義夫、深津義夫、日下直樹など、めまぐるしくペンネームを変えている。しきりと義次の「義」を使っているのは、父の息子として「らい」の苦しみを引き継ぐ決意とも受けとれる。「らい」の重みを背負って、四二歳で没した父の苦しみを理解出来る年頃になっていたということなのかもしれない。

全生園に進駐軍が見学に来た。もの珍しいものでも見るように、米兵たちは声を上げながら少年たちに近づいてきた。錡は、檻の中の猿になったような屈辱を覚えて體が震えた。

光田健輔園長のあとを引き継いだ林芳信園長が一般の参観人や医学生、看護学生たちを案内するコースはほぼ決まっていて、医局、病棟、不自由舎を見学し、築山へ登り、最後に学園に来た。林園長は必ず学園に一行を連れてきた。林園長は、一八九〇（明治23）年四月、岡山県生まれの医師で臨床医として優れ、女子生徒たちはその容貌と人柄に好感を持つ者もいたが、錡は毛嫌いしていた。心を傷つけられていたからだ。林園長はこの時、五八歳だった。

白の予防着と予防帽、ゴム長靴といういでたちでやってくる一団は、雪解けのぬかるみを歩いた土足のまま教室にずかずかと入ってきた。玄関には園長用のスリッパも来客用のスリッパも用意されていたが無視された。見学者が立ち去った後、生徒たちは靴底から落ちた泥の煎餅を拾い、一時間以上をかけて毎回水雑巾で拭き掃除をしなければならなかった。

白衣の医学生から、獅子様顔貌《ししようがんぼう》についての質問が出ると林園長は、この子の顔がそうだといって錡の顔を両手で挟み、

「これがライオンフェイスだ！」

とはっきりとした口調でいったのだ。

医学生がさらに、

「獅子様顔貌とライオンフェイスはおなじものと考えてよいのでしょうか？」

と問うと、林園長は、

「まあわれわれ臨床医としてはどちらでもいいことだ。獅子らいと呼ぶ先生もいる。鼻も潰れてしまうし、結節の下からまた結節が吹き出して来る。だからライオンのような顔になる。男でも女でも、らい腫型はライオンフェイスになる」

林園長は、錡の顎、頬、額から坊主刈りにしたわずかに毛の残る禿げ頭まで、ゴム手袋で撫でまわした。錡はその時初めて、「獅子様顔貌」という用語を知った。さらに、「この手は、猿手《さるで》というより、むしろ、鷲手と呼ぶ方がいいだろう。猿手というのは、棒やボールが摑める程度だが、それより進行した場合は鷲手というんだ」といった。絶対者である林園長から、ライオンフェイスといわれたのは、お前は人間ではない、と宣告されたも同然だった。

錡は、心に深い傷を負い、暗い失意の底へ滑り落ちていった。

三月、東村山中学校の卒業証書を授与された。記念品は万年筆だった。卒業証書とは名ばかりで学力といえるような知識は身についていなかった。患者に学問はいらない、自分の名前が書けて新聞ぐらいが読めればいいのだ。療養所は、患者を社会に復帰させるためではなく、患者が死滅するまでの収容施設だということを錡は身をもって知った。

一五の春が泣いていた。菌検査では相変わらず陽性となって、治癒した同級たちが退園して行く後姿を見送っていた。卒業後、柿舎に移った。学園を出たあと、症状の重い錡は、汚れたガーゼや包帯のよりわけとか再生したガーゼのばしなどの軽作業、最下級の単純作業に甘んじなければならなかった。作文で一等になった自信と誇りなど、どこにも通用しなかった。勉強をしたい、との向学心に駆られて高校の通信教育の講義録を取り寄せてみたがほとんどわけがわからず投げ出してしまった。プロミンによって病気の進行は止まったが、一生隔離されたまま、ここで骨になるのだ、という絶望感を消し去ることはできなかった。

全国ハンセン病療養所合同詩集『いのちの芽』(一九五三年、三一書房刊)に収録された冬敏之の詩「ひばり」は、筆名が今村義夫となっている。

ひばり

今村義夫

ひばりよ
高く舞うがよい

たとえ
強い風が吹こうとも
おまえは
うたいつづけるがよい

おまえのふるさと
一坪ほどの麦畑であろうとも
雲をつき抜け
光をあびて
高く大きく舞上がるがよい

ひばりよ
おまえは　おまえの世界を
声かぎり歌うがよい

錡の負けじ魂は消えていなかった。詩で自らを励まし、傷つきながらも前向きに生きようとした。

思春期

「全生学園」教師は無免許の患者たち

五〇（昭和25）年三月二二日、一五歳になった深津鼎《ふかつかなえ》は、国立療養所多磨全生園内の「全生学園」中学部（五三［昭和28］年一二月、東村山第二中学校分教室と改称）の卒業式を迎えた。

国民学校二年の秋に「全生学園」に入って以来、鼎は七人の先生に巡り合った。先生とはいっても正規の教員ではない。患者が子どもたちを教えていたのである。国語や音楽を教えてくれた田中先生はやさしかった。生徒が小便を漏らしても叱らなかった。それどころか、その後始末をお母さんのように拭き取ってくれた。香川先生は子どもたちを笑わせるのが上手だった。それでも時には、「地震が来たら窓からでもどこからでも飛び出せ」と大真面目に大声を張り上げた。

徳川夢声に似ていた宮本先生は居眠りばかりしていた。子どもたちに、「好きな本を読みなさい」といいつけて、ご当人は日の当たる窓辺でこっくりこっくりやっていた。その後、向島先生、萩山先生が担任になった。田中先生は亡くなり、香川先生、宮本先生は退園した。六年から卒業までの受け持ちが牧田文雄先生である。

卒業生を代表して、級長の錡が答辞を読んだ。

壇上にあがった錡は体重一〇貫七〇〇匁、身長は四尺七寸、クラスでも一、二を争うチビだった。だが、態度は堂々としていた。

思えば、もうこの学園に学んでから数年になります。その長い間、先生方や寮父母さんの暖かい心の中に育って来た私たちでした。楽しく歌をうたったり、本を読んだりすることはもう出来なくなりました。学園の門はもう二度とくぐれないと思うと、今更のようにもっともっとしっかり勉強しておけばよかったという気持ちがしてなりません。

しかし、僕たちにはまだ希望があります。長い人生のスタートが明日からはじまるのです。みなさんとは、学園では会わなくとも、また道で会ったり、配給所などで会ったりも出来るのです。楽しかったキャンプやドライブはもう行かれなくとも、僕たちは自分の幸福は自分でみつけて行くつもりです。僕たち卒業生一同は、みなさまの御恩を忘れずに、第一歩を踏み出そうと思っています。どうぞ在校生のみなさんも先生のおっしゃることをよく聞いて勉強に励んで下さい。

卒業生代表　深津　錡

来賓、恩師、学園関係者、後輩を前に、錡は卒業生代表の威厳をもって折り目正しい挨拶を終えた。

不思議なことに、答辞には「終生隔離」政策の学園を卒業する生徒の不安や怨みつらみはどこにも見当たらない。人生のスタート地点に立ち、明るく希望に満ちている。自分の幸福は自分で見つけるともいっている。これが人間の尊厳を奪った苛酷な学園で人生の発芽期を過ごしてきた少年・少女たちを代表した答辞なのだろうか。卒業したからといって柊の垣根の外へ出られるわけではない。明日から将来に備えて高等学校や専門学校へ進む道があるわけでもなかった。

ハンセン病は遺伝病ではない。繰り返しになるが、○七（明治40）年に制定された法律第一一号「癩予防法ニ関スル件」によって「強制隔離」撲滅政策が推進された。戦後の新憲法制定でも「強制隔離」は見直されることはなかった。むしろ、「懲戒検束規定」によって監房にぶち込むなど、患者への懲罰は非道、残酷を極めた。療養所では非合法の「子どもを産むことを許さない」ワゼクトミー（断種手術）、堕胎などが行われ、子孫は断たれた。国は人権侵害行為を改めるどころか、四八（昭和23）年には、国会でハンセン病患者に対する優生手術を認めた優生保護法を制定、「断種・堕胎」を合法化した。

それでも歴史は動いていた。人権を奪われた陸の孤島だ、療養所ではない、ここは収容所だ、と悪評高い武蔵野の森にも変化が起こっていた。ハンセン病治療薬プロミンによって、療養所の暗いムードが一新されたのだ。

錡は、四七（昭和22）年からプロミン治療を受け、今年で丸三年になった。治療効果は目に見えてよくなった。プロミン治療は予定よりも二ヵ月も待たされてスタートしたのだが、希望者全員がプロミン治療を受けられたわけではなかった。当初、少年舎で選ばれたのは、錡を含め三人だけだった。治療から一ヵ月、二ヵ月と経っていくうちに手足の腫れや斑紋も引いてきた。一番うれしかったのは鼻づまりが治ったことだった。一年後には大きな疵も治ってきたが、それには喜びもさることながら驚きの方が大きかった。俄然、生きる意欲が湧いてきた。

ところが一作年の春、プロミン治療に思わぬ暗雲がたちこめた。厚生省が要求したプロミン予算六、〇〇〇万円を大蔵省がバッサリと削り、一、〇〇〇万円にしてしまったのだ。全国の療養所が騒然となった。多磨全生園では、全国に先駆けて「プロミン獲得促進委員会」を結成した。林芳信園長に、総理、大蔵、厚生大臣あてのプロミン予算復活の嘆願書を託し、入園者総出で本館前から送り出した。ハンストに入る患者もいた。プロミン獲得委員会副委員長の湯川恒美が日本共産党東京二区（大田区、品川区）選出の代議士・伊藤憲一の紹介で池田勇人大蔵大臣に面会、直接、陳情書を手渡したりもした。その後もハンストに入る患者が増えて八名になっていた。ＮＨＫ、新聞各社が取材に訪れた。群馬県の栗生楽泉園でのハンストには一四〇名もが参加した。そうしたことがあって、翌年四月一日、プロミン予算案は五、〇〇〇万に復活、吉富製薬が薬価を切り下げて、実質六、〇〇〇万円分相当が確保された。

プロミン治療によって、錡の症状は著しく回復したが、曲がった手の指や下垂した足はもとには戻らなかった。定期検診で陰性反応となれば退所できた。しかし、錡は常に陽性反応が出た。学園卒業後、故郷へ帰ることになった同級生たちを錡は羨望の目で見ていた。いつになったら矢作川のほとりにある生家へ帰ることができるのか全く見通しがつかなかった。誠が死ぬ前に呟いていたように、煙にならなければ故郷へは帰ることはできないのかもしれなかった。自暴自棄になりかかると、その苦悩をすべて日記にぶちまけた。

四九（昭和24）年の夏、異様な怪事件が続けざまに起きた。七月六日、国鉄総裁下山定則が常磐線の線路上で轢死体となって発見された下山事件。一五日には中央線三鷹駅で無人電車が暴走、死傷者が出た三鷹事件。八月一七日には、東北本線松川駅付近で列車が転覆した松川事件である。

錡は、この一連の事件にことのほか恐怖を覚えた。事件の背後に国家的な陰謀が働いているような不気味さを感じたからである。七歳のとき、「無らい県」運動によって一家四人、警官にしょっぴかれるようにして愛知から東京のハンセン病療養所に強制収容された記憶が呼び覚まされたからだ。「無らい県」運動は警察権力を動員、自宅で療養しているハンセン病患者や浮浪患者を一網打尽にするため山狩りまで行われ、新聞でも大々的に報じられた。その忌わしい記憶が甦って来たのである。病の重くなっていた父ばかりか腕白小僧の次兄までが有無をもいわせずハンセン病療養所に強制収容されたのである。一年もしないうちに父と次兄は死んだ。鋳は警察に追われる夢を見てうなされるようになった。逃げる先に黒い機関車が白い蒸気をあげて転覆していた。その恐怖が昂じて不眠症になった。恐怖に輪をかけるようにして、顔見知りの患者の最期を病棟で見かけたりした。園内を散歩中に首つり自殺をした男が木にぶらさがっているのも見た。身近なところで毎日のように患者が死んでいった。人間は呆気なく死んでしまうものなのだと鋳は暗鬱な気持ちになっていた。

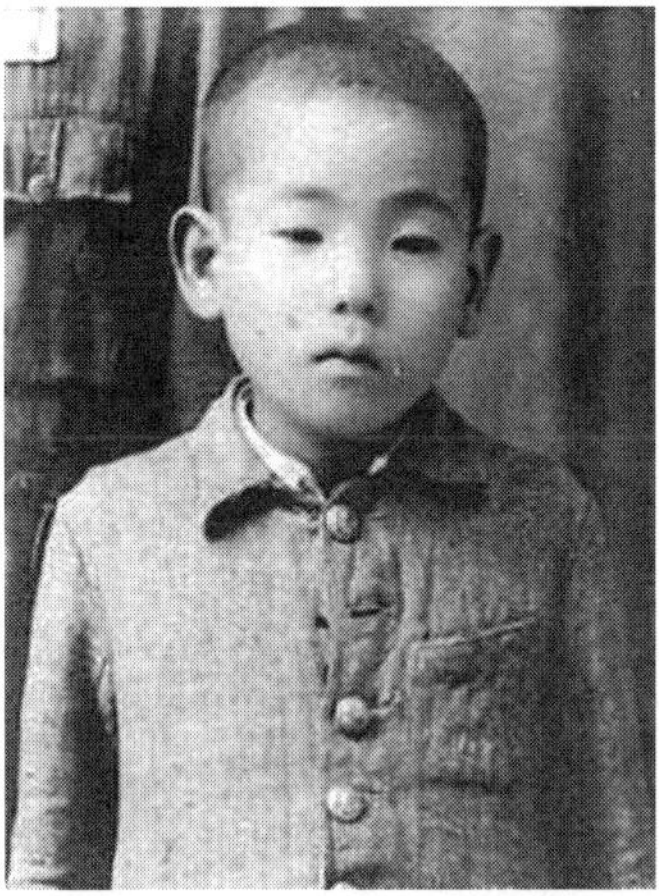

発症前の深津鋳（6、7歳の頃）

鋳は、礼儀正しい少年だった。

鋳が国民学校上郷村東部小学校の一、二年生の頃に撮った入所前の写真がある。病変で〝死にかけた狐〟とからかわれたりしたが、発病以前の鋳は気が弱そうに見えるものの、眉目秀麗な美少年だった。病後に顔貌が一変、その面影を失った。

冬敏之は、かつて母イマや叔母のハナエに可愛がられた頃のこの小さな写真を手作りの紙製の額縁に納めて、生涯大切に保存していた。

性質は穏やかで、言葉づかいもおっとりとしていて、しかも叮寧だった。それは、晩年になってもかわることがなかった。文章もわかりやすく、誤字も稀だった。中二の時に書いた作文「言葉」にその文才とともに穏やかな性質がよく表れている。少し長くなるが全文を写す。

僕たちにとって言葉は非常に大切です。少しのいいちがいから大きな喧嘩にもなりますし、友だち同士ならば仲が悪くなったりもします。

先日のこと、僕はみんなと一緒にお風呂に行きました。お風呂にはもう二十人近くの人が来ていました。その中にはS先生をはじめ、Tさん、Nさん、おぢさんなどの顔見知りの人もいました。お湯の加減は上等で一人入るごとにお湯が音を立ててこぼれました。しばらくつかって出て来ますと、そこにMさんがいて「錡ちゃんはもう祥風を出たのかい」とやさしく聞かれました。これでもう三人目です。その都度「うん、ちがう」とぶっきらぼうに答えていたのでこの時も「うん、ちがう」とやってしまいました。実は前の二三人の人はみな「錡、もう出たのか」といったのでした。しかし、いまこの人はやさしく僕に質問してくれました。であるからていねいに答えるのが礼儀ではないかという後悔が僕の心の中に起こりました。けれども、もう取り返しがつかないと思ったものですから、そこはそのままにしてしまいました。

しかし僕は多くのことを教えられたように思いました。

それから四、五日たったおなじ風呂の時、S先生が「鈴君、洗ってやるからこっちへ来な」といわれました。その時ちょうど僕は出る所でもあったし、少しはずかしいような気持ちもして断ってしまいました。しかしそのような親切のこもった言葉をかけられ、断ったにせよ、その時の僕は何だか気持ちも明るくなり、ちょっとした喜びがわくのでした。それはちょうど自分が良いことをした時に感じる喜びであるように思われました。

それとは反対に、人の心を暗くし、いやらしいなあなどと思わせることもたまにあります。もうずっと前ですが、いまだに覚えております。それはお茶摘みの時、あるおばあさんが僕に向って「ぼうやいくつ」「十三です」「そう十三、かわいいね、国どこ」「愛知」「そう愛知、かわいいね」。これまではまだよかったのですが、そのおばあさんがとなりの人に僕を指さし「まあ猫みたい」といったのでした。

僕は急にしゃくにさわりました。しかし、まだ小さいのだと思ってがまんしました。そしてその日一日は、暗いいやらしいと思わせるようなそのおばあさんの声が耳もとでしていました。

このように真実のこもった言葉はどんなことでも心をあかるくします。その反対に口先三寸の言葉は人にいやな感じをもたせ、時には喧嘩、口論さえうまれます。僕たちもせいぜい言葉だけはていねいに注意してゆきたいと思います。

祥風は少年舎である祥風寮のことを指すが、中学部を卒業した後は、成人用の柿舎に引っ越すことになっていた。柿舎には時間にやかましい寮夫はいない。誰が何処へ移動するのか、あちこちで噂にのぼっていたのであろう。お茶摘みのおばあさんの話は、獅子様顔貌、ライオンフェイスの標本扱いにされたときの憤激を思い出させる。錡は、デリケートな神経の持ち主で、眉毛がないこともコンプレックスになっていた。見学に訪れる学生たちに顔や手や足について質問されることすらも強い抵抗を感じていた。

悲運の母の将来を案じた家督相続放棄

イマから手紙が来た。厚宛のその封書が届いたのは四月四日のことだった。厚はその手紙を持ってやって来た。すでに開封されていたが、懐かしいイマの筆跡を見るのも久しぶりのことだった。時節のあいさつのあとに去年の凶作ぶりが書かれてあった。地主の三女であるイマが深津家に嫁いではじめての凶作だったという。収穫できた米は僅か二五俵、例年、五〇俵前後を供出していたから、錡にも打撃の大きさが理解できた。経費の支払いは借金に頼るしかないからだ。今年は家で食べる米にも困っている、とイマは書いていた。そういう次第だから何も送ってやることが出来ない、すまない、すまないと詫びの言葉を繰り返していた。凶作ではなかった。イマは村八分にされていたのだ。不作はそのためだった。イマの手紙で錡はある決心をした。厚は困った顔をしていたが、イマの窮状を救う妙案を思案しているようすはなかった。

錡は、イマの手紙を読み返しながら一晩考えた。そして、意を決して机に向かった。

お母さん、今日は少し悲しいことを書かなければなりません。もし今日書かなくてもいつかは書かなければなりません。ですから思い切って書きます。お母さんもうすうす感じておられることとは思いますが、この病気は不治なのです。プロミンという薬が出来ていますが、まだ全治まではゆきません。恐らくよい薬が出来たとしても五年や十年は帰れません。素直に申ますと、お母さん、僕たちはもう一生、あなたのところへは帰れません。ですからどうぞ、もらい子なり何なりをもらって家を継がせて下さい。そして僕たちのことをこれ以上、心配しないで下さい。もう僕たちのことは忘れて下さい。お母さんにはつらいことと思います。しかし、僕の書いたことを実行して下さい。お母さんも僕たちのことを思うと肩身が狭いでしょう。ですからお願いです、どうか僕たちのことはあきらめて下さい。お母さんの悲しみもわかります。こんなことを書く僕も泣き出しそうです。

しかし、こうしていたのではいつまでたってもきりがありません。そのうちお母さんも年を取って面倒をみてくれるものがいなかったら困ることでしょう。繰り返してお願いします。もらい子でもしてあとを継いで下さい。もうこれ以上、書けません。さようなら。

イマから折り返し返事が来ると思ったが来なかった。

錡は、「らい病」と診断が下った七歳のとき、将来を速断した。そして今、心とは裏腹に家との決別をイマに告げた。養子縁組が実現すれば、母を思う錡は安心できた。兄弟の帰る家はなくなるが、僕たちは「終生隔離」の身なのだ、と錡は呟いた。厚が家督相続者である。厚の頭越しに養子をもらって家督を継がせろとイマをけしかけるのは、出過ぎた行為だったが、厚に任せてはおけなかった。それはとりもなおさず息子たちの戸籍を抜けということでもあった。それを厚が承諾するはずはなかった。だからこそ無断で永劫の別れを告げたのだ。あとで揉めることはわかっていた。思い立ったら有無もなく実行する気性の激しさ、母思いの激情が書かせた別離の手紙だった。

〝終生隔離〟の檻の中で育んだ文学勉強

それから間もなくして、錡は祥風寮から柿舎二号へ移った。今日は僕の第二の人生の出発の日だ、と心をときめかせた。忘れもしない四月二〇日のことだった。厚が掃除を手伝いにやって来た。錡は厚にイマに書いた手紙のことをまだ打ち明けてはいなかった。錡は、手紙の一件などどこ吹く風とばかりに、平静を装ってせっせと窓ガラスを磨いていた。

学園を出てからやがて半年になろうとしていた。症状の重い錡には、せいぜい汚れたガーゼのよりわけとか、洗濯した包帯の皺のばしといった軽作業しかあてがわれなかった。所内作業は子どもの患者にも強制された。それでも仕事をしていれば〝座敷ブタ〟の汚名を返上できた。しかし、作業場には療養所独特の悪臭が立ち込めていた。膿汁などの悪臭に辛抱できずに辞めた。だが悪臭云々は作業拒否の表向きの理由で、本当はみくびられているという屈辱に耐えられなかったからだった。

夏の昼下がり、ダラダラとした無為の日々をもてあまし、苦しい胸中を日記にぶつけている。日付は八月二三日、苦衷のありたけをぶちまけた血の滲む独白である。

僕は世の中から完全に見捨てられた。足は下がり、手は曲がり、そしてさらに心までが曲がってしまった。学園を出た。ようやく。しかし、僕をつかってくれる作業場はないのだ。人々はみんな僕から離れて行くのだ。僕の存在を忘れようとしているのだ。売店へ行った。しかし、売店は僕を断った。いっぱいだからと。しかし、その舌の根も乾かぬうちに売り子を三人も入れたのだ。僕は悔しかった。どんなことがあっても人を恨んではいけないと神はいった。人の罪は七たび許せとイエスはいわれた。しかし、僕は神の子ではないのだ。人の子なのだ。苦しかった。悲しかった。

僕はもともとスポーツが好きであった。しかし、僕にはそれを楽しむべき手がないのだ。足がないのだ。曲がった手で、どうして野球が出来よう、下がった足でどうして走れよう。生きるために僕はどうしたらいいのでしょう。僕は生きていることが苦しみです。しかし、僕には死というものがなお怖いのです。ああ、癩とはかくも辛いものでしょうか。僕の人生をめちゃくちゃにしてしまいました。僕の生く《ママ》べき細い道を砕いて歪めてしまったのです。今では僕は悲しいとも思いません。唯、世の中が呪わしいのです。

この間、Aさんが亡くなりました。人間の命がかくも短くかくもはかないものであることを知りました。しかしながら僕はまだ小さいながらも志というものがあります。世にのこるような大作を一編でものこしたいのです。僕の歩んだ道をふたたび世の幼き人々にくりかえさせないため、またこのような忌まわしい病に対しても戦い抜いてもらいたいのです。

僕は、自分の生き方はもうわかりません。


売店を断られた悔しさを厚に訴えた。すると厚は、宥《なだ》めすかすように、

「お前のことがつかいづらいのさ。なにしろ錡は詩人だからな」

と、笑いかけた。一五歳の少年は頭が禿げ、顔に皺がより、唇はひん曲がっていた。病状の軽い求職者に弾き飛ばされたのだ。

錡は、学園を出たあとの無為の日々に漫然とあぐらをかいていたわけではなかった。如何にして幸福な生き方、理想への道へ進むべきかを探索していた。しかし、現実はこれといった仕事にも就けず、自作の詩を山と積み上げても一向に自信が湧いてこなかった。むしろ詩を書けば書くほど自信が失われていった。

「笑止千万、こんなものは詩ではない」

どこからか天狗の鼻をへし折る嘲りの声が聞こえてきた。神経は苛立つばかりだった。患者たちと将棋をさすことで気を紛らわせていたが、それも毎日のこととなると嫌気がさした。為すこともなく遊び暮らしている自分の姿を顧みて、またしても〝座敷ブタ〟と自嘲していた。

青春の憂鬱なのか、無気力で怠惰な日々の中で僅かに、厚とトランプに興じているときだけが、心も軽く無心に遊ぶことができた。大人びた心と子どもの未熟さが同居していた。

秋になっても、相変わらず将棋三昧に明け暮れていた。錡の「雑記帖」には、野球試合の記録メモがあった。スコアブックではなく、「雑記帖」を持ち込んでいた。記録係としてベンチに入っていたのである。前述の「独白」もこの「雑記帖」に書かれていたが、最後のページに、イマから手紙が届いたとのメモがあった。日付は一〇月二三日、その手紙は燃やされてしまったのか、残っていない。冬敏之は、晩年まで学園での試験答案をはじめ、年賀状や来信、掲載誌、自筆原稿類など丹念に整理保存してあったが、一〇月二三日付の母からの手紙は見つからなかった。

——母からの手紙が来た。毎日がゆううつでたまらない。

イマの手紙に何が書かれてあったのか。〝もらい子〟についての記述はない。ただでさえ気の晴れない日常生活が続いていたところにまたしても、錡の心を悩ませる火種がふえていたのである。息子たちの帰郷を待ち侘びているイマはプロミンの登場で夢を大きく膨らませていた。ところが錡はあきらめろと非情な手紙を送って来た。目の前が真っ暗になった。かねがね、イマは元気な男の子を三人も産んだわたしがなぜ孤独な暮らしを強いられなければならないのか、世の中の理不尽を嘆いていた。錡の手紙を一時の気の迷いだと退けられるほど、イマの暮らしは楽ではなかった。農繁期になればそれこそ猫の手でも借りたかった。錡にはそれがわかっていたからこそ絶縁の決断をしたのだった。母を一日も早く楽にさせてあげたかったのだ。だが錡の心は揺れていた。僕たちのことは忘れて下さい、あきらめて下さいといってはみたものの、イマが恋しくてならなかった。故郷へ帰りたい、帰れない、一五歳の葛藤は噴火寸前の火の山に化していた。

年が改まっても、錡は陰鬱な気分から抜け出せずにいた。むしろ苦しみは深まっていた。一三歳から元日の日記に一年の抱負を書きつづけてきたが、その意欲も失っていた。一六歳の憂鬱は重症だった。日記に見向きもしなくなった。一五歳が躁鬱の躁だとすれば、一六歳は鬱になっていた。錡が一〇代に書いた原稿は詩編だけに限っても一〇〇編以上にのぼっているが、一六歳のものは一編もない。自選詩集を私家版で編集しているが、そこにも一六歳はなし、と但し書きしてある。自らボツにした詩編は焼却したとのメモもある。

詩は呟きの泡だ。絶え間なく削ってゆくと、最後には一行も残らない。それが詩の行き着くところだ。白紙に戻す、ということも詩の形なのだ、ということを高名な詩人がどこかでいっていたような気がする。

五一（昭和26）年度の日記帳は空白のまま終わっていた。

いやたった一日、例外があった。梅雨の日にたった一日、日記を書いている。日記というよりも、詩というべきものかもしれない。鋳は、雨降りの日が好きだった。風の吹く日は嫌いだったが、雨は汚れた大気をきれいに洗い流してくれるから好きだ、とどこかに書いていた。梅雨の季節が、小さな詩人に久しぶりに万年筆を握らせたのである。

やっと夜が来た
夕日がかくれ、闇が迫ってくると
一日の一番楽しい夢の夜が来る

そして又、一日で一番苦しい時が夜なのかもしれない
明るい電気は、暗い心をおしこめてしまう

しかし人々の寝静まる時
暗い中で暗い心で、何を考え、何を祈ればよいのか

夜はうれしく
闇は怖く、夢は楽しく、まぼろしはおそろしいのだ
朝がめぐって来て
平凡で空白な一日は、長々とまたあっという間に過ぎてしまう
そして最後には闇と夜とがやって来る
ああ、僕は一体どうすればよいのだ。

（五一〔昭和26〕年六月二三日）

さらにこんな詩も書いている。

自然を愛し、鳥や虫を愛し
世の中に失望してはいけない。
ここで月を見ながら泣いたとて何になろう
ゆかいに暮らそうではないか

ハーモニカを吹こう。

ラジオ番組に詩を投稿するようになったのは、翌年六月になってからのことである。創作意欲が甦って来たのだ。文化放送の「療養の時間」に出した詩「たそがれ」(選者・金子光晴)を皮切りにして投稿を続け、そのいくつかが放送された。NHKラジオにも同様の番組(選者・村野四郎)があると知り、応募して放送された。ランボー、ボードレール、金子光晴らの詩集を通信販売で取り寄せたりもした。

五三(昭和28)年一月一九日、深津イマは、錡の薦めに従って、家督相続者である長男・厚より二歳年下の飯田勇(功武と改名)を養子に迎えた。錡は社会復帰をあきらめていたわけではないが、故郷とは断絶する覚悟を決めていた。だが厚は錡と足並みを揃えていたわけではなかった。むしろ一歩も二歩も後退したところで錡の袖を引っ張っていた。だが退所の見込みはないといわれれば、家督を養子に譲る決断をするよりなかった。このままズルズルと先に延ばすわけにはいかないことはわかっていた。これ以上イマひとりに農業を任せてはいられなかったからである。「母を幸福にしてあげよう」と、錡は厚を説得した。体力の限界はすでに超えていたのである。とはいうものの、厚には故郷への執着が強く、未練もあった。

「おれには百姓の血が流れている。農民の子は土に抗いがたい執着がある。欲じゃない。血がそういわせるのだ。錡は詩を捨てられないというが、おれは先祖代々の百姓の血を捨てられないのだ」

錡は一瞬、憮然としたが、そうかもしれないと厚の抗弁をやわらかく受け止めた。長い沈黙の後、再び錡は同意を渋る八歳年上の厚の決断を促《うなが》した。錡はそれが母への愛情であり、親孝行だと説得した。故郷を追われた屈辱の痛みを錡は忘れていなかった。差別と偏見の渦巻く世の中で気弱な兄が生きていけるとは思えなかった。自分でも逞しくなったと自負している錡でさえ、町へ出てゆくのが怖かった。ハンセン病を恐怖の業病として終生隔離政策をとってきたこの国のどこに安住の地があるというのか。

結局は、火葬場のある武蔵野の森の中で静かに暮らすことが最善なのだ。

二月、錡は下垂した左足の整形外科手術を受けるため入室した。退室するまで一三ヵ月を要した大手術となった。ベッドの上で毎日のように図書館の本を乱読していたが、フランス文学の天才・レイモン・ラディゲの恋愛小説『肉体の悪魔』を読んだのもこの時である。将来に何の希望も抱けないでいた錡は一八歳になっていたが、作者のラディゲは一〇代でこれを書いていた。そして二〇歳で腸チフスのため早逝した。そのことに錡は衝撃を受けた。

主人公の「僕」は二歳年上のマルトという婚約者のある女性と知り合い、二人の仲が深まりつつあるとき、彼女はジャックという軍人と結婚した。夫が戦地へ行っている間もマルトと「僕」の関係は続いている。そして、マルトは「僕」の子を産み、体調を崩して死ぬ。人の好いジャックはその子を自分の子として育てることを宣言するというのがそのあらすじである。錡がこの小説に魅了されたのは、マルトという女性がどこまでも優雅で、純粋な「僕」の驕りをすべて受け入れてくれるところにあった。それは、国の終生隔離政策によって何一つ逆らうことのできない少年にとっては、文学は唯一、心を解き放つことのできる歓喜の世界だった。

「らい予防法」撤廃闘争の輪の中へ

夏、「らい予防法」大闘争がはじまった。政府提出の「らい予防法」改正案が国会に上程されたのである。特効薬プロミンによって画期的な効果があらわれていることは日本医学会にも報告され確認されていた。四九（昭和24）年には、プロミン使用が予算化された。ハンセン病は感染力、発病力が極めて弱く、またたとえ発病しても治癒する病気であることが明らかになっていた。この時点で「らい予防法」は、改正案ではなく、廃案にすべきだった。ところが、改正案は、「癩予防法（旧法）」以上に、強制隔離政策を明確に打ち出し、強化していたのである。時代に逆行する政府案に患者たちが烈火のごとく激憤したのはいうまでもない。

六月三日、多磨全生園内では「決起大会」が開かれ、大会終了後には本館までデモ行進、園長に作業スト通告書と厚生大臣宛の大会決議文が手渡された。その後、政府提出のらい予防法案粉砕総決起大会が開かれ、国会陳情は第一次、第二次、第三次、そして第四次と続いた。参院通用門前、厚生省前での座り込みには、全国の療養所の代表団、支援団体が続々とつめかけた。

大闘争の中で数多くの慟哭の歌が詠まれた。

世の人の冷たき視線に生きてゆく吾らに悲し癩予防法　山崎進志郎
患者作業拒否して吾ら雨の中人間回復のビラを貼りゆく　〃

悪法に賛成せし議員を連れて来よとN君が鋭く詰めよりてゆく　光岡　良二
座り込むわれ等の前を老婦人合掌してゆけば母ぞとおもふ　〃

「らい予防法」撤廃闘争の熱気は重病棟にも伝わってきた。ベッドに縛られて、ニヒリストを自認していた錡も松葉杖をつきながら座り込みの片隅に参加した。六月三日は、国の終生隔離政策によって何一つ逆らうことの出来なかった少年がはじめてたたかう患者運動の隊列についた記念すべき日だった。引っ込み思案の文学少年がようやく人間回復を叫んで戦う人々と手を繋いだ、新たな出発の日となったのである。

ある療養所では園内の鐘楼で抗議の鐘を国会に届けとばかりに激しく撞きつづけた。ついにはその鐘がこわれてしまったほどであった。

「らい予防法」法案は、患者の猛反対を押し切って、政府原案通り参院を通過、八月一五日に新「らい予防法」が施行された。

悪法は政府原案通り通過したが大闘争による収穫もあった。ハンセン病療養所の入所者を対象とした高等学校の建設が決まったのである。錡はそのビッグニュースをベッドの上で知り、小躍りして喜んだ。

錡は、ベッドの上で矢継ぎ早に詩を書いた。いずれの詩編も未発表のものだが、四〇〇字詰原稿用紙に清書されている。

「夜の散歩」「希望」「歴史」「祖国について」など、それまでの花鳥風月調とは違い、明らかに「らい予防法」大闘争の興奮が投影していた。この同じ時期に「白い蝶」と題した詩を書いている。「夜の散歩」以下の原稿には作者名の記入がないが、「白い蝶」に、冬敏之の筆名が入っている。

これが、深津錡の冬敏之を名乗った最初の原稿である。これまで十指に余るペンネームをとっかえひっかえ使ってきたが、ようやくにして定まった感がある。冬敏之とした理由についてであるが、隔離されて人生の最も厳しい極寒の冬の季節を生きていると感じていたからである。敏之は、映画俳優の森雅之のファンだったことから、雅之に似た名前にした。これによって難渋してきた筆名はようやく落ち着いた。

本名では、物心ついた頃から錡という読みにくい難解な漢字で一苦労してきた。かなえという呼び名では女の子みたいだとからかわれもした。

錡は、重病棟のベッドで、深津錡から冬敏之として新しく生まれ変わろうとしていた。

翌五四（昭和29）年一月三〇日、松葉杖をついて病棟を出た。手術した左足にはまだギブスが固定されていたが、それも縮小されて幾分か歩きやすくなっていた。二月一〇日の誕生日が来れば一九歳になる若者だというのに、見た目は風采の上がらぬ中年男のように老け込んでいた。介添えもなく怪しげな足取りで一年ぶりに柿舎の玄関を跨いだ。厚がようすを見に来てくれた。錡は、入室前の隠隠滅滅としていた気分をまだ色濃く引きずっていた。

夜が更けてくると、またしてもあの暗鬱な気分が頭をもたげてきた。

ああ、僕は何のためにこんなに苦労して勉強をしなければならないのか。勉強したところで果たしてこれがものになるであろうか。錡は手にしていたペンを壁に投げつけた。実際のところ詩にはもう行きづまりを感じていた。行きづまったというより、詩を書く能力があるのか？と考えた時、あれほどあった自信が跡形もなく消えていた。何のために生まれ、何をするためにいまわしい體で生きているのだろうか。どうすればこの淋しさからぬけ出ることが出来るのか。詩が生きる支えになっていたのに、それさえも雪のように溶けて消えていた。詩などというものはつまらないものだ。そのつまらない詩を手離せないとわめいている「僕」は、途方もなくつまらない大馬鹿ものだ。悲嘆の呻き声は、はじめてふかした紫煙とともに武蔵野の森へ吸い込まれていった。

北條民雄の傑作「いのちの初夜」を読む

錡は、日記帳の片隅に、恋がしたい、と書いた。そして、「恋とは性欲のことか」とも書いている。幼年期の錡は人いちばいの弱虫で甘えん坊だった。七つになっても母の蒲団に潜り込んでそのふくよかな乳房に手を入れたこともあった。少年期は早熟であったにもかかわらず、陰気で引っ込み思案で意地悪で、それでいて自尊心だけは並外れて強かった。その少年に性に目覚める季節がやってきたのだ。

北條民雄（東條耿一画、1936 年頃）

イマへの同情からもらい子をして下さい、などと強がりを書き送り、そしてその通りになった。だがこれでよかったのかどうか。ハンセン病がけろりと治った夢を見た後に襲ってきたときのような衝撃が足元から突きあがってきた。

去年の暮れから、数名の青年たちの働きかけが功を奏して、患者自治会による高校入試に備えた講習会がはじまっていた。本心とは裏腹に受験勉強など文学とは関係ないとそっぽを向いていたが、病棟の医師たちに勧められて、ようやく渋々、講習会に顔を出した。それは無論、ポーズに過ぎなかった。進取の気性に富む錡は、後塵を拝することを潔よしとしなかっただけなのである。

光岡良二（1965年頃）

岡山県の国立ハンセン病療養所長島愛生園のある長島に建設が決まった高等学校の第一期生は僅か定員三〇名。対象となるのは全国の国立ハンセン病療養所の入所者だ。競争率は高くなるといわれていた。受験講習会の講師は、光岡良二と武六二四の二氏、集まった受講生は一五、六人、一〇畳の部屋に机を並べての受験勉強がはじまった。

戦後になって社会復帰していた光岡良二が再入所して、園内の文学熱を盛んにした。光岡が会長となって「全生詩話会」が出来ていた。そこへ錡も加入した。作品も取り上げてくれたが容赦なく酷評された。光岡良二は、創作や『山櫻』の編集など文芸活動だけでなく自治会、全患協（全国ハンセン氏病患者協議会）などでも重責を果たした人で、光岡が「全生学園」の教師をしていた頃から錡は、「学園でピカイチの先生だ」といって憧れていた。

光岡は一一（明治44）年生れ、旧制姫路高校から東京帝大文学部でドイツ語を専攻、二年修了時に発病、三三（昭和8）年三月に「全生病院」に入院した療養所きってのエリートである。北條民雄が「全生病院」に入ったのは、その翌年五月一八日のことだから光岡は一年先輩格になる。光岡には、北條民雄の評伝『いのちの火影』という著書があり、北條民雄年譜を作成したのも光岡である。光岡は錡よりも二四歳年上だから親子ほど年がひらいている。「ピカイチの先生」に酷評されても、錡は嬉しかった。くさるどころか笑って頭を掻いていた。

錡が、北條民雄の「いのちの初夜」をはじめて読んだのは一七歳のときだった。「腐った梨のやうな貌」の患者や「口の歪んだ女」が出て来た。作者の分身と思われる尾田という主人公を片目が義眼で、残っている目もいつ失明するかわからない状態の佐柄木という青年が、重病棟を案内する。そのとき、小説を書いているという佐柄木が声を絞っていう。「あの人達は人間ではありませんよ。生命です。生命そのもの、いのちそのものなんです」という一行を心に深く刻んでいた。光岡から直に民雄の話を聞かされてから、北條が生きて傍にいるような鬼気迫る緊張の中で、『北條民雄全集』のページをめくった。猛烈な勢いで全集を読破した。

――僕の文学の師匠はこの人だあ。

冬敏之は、感極まったように叫び声をあげた。

青年時代

岡山県立邑久高校新良田教室第一期生

五五（昭和30）年七月二一日、厚生省、文部省、岡山県、岡山県教育委員会の間で、国立ハンセン病療養所入所患者の高等学校教育についての覚書が交わされ、全国ではじめての患者のための高等学校、岡山県立邑久高等学校新良田教室の開校が正式に決まった。少年・少女期に強制収容された児童は、これまで義務教育のみで学業の道は断ち切られていた。新良田教室の開校で漸く新しい学問の道が開かれたのである。

当時、全国の療養所には、一一、〇五七名の入所者がいた。翌月二五日には、全国一三ヵ所の国立らい療養所で岡山県立邑久高等学校新良田教室の第一回入学試験が行われ、定員三〇名の合格者が発表された。応募者が多く、狭き門と騒がれたが、深津錡はこの難関を突破した。校

開校直後の岡山県立邑久高等学校新良田教室全景（1955年）

舎は、岡山県邑久郡邑久町、瀬戸内海に浮かぶ周囲一五キロの小さな離島、長島に新設された。長島には、長島愛生園（以下、愛生園）と邑久光明園（同・光明園）の二つの国立ハンセン病療養所があり、新良田教室は長島愛生園内の田圃の埋め立て地、すり鉢の底のようなところに建設された。〇七（明治40）年に旧「癩予防法」が公布されて以来、四八年目にしてはじめて設立された普通科の定時制高等学校である。

しかし、高等学校の設立は文部行政の滞る中で患者の「学習権」を認めさせた患者運動の快挙ではあるが、患者を生涯に亙って療養所に閉じ込めておくという明治以来の「強制収容・終生隔離」の範疇から抜け出すものではなかった。

長島愛生園が開園したのは三一（昭和6）年、その翌年三月には園長・光田健輔に引率されて多磨全生園から開拓のため患者八一名が移住してきた。昔から島は長島と呼ばれ、くびれた中央東側の僅かな平地を利用して長島愛生園が建てられた。長島は環境に恵まれた風光明媚な島で、小豆島など瀬戸内海の島々を見渡すことができる絶景地だったが、悲劇の島でもあった。本土と別つ三〇〇mの海峡・瀬溝《せみぞ》は別名〝へだての海〟と呼ばれていた。流れは速く、逃亡を図ったにしても潮に流され命を落とす者もいた。海に身を投げ自殺する者も少なくなかった。

新良田教室の開校で誰よりも喜んだのは大学進学希望者だった。全生園では、高校進学のための予備校が北條民雄のいた秩父舎で行われた。そこで机を並べて勉強した森元美代治は後に慶応大学へ進んだ。また大学入学資格検定に合格して一橋大学に入り、弁護士となった仲間もいた。

当初、入学式は四月に行われる予定だった。ところが日延べ日延べで、入試が夏季までずれ込んだのである。錡は、やる気のない厚生省や文部省に常々期待を裏切られてきた苦い経験から、入学試験の延期を伝えられると、またか、といって苦虫を噛んだ。

合格通知を手にして喜びを爆発させた受験生もいたが、錡はなぜかしょんぼりとしていた。合格通知を受け取った時、〝シマッタ〟と声を発した。そうとは知らずに長兄の厚がいつになく急ぎ足で祝福にやって来た。

錡は試験に落ちて、全生園に居残ることを考えていたのだ。

そうなれば、独学で文学勉強が続けられる。今更、理科だ、化学だ、数学だ、農業だという年齢ではない。中学を出てから既に五年のブランクがあり、この先四年もの長きにわたって教科書に縛られるのかと思うと、重監房にでもぶちこまれたかのようにうんざりとした気分になった。二〇歳になった作家志望の男が、これからチイチイパッパをやったところで小説を書くのにたいして役に立つとも思えなかった。

師は北條民雄ひとりで十分だった。

高校進学は文学修業の寄り道、回り道になるだけで、作家デビューを遅らせるだけのような気がした。

――このまま独学を貫くべきだ。

かといってスパッと割り切れなかった。入学か、辞退か、その狭間で逡巡していた。全生園の四人部屋では原稿を書くにも、本を読むにもその時間をみつけることは決して生易しいことではなかったからだ。

あの北條民雄でさえ、消灯後は電灯の使用を禁じられ、蠟燭《ろうそく》の明りで読書をしていた。それで朝方は目を真っ赤に充血させていたというのだ。夜は夜で病友たちが蠟燭の火が明るくて眠れないといわんばかりに足をパタンパタンと音立てて、北條の仕事を邪魔した。川端康成の推挽を受けて、『文学界』や『中央公論』に作品を発表していた北條民雄への妬みもあったのだろうといわれているが、物書きに理解が乏しいのは昔も今も変わらなかった。作家には、作家なりの仕事場が必要だった。作家の卵である錡もまた作業場の片隅でもいいから一人きりになれる電灯のある場所を欲しがっていた。全生園では叶わぬ望みも、高校の寄宿舎なら読書や原稿を書くことに困るようなことはないかもしれない、と思った。

思案投げ首の末、ようやく長島行きの結論に達した時、夜が白みかけていた。まずはともかく長島へ行ってみよう、もしだめだったら中退すればいいのだ。

——環境が変われば、何かが変わるかもしれない。

錡は、やおら旅立ちの準備をはじめた。


九月一一日、品川駅から、〝お召列車〟に乗った。どこへゆくにも患者は隔離され、監視されていた。「危険な病原菌の塊」を乗せた輸送列車は、逃亡を警戒して厳重に警備されていたのである。もしハンセン病患者の一団が乗っていると知れ渡れば、旅行者たちが騒ぎ出すのは目に見えていた。合格者は青森や沖縄など全国に及んでいた。桜散る春の入学式から取り残された青年たちは、去りゆく夏の終わりに入学式を迎えた。

——世間から嫌われ、のけ者にされ、締め出されているのは法律のせいで、町の人たちが悪いわけではない。それにしても入学式は春爛漫の桜咲く頃と決まっているのに、残暑の厳しいこの季節にやるとはまた念の入ったことだ。

錡は、車輪の響きを聴きながら、ハンセン病の病身を恨めしく思った。

〝お召列車〟に乗るのはこれが二度目だった。七歳の時、父と二人の兄とともに岡崎駅から、消毒臭い列車に乗せられて全生園へ行ったのが最初だが、それも残暑の厳しい九月のことだった。無論、冷房装置などない時代のこと、暑さにやられて気分が悪くなったことを忘れてはいなかった。

入園した日からあと一四日で一三年という日に全生園に暫しの別れを告げた。入所以来、全生園を出るのははじめてのことだった。柊の垣根を潜り抜けて、こっそりと町へ遊びに出掛けたことはあった。顔を見られないように帽子を目深く被ってびくびくしながら買い食いをしたりした。見つかれば逃走とみなされて、検束騒ぎになる違反行為を大胆にもやってのけていた。

故郷の愛知県を通過して列車が岡山駅に到着したのは、二二時間後のことである。駅のホームに白衣姿の係員が出迎えに出ていたのが何とも異様だった。米軍から払い下げられたらしい窓に鉄格子があるジープ型の自動車が待っていた。囚人護送用だったのか、窓に逃走防止の鉄格子がついていたのだ。

そしてさらに虫明港から小型の無蓋のポンポン船に乗せられた。島に近づくにつれて、桟橋に白い花が咲いたように白衣姿の看護婦や看護助手、さらに一般職員たちが桟橋の両側にずらりと並んで出迎えに出ている姿が見えた。桟橋に降り立った錡は、恥ずかしさで身の縮む思いがした。桟橋に並びきれない人々は、道路脇に立ち、あるいは小高い山の上から手を振ってくれた。丁度、昼食時にぶつかっていたためか、入所者数一、七〇〇名ときいていた患者の姿は見当たらなかった。光明園と合わせると人口は三、〇〇〇人ほどになるとのことだった。

歓迎式もそこそこに、回春棟で裸にされクレゾールの入った風呂で全身を消毒させられた。そのあとは患者服を着せられた。島にやってきた患者たちは、まずクレゾール風呂で消毒、洗浄されたのである。プライドを持った生徒たちの誇りをねじ伏せるかのように監視付の中でいきなり衣服を脱がされ、裸にされて洗浄を命じられたのだからカリカリしたのも当然だった。

第一期生の年齢はまちまちで中には三〇男もいた。森元美代治は一七歳、鈴は二〇歳、平均年齢は一九歳七ヵ月だった。女子生徒は、長島、大島、そして全生園のすえ子、その三人だけだった。

憧れをもって新天地にやって来たが、失望するのにたいして時間はかからなかった。瀬戸内海の小島は辺鄙な上に道路の整備が遅れていた。足の悪い鈴には山坂の嶮しい長島の環境に閉口させられた。武蔵野の全生園とは比較にならないほど不便で不自由な療養所だった。

園長の光田健輔は、「救らいの父」と呼ばれ五一（昭和26）年に文化勲章を受賞していた。長州藩の流れを汲む国粋主義者で強固な優性主義者でもあった。明治期に独学で医学開業試験に合格して、行き倒れの重度なハンセン病患者の遺体解剖の助手を勤めるうちこれを一生の仕事とすることを決意したといわれている。国立ハンセン病療養所の開所は、らい病の放浪者を救済したが、〝無期徒刑囚さながらの刑務所〟ともなった。

光田は、「強制収容・終生隔離」を柱に、警察権、検察権、裁判権までも園長に与えた「らい予防法」法制化の推進者だった。患者を絶滅させることでらい病を地上から消滅させようとしたのである。法的な根拠がないまま、ワゼクトミー（断種）や堕胎など優生保護法に手を染め、子孫断絶を唱えハンセン病患者の人生を暗闇に陥れたキーマンだった。光田が八一歳で退官するまでプロミンなどの化学療法の効果を認めようとしなかったのもそのためである。光田は、

「らいは治らない」といい続けた文化勲章受賞者だった。

九月一六日に、岡山県立邑久高校新良田教室第一期生の入学式典が行われた。鋳たちは支給された詰襟の学生服を着て着席した。配られた衣服は、夏服二着、シャツ二枚、冬服一着、女子生徒にも同様に支給された。入学式は歴史を開く開校式をも兼ねていた。ハンセン病患者初の高等学校開校式とあって国や県などから関係者が臨席、取材陣も押しかけてきたが、取材は禁じられた。

入学式を終えた生徒と教員。後列右から３目が冬。
左に３人の女子生徒が見える。中列の白衣姿が教員

ハンセン病の歴史の扉を開く新良田教室の記念すべきセレモニーは、マスコミの目を塞いだ式典となった。鋳は、ここで学生代表として栄えある宣誓を行った。

――この感激は一生忘れられないだろう。

厳粛な式典の中で、壇上に立った鋳は、新たな門出の宣誓という大役を無事に為し終えた。だが、鋳はその報道記事を一度も目にしたことはなかった。

新良田教室は、「治療を受けながらの勉学のため修業年限は四年の定時制」とされていた。授業は昼間に行われ、一日五時間と定められていた。初代の校長は光田健輔、

教師は非常勤を含め一三名だった。

教師たちの差別・偏見と闘った生徒たち

愛生園には、文学同人「長島創作会」があり、患者棟に小説を書いている甲斐八郎、評論活動をしている森田竹次がいた。森田は、光田健輔の悪口をいえば、うかうか夜道は歩けない、といわれている物騒な島で果敢に光田批判を書き続けていた。鋳は全生園にいる頃から森田の名前を知っていた。そしてかつてここには、『白猫』で知られた伝説の歌人・明石海人がいた。

深海に生きる魚族のやうに、自らが燃えなければ何処にも光はない――さう《ママ》感じ得たのは病がすでに膏肓《こうこう》にはいってからであった。

明石海人

海人の言葉を鋳は暗唱していた。海人は、目も見えず、声も失いながら歌を詠んだ。海人が血を絞り出すようにして編んだ歌集が『白猫』だった。阿部知二の知遇を得て『癩夫婦』を出版して脚光を浴びた宮島俊夫もこの島の患者だった。

だが、いざ授業がはじまってみると期待はあえなく失望に変わった。

教師は白衣を着て教壇に立ち、生徒はむやみに職員室へ立ち入ることは禁じられ、答案用紙は消毒してから採点が行われた。生徒が教師と会いたい時は、職員室前に取り付けられている呼び出しベルを押さなければならなかった。英語教師なら一回、国語教師なら二回というようにルールが定められていた。「職員室のベル」は、生徒たちの反発を買い、撤去・廃止の要求が出されたが、教師たちは耳を貸そうとはせず、あくまで職員室への立ち入りを禁じた。錡は、ハンセン病菌は感染力が結核菌よりも弱いという初歩的な知識すら知らないのか、と教師の無知を嘲った。

そっちがその気ならといわんばかりに、錡は、授業が始まると机の上に教科書を立てて顔を隠し、小説を読んでいた。それは錡ひとりのことではなかった。あっちにもこっちにも反旗を翻す仲間がいたのだ。中には授業そっちのけで小説を書いている猛者《もさ》もいた。生徒たちが思い思いのことをやっていても壇上の教師は注意するでもなく、見て見ぬ振りして勝手放題にさせていた。

二年生の春、本土から女子高校生たちが慰問にやって来た。

岡山県立邑久高校郵便友の会の女生徒グループが愛生園に慰問に訪れたその足で、新良田教室にやって来たのだ。錡にはセーラー服姿の女生徒たちが眩しく映った。異性を意識しすぎるほど意識するようになっていた。自己紹介の順番が廻って来た時、「錡」という字はどう書くのですか、と女生徒のひとりから質問が出た。机の上に置いていた手を咄嗟に引っ込めた。質問をした女生徒の視線が指の曲がったこぶしに当っていたからだった。

——レプラ・コンプレックス。

心の中が波だっていた。醜い手を美しい女生徒の目から隠しておきたかった。それは意識してのことではなく、思わずそうしてしまったのだ。動揺が鎮まるのを待って、質問に答えた。

「金編に奇人の奇です」

すると車座になっていた女生徒たちが一斉に笑い出した。〝奇人〟といったことが笑いの火種になったらしい。お腹がよじれるといって笑いころげている女生徒たちの笑い声は暫くの間、止《や》まなかった。錡は、箸が転がっても可笑しい年頃があるなどということを知らなかった。すえ子の笑っている顔を見たことはなかった。錡は、二〇歳にしては年寄りじみて見えるといわれている容貌を笑われているような気がして俯いていた。元はといえば「錡」という難解な名前がことのはじまりだった。名前については、これまでにも散々てこずらされてきたが笑われたのははじめてだった。折々に改名を考えて来たが、もう限界だ、と思った。

この時、「錡」という名前を捨てる決心をした。

そうするには、まず厚の諒解を得なくてはならなかった。厚は錡の希望することはどんなことでも聞き入れてくれた。戸主を放棄して、養子を迎え入れることも渋々ではあったにしても、錡の説得に従っていた。改名も理解してくれるに相違なかった。厚は万事、弟のいいなりだった。

難解な「錡」を誰でも読める平易な名前にしたいと手紙に書き、二つ三つこれはという名前を並べた。候補にあげた名前は「健三」「義隆」「俊博」だった。「健三」は中の兄が健次だったから、三男の錡は「健三」がいいと思ったのだ。厚はこれに賛成するだろうと思ったが、小説の登場人物の名前みたいだと反対された。「義隆」は重すぎるといい、個性は感じられないが、「俊博」が無難なのではないかといわれ、それにすることにした。

就学中の改名はなにかと厄介な手続きを経なければならないことから、卒業後に届けを出すことにした。私信や原稿、日記の表書きなどは即座に「深津俊博」と改めた。

「名変更許可申請」の下書きもすぐに書き上げた。八王子家庭裁判所に提出したのは二年後、五九（昭和34）年九月のことであるが、準備は早くから取り組んでいた。

私の名前は錡であるが難解な文字を用いているためこれを錡《かなえ》と称するものは尠く錡《き》と称するのが普通であります。

又、私は不幸な身で幼い時に癩に罹患しました。癩に対しては未だ因習的な社会理念と妄想から本人は勿論近親者に到るまで大変人から嫌われる事を憂慮されますため極秘に療養を続けて居りますが、名が珍しい為極秘に療養する事が困難である事と、社会生活上著しく不便でありますから申請人の名を俊博と変更したく、その許可を求める為この申請をする次第であります。

尚本件の病名（癩）については極秘に御願い致します。

夏季休暇を目の前にして病気が動いた。完全に治ったと思っていた左足の疵が、皮と肉とがはがれて隙間ができていたのだ。しかもそれが日本列島のように長々と広がっていた。同じように手の水泡も親指から掌にかけて悪化していた。無防備な体に悪魔の病原菌が容赦なく攻め込んできた。夜、原稿を書いていても水泡の水が垂れだして原稿用紙に沁みができた。

希望と自信が膨らみかけると病気が邪魔立てして俊博を悔しがらせた。

――らいは悲惨だ。一三年間、こいつにやられっぱなしだが、負けてたまるか。悪魔の挑戦を受けてやる。俺は耐える、俺は生きる、俺には仕事がある。俺のやらねばならない文学の使命がある。文学という生涯の大事業のために、俺は俺の一生を賭けるのだ。

「らい」はさながら岸辺に打ち寄せる波のようだった。引いたかとかと思えばまたすぐ押し返して来た。

朝、気晴らしのつもりで、海辺に出た。泳ぐどころか、磯遊びさえしたことさえなかったが、人気のないのを幸いにグルグルに巻いてあった包帯を解いた。ズボンの裾を捲りあげ、裸足になって恐る恐る浅瀬に浸かると気持ちよかった。

童心に返ったように暫くの間、静かな波と戯れていた。

患者は手足の抹消神経をやられているため知覚がない。煮え立ったやかんを摑んで火傷したことは数えきれない程だった。足の裏で何かを踏んづけたような違和感が走った。浜に上って足裏をひっくり返してみるとざっくりと皮膚が裂けていた。壊れた巻貝でも踏んづけたらしかった。診察を受けると手術のためにすぐさま三号棟に入室させられた。

夜、病棟が俄かに騒がしくなった。自殺騒ぎが起こったのだ。

一期生のHが服毒自殺を計ったらしい。Hは、夏休みに入るとすぐに帰郷していたが、いつの間にか帰園していた。日頃から卒業後は郷里で就職して家族と共に暮らすと語っていたもの静かな男だった。Hには熱こぶの後遺症もなく、どこにもハンセン病と見うけられる表立った症状はなかった。頭髪もふさふさとしていたし、眉もあった。社会復帰になんら支障はなかった。遺書はなく、服毒自殺の要因は謎に包まれていたが、帰園直後のことだったことから、あらぬ憶測が飛び交った。家族に帰郷を拒否されたらしいというものもいれば、失恋が原因ではないかなどというものもいた。確かな原因はわからなかった。一週間後にHが死んでしまったからである。

全生園で七つの時から死を見つづけてきた俊博だが、死に対して不感症になることはなかった。木にぶら下がっている現場に出くわしてもいた。

ベッドの上で、Hの死に啓発されて五〇枚ほどの小説を書きあげた。そしてすぐに、「青と茨」と題した原稿を旺文社の懸賞小説に応募した。ハンセン病療養所に入所している一九歳の青年二人の友情と恋人との愛と別れを描いた淡い恋愛小説だった。

入室は長島に来てから初めてのことだったが、思いがけぬ出来事から小説を書きあげることが出来た。熊本県の菊池恵楓園にいる風見治を訪ねる夏休みの計画は諦めなければならなかった。全生園への帰園も断念した。

旅を断念したとはいうものの外出許可が貰えたかどうか。外出するには学校長を兼任している愛生園所長の許可を受けなければならなかった。それには医師の許諾が前提になる。水泡が治まらないようでは、海で足を切らなかったとしても、不許可になっていた可能性が高かった。「らい予防法」(昭和二八年八月一五日施行) 第三章「国立療養所」の中に「外出の制限」の項目がある。

第十五条、入所患者は、左の各号に掲げる場合を除いては、国立療養所から外出してはならない。

一、親族の危篤、死亡、り災その他特別の事情がある場合であって、所長が、らい予防上重大な支障を来たすおそれがないと認めて許可したとき。

風光明媚な瀬戸内の小島と心やさしい人々

作家の風見治とは年賀状は無論のこと、手紙のやりとりがあった。手紙で歓迎するとの返事も貰っていたのだが、如何ともしがたかった。俊博は、高校卒業後は、東京には戻らずに九州での暮らしを夢見ていた。創作活動に専念できる環境を探し求めていたのである。風見治のいる菊池恵楓園がその第一候補地だった。

俊博の帰園を首を長くして待っていた厚からどうしたのだ、との手紙が来た。入室したことをまだ知らせていなかったのだ。

夏休みに俊博さんが帰ってこなかったのは、ちょっと淋しいことでした。全生ではいろいろと噂が立ちました。勉強の出来ない人達が愛生に残って夏休み中にみんなに追いつくためだとか、病気の重い人は帰省を許さないからだとか。勿論そんな噂は信用しませんでしたが、それでも帰ってこないというのは肉親にとって淋しいことでした。宿舎生活のことなどはO君に会って聞きましたが、お前から聞きたかったのです。O君から聞いたのですが、入室したというのは本当ですか。またなんの病気で入室したのかさっぱり要領を得ません。気にしていますから知らせて下さい。入室すれば必要なものがあるだろうと思われます。如何にしても送ってやりますからいって下さい。全生であればすぐにでも病室へ飛んでゆくのですが、こんなに遠くではどうすることも出来ません。それから先日、宇野重吉先生が来園され、民藝作品の「あやに愛しき」という映画を見せて戴きました。その前には若杉光夫監督が来園され、「夜あけ朝あけ」を見ることができました。近頃は良い映画が見られるようになりました。そちらはどんな様子ですか。瀬戸の夕凪というけれどとても暑くて大変だそうだね。

それから、若い時代は二度と来ないから大いに遊び、美しい恋愛もやって下さい。兄のように変人になっては不幸ですから、せめて俊博さんだけでも人並み以上の美しい愛を育ててほしいのです。

厚が〝変人〟を自称する理由《わけ》は知っていた。同性愛のカミングアウトを受けていたからだ。この半年間ほど厚からの手紙が途絶えていたのは〝失恋〟の痛手を受けて沈み込んでいたからだった。厚が愛していたのはGという男性患者だった。Gの退所が決まり、しかもM子という結婚相手まで決まっていると打ち明けられて、厚は半狂乱になった。厚はGに尽くすだけ尽くしてきた。その甲斐甲斐しさは傍目から見ても度を越していた。厚は、體は男でも心は女だった。

厚の女装は園内では無論のこと、他園にまで噂が広がっていた。カラオケ大会になると厚は花形になった。ある時は日本髪のカツラをつけて芸者姿になり、歌舞伎の女形になりきり、蛇の目傘をくるくるまわしながら踊って歌った。衣装代に桁違いの金をつぎこんだ。

厚の弟を思う気持ちは、母親が息子を溺愛する母性愛に似ていた。俊博は、兄の愛に甘えながらも、いつしか距離を置くようになっていた。厚の女装姿を見るに忍び難かったからだ。九州への転園を画策しているのも、そのことと無関係とはいいきれなかった。

リハビリで歩行訓練がはじまった。俊博は、久しぶりに散歩とリハビリを兼ねて海岸線を歩いてみることにした。松葉杖を使わなくても歩けるまでに回復していたのだ。病室を抜け出して瀬戸内海が見渡せる桟橋まで足を運んだ。その古びた桟橋の上で、少年舎の男の子たちがトンボ網を手にして、出航したばかりの敬和丸を見送っていた。男の子たちは陽性反応が出たために帰郷を見送られた組なのであろう。長島は細長い島で中ほどがくびれていることから、患者たちは〝ひょうたん島〟と呼んでいた。男の子たちの後姿が寂しげに見えたのは、気のせいばかりではなかった。少年期、親元へ帰れない寂しさを経験していたからその心中がよくわかるのだ。

桟橋を通り抜けた浜辺にごつごつとした岩場があった。そこを涼み場所に当て込んで出かけて来たのだが、子どもたちの目が妙に気になって、方角を変えた。丘陵に向かって足の回復を確かめるようにして歩み出した。

海を見下ろすようにして戸建ての小さな夫婦舎が五、六軒建っていた。そのはずれの家の前に重度の障害を持った男が立っていた。髪は薄く、眉毛もなくなっていた。弱視なのか黒い丸眼鏡をかけていた。

こんにちは、とあいさつをして通り過ぎようとした時、訛のある聞き取りにくい口調で、「涼んでいかねえか？」と呼び止められた。といって見渡したところ近くに涼むような日陰があるわけではなかった。すっかり葉を落とした桜の若木が一本、ぽつんと立っていた。男は古びた団扇を手にして外で涼んでいたらしく額に汗が滲んでいた。不意の誘いに戸惑いを覚えたが、男にいわれるままに粗末な木の椅子に腰を下ろした。

「今日は風がねえな」

男はぶっきらぼうなものいいをしたが、風体とは違って声は思いのほか若かった。

暫くするうちに家の中から妻なのか男よりかなり年嵩にみえる女が出てきた。滅多に人が近づかないのか、夫婦は堰を切ったようにしゃべりはじめた。新良田教室のことを知りたがっていたらしかった。食事はどうしているのか、先生はいるのか、どこから来たのか、女生徒を見かけたが寄宿舎は一緒なのかと矢継ぎ早に質問を浴びせかけられた。

夫婦の年齢は読み取れなかったが、高校生ほどの子どもがいても不思議ではない年代である。ことには相違なかった。療養所での結婚はワゼクトミー(断種)が前提になっていた。でなければ男と女が共同生活を営む住宅は与えられなかったからだ。「らい予防法」は、妊娠した場合は患者の意思の如何に関わらず強制的な優性手術が強制されていた。「隔離撲滅」と「子孫絶滅」が、「らい予防法」の根幹をなしていたのである。

年嵩の女が、しきりに女生徒に固執するのは、過去に女の子を堕胎したことでもあったのだろうか。療養所の男女比は甚だしく、女が圧倒的に少なかった。夫が死んでもすぐ後釜が出来た。女に結婚回数が多いのはそのためだった。

「学生さん?　西瓜を食べますか」

そろそろ引き上げようとして腰を上げかけると、年嵩の妻が返事も待たずに家の中へ入って行った。

七歳で全生園に入って以来、施設以外でもてなしを受けた経験がなかった。同病者であるとはいえ、見ず知らずの人から声を掛けられたのもめずらしいことだった。これも島の人間という安心感があってのことなのだろうか。俊博は会話の途切れがちになった男の黒い丸眼鏡を見るともなしに見ていた。

間もなくして、女が包丁の入った西瓜をまな板に乗せたまま持って来ると、男に林檎の空き箱を持って来させて、それをテーブル代わりにした。

よく冷えた西瓜は甘味もありよく熟れていた。かぶりついた西瓜は、乾いた咽喉を潤してくれた。女にさあもっと、さあもっとと勧められるままに、遠慮なく手を伸ばした。

人のよさそうな夫婦のもてなしを受けて幸福な気分を味わっていた。俊博は、おもいやりとやさしさに飢えていた。それを常日頃不満に思っていたわけではないが、やさしくされてはじめてその温もりを知ることが出来た。

——これだけでも長島に来た甲斐があった。

穏やかな瀬戸内海に目に転じ、青い海原を見つめていた。

幼い頃、矢作川のほとりにある家の柿の木の下で家族そろって涼んでいた夜のことが思い出された。真夜中になると柿の梢に郭公が来て鳴いていた。縁台に腰掛け、西瓜を食べたこともあった。父もいた。母もいた。長兄も次兄もいた。浴衣姿のハナエさんもいた。星が美しくまたたき、時折、群星の光の中から一筋の糸を引いて流れ星が墜ちて行った。

「あっ、流れ星だ」

錡は母と厚の間に座っていたが、パッと立ち上がって微かな光芒を指さしたことを覚えていた。

父は既にらいを病んでいた。ともかく食欲の盛んな兄弟は西瓜の真ん中の大きいところをとろうとして喧嘩騒ぎになった。錡が五、六歳の頃だったのかもしれない。

西瓜の種を口の中から遠くへ飛ばす競争をしたりもした。腕白な次兄が常に一番を占め、なぜか長兄は種を遠くへ飛ばすことができなかった。

西瓜を食べ終えると線香花火に興じた。花火がやつれた父の顔を照らし出した。すると父が、錡は大きくなったら政治家になれ、といったのである。

「またその話、錡はまだ小さいから、政治家の話は早すぎる」

母が笑いながら遮ると、父はむきになって、錡を政治家にするといい張った。幼い末っ子の将来をめぐって両親のいい争いは度々のことだった。父親は全生園に入所して半年もしないうちに敗血症のために四二歳で死んでしまったが、さすがに、錡がハンセン病と診断されてからは政治家になれとはいわなかった。

錡という難解で珍しい名前は、愛知県選出の保守系衆議院議員・小林錡にあやかって父がつけた名前だった。父は、隣町から出た小林錡代議士の熱心な支持者だった。父の唯一の野心は錡を政治家にするということだった。

「何か、考え事でもしているのですか」

男に問いかけられて我に返った。

「いえ、ちょっと、子どもの頃、家族と一緒に西瓜を食べたことを思い出したものですから。でも、戦争中は食べるものが何もなくて、こんな西瓜が目の前にあったとしたら大騒ぎになっただろうな」

車座になって静かに西瓜をかぶりついていると、雲の上を旅客機が横切って行った。

男の国訛りの古里を訊ねもせずに別れたことが悔やまれたが、心は軽くなっていた。

——涼んでいきませんか？　いい響きだなあ。人間はこうでなくちゃいけないな。

俊博は男の口真似をしながら、足取りも軽く三号病棟へと引き上げて行った。

八月二三日、最高裁で藤本松夫裁判上告棄却との新聞記事を読み、衝撃を受けた。藤本松夫は殺人事件の犯人とされ、死刑判決の出ているハンセン病患者だった。しかし、藤本松夫は無実を主張、冤罪事件として全国に支援運動が広がっていた。死刑判決を撤回させるために、弁護団は即刻判決訂正申し立てを行っていた。

その八日後、八月三一日に光田健輔長島愛生園園長が退官した。

小説「青と茨」佳作入選でファンレター

九月末、病棟のベッドに寝ていた錡の許に、寄宿舎の管理人がやって来た。

「冬敏之というのは君か？」

「そうです」

　すると管理人は細長い小さな箱を差し出した。旺文社からの郵便小包だった。中から腕時計が出てきた。時計の裏蓋に「学生週報発行記念懸賞入賞」と彫ってあった。冬敏之のペンネームで小説を応募したことをすっかり忘れていたが、「青と茨」が入賞したのだ。選者は阿部知二だった。

「四誌連合大懸賞募集小説―大学・一般の部」の入賞作品として、五六年一一月、週刊誌サイズの『学生週報』誌に四週に分けて掲載された。毎回、挿絵が二点、それに梗概《こうがい》まで載せてあった。

「らい療養所」で療養中の「大野と私」は、幼い頃からの親友だが、二人が一九歳の冬、大野が自殺をはかった。大野が恋心を寄せていた暎子が、療養所を退所して修道院に入ったからだ。友情と恋愛、作品は淡くて甘い恋愛小説だった。所々に編集部の手が入っていた。手直しされていることも不愉快だったが、習作の枠から抜け出していない作品の稚拙さに苛立っていた。誌面に、「岡山県邑久郡長島愛生園に療養中」と作者紹介が出ていたが、「新良田教室二年生」とは書かれていなかった。発売後、読者の女子学生から二〇〇通ものファンレターが届き、療養所中をびっくりさせた。

　小説の入賞は、愛生園のビッグニュースとなり、たちまちのうちに「冬敏之」は島中に知れ渡った。呼び名も、「冬敏之」で通じるようになった。

「青と茨」は、長島創作会の合評会でも取り上げられた。そこでは、森田竹次から、「何とも明るい。北條と比べると、格段に明るい」といわれ、甲斐八郎には、「しかし稚拙だ。ストーリーはうまいが稚拙だ」と、口をすぼめて笑われた。「雰囲気は出ているが描き方が弱い」とか「読むに堪えない」などとこきおろされたりもした。

森田は一九一〇（明治43）年、甲斐八郎は一八（大正7）年生まれ、三五（昭和10）年生まれの冬敏之とは年齢も親子ほどかけ離れていたが、文学の土俵では対等だった。療養所の中の新しい才能に一目置きながらも、同病の物書きとして容赦なしの鉄鎚を下した。ちやほやされて自惚れるなよ、とでもいうように二人の批判は緩むことがなかった。

冬敏之自身、「青と茨」を〝甘ったるく幼稚な恋愛小説〟だと問題にしていなかった。冬敏之の〝処女作誕生〟は、まだまだ先のことであった。

長島創作会の論客・森田竹次の北條民雄論

森田竹次は、北條文学をハンセン病患者として批判的立場から見ていた。「いのちの初夜」が売れたからといって、ハンセン病患者を見る社会の目が好転したわけではないというのが、森田のいい分だった。好転どころかむしろ厳しくなった、恐怖心を煽ったというのである。ただでさえ不治の病として社会から恐れられているハンセン病患者の姿を残酷な目で観察、描写して、むしろ患者への目を厳しいものにしたというのがその理由である。

「ハンセン病患者の環境をよくするためには、北條文学はあまり役に立たなかった」

森田の論点は明快だった。「青と茨」を〝何とも明るい〟と評したのは、北條民雄の〝絶望〟に比しての慧眼であった。森田竹次は患者運動にも熱心だったが、文学論・文学批評活動でも常に独自の見解を展開していた。原稿執筆は万年筆を口に銜えて書いていた。万年筆を握るべき指が切り落とされていたからである。

北條民雄を師として崇め、「いのちの初夜」を崇高な文学作品として評価していた冬敏之は、思わず天を仰いだ。

――絶望の文学ではだめだということか？

「青と茨」をこっぴどくこきおろされながらも、不思議と不愉快にはならなかった。むしろウンウンと頷きながら森田の毒舌ともとれる火を噴くような弁舌に聞き惚れていた。

冬敏之は、ハンセン病患者の環境をよくする文学とはいったいどういうことなのか、と考え出していた。北條文学は、ハンセン病療養所の内奥を正面から描いた新文学の開拓者ではなかったのか。患者の悲惨な極限状態を見事なまでに描いているが、読後の印象が意外にさわやかなのは、北條民雄が患者の人間回復をめざして、差別や偏見とたたかう姿勢で作品を書いているからではないのか。北條文学を肯定こそすれ、批判的に読むことなど冬敏之には思いも及ばぬことだった。だが、森田の北條民雄論は、更に一歩深いところを掘り出そうとしているかのように思えた。

冬敏之の北條文学擁護論を森田竹次は静かに笑って聞いていた。

新良田教室に来てよかったと思ったのは森田竹次と出会えたことだった。それに授業よりも小説を書くことに熱中していた同級生が四、五人もいたことが何よりも頼もしかった。冬敏之は彼らによって否応なく小説の世界に引き擦り込まれたのだ。一〇〇編もの詩を書いていたとはいっても、それは少年の感傷から抜け出してはいない、甘美な世界にとどまっていたからである。

「青と茨」もまた処女作とはいい難い稚拙な作品だったにしろ、ともかくもハンセン病患者の苦しみと悲しみに一歩足を踏み込んだ作品になっていた。森田竹次が「何とも明るい」と評したのは、後に「ハンセン病療養所」を書く、作家の片鱗を予見していたからにほかならなかった。

絶望の文学といわれている北條文学から二〇年、療養所の環境はプロミンによって人間回復の道が拓けたが、名作文学といわれてきた北條文学が、らいは恐ろしいという旧態のイメージを流布した悪役を演じているということなのだろうか。冬敏之は森田竹次の指摘をそのまま受け止めきれずにいた。

なんといっても北條民雄は川端康成を唸らせた天才なのだ。

冬敏之には、北條文学を森田竹次のように切り捨てることは出来なかったが、盲点を衝かれたような気がした。長島創作会の論議は新鮮だった。授業に出るよりも、森田や甲斐のところへ出掛けて、小説の話をすることに喜びを感じるようになっていた。

冬敏之は、北條民雄が川端康成に書簡を送って原稿を見てほしいと依頼したように、阿部知二に原稿を見ていただきたいと手紙で懇願した。すると折り返し多忙を理由に簡単な断りのハガキが来た。しかも阿部知二本人からではなく、代筆だった。冬敏之は、川端康成にも同様の依頼状を書きかけたが、身の程知らぬ不遜な振舞だと気づき、思いとどまった。

冬敏之は、小説を書くことを一生の一大事業にすると日記に書いた。

島に届く郵便物は、深津錡から冬敏之宛のものが俄然多くなった。〝深津俊博〟は短命だったが、厚からの手紙は相変わらず〝深津俊博〟となっていた。一二月九日付の厚からの手紙もそうだった。冬敏之の返書は大方が送金の礼状だった。二ヵ月ぶりに届いた厚からの速達にもまた現金二、〇〇〇円が同封されていた。

便箋二枚に万年筆でびっしりと近況などが書き込まれていた。厚の手は冬敏之のような悪筆ではなかった。編み物を好み、美しい文字を書いた。

一度、愛生へ行きたいと思いますが、旅費が出来ないので断念します。暮れにはまとめて送るといいましたが、急に編み物の機械を買うようにいってくれる人があり、前々から欲しいと思っていた時でもあり、思い切って買ってしまいました。そういうわけでお前に多く送金できなくて悪しからず許して下さい。兄として思うように何一つやってやれないことを心から申し訳なく思っています。同封にて二千円送ります。左様なわけで送る金が少ないがご承知して下さい。

冬敏之の返書は一二月一七日付、差出人住所は邑久郡虫明局区内六五三九、名前は深津俊博となっている。

高等学校の学費や衣食住はすべて厚生省の負担となっていた。慰安金も出ていたがそれは少額で一ヵ月持たなかった。煙草銭や本代は厚からの仕送りが頼りだった。厚は、盆暮れには二、〇〇〇円、三、〇〇〇円、時には五、〇〇〇円という現金を手紙の中に入れて送ってきた。

お金をどうもありがとう。実は今年の暮、どうして越そうかと考えていたのです。なぜってお金が一円も無くなり、借金が二百円ばかりあったからです。それというのも五月以来の頼母子講が今までたたっているわけ。つまり頼母子講から五千円借りて太宰治全集を買い、月々千円の慰安金のうちから頼母子講へ五百円返しているのですが、残りの五百円では煙草と雑費を引くとぎりぎり一杯。

それがねどういうわけか千円ばかり残っていた。それでね、よしというわけで友達からカメラを買ったんだ。千五百円でさ。安いけどいいカメラだよ。写真部のカメラと同じような型のやつなんだ。新品を買ったらどうしても七、八千円はするんだ。そしたら五百円の足が出るだろ。それで慰安金を貰って支払ったらもうスッカラカンさ。だからあのお金、助かった。干天の慈雨とでもいうのかしら、廻らぬ首が廻るようになったのです。

いま丁度期末試験の最中なんです。多磨（全生園）には、誰々が成績が良いとか悪いとかのニュースが入るだろう？　しかし、ぼくは兄さんが心配するように勉強しないんだ。どういうわけかぼくの神経系統は強いらしいんだ。中の兄があんなに弱い神経を持っていたから、その反動というのか、そのかわり弟の方が人一倍、図太いらしい。勉強なんかで体こわすことなんか、恐らくないでしょうよ。あるなら頼もしいけど。つまり理が勝ちすぎてるんだ。はっきりしすぎているって、友達の一人が言ってたよ。確かに少し判りすぎるような気もするんだ（と言っても、大事なことは判らないからかえってマイナスだ）。

そのうち、ぼく、きっと良い作家になるよ。それまで生きていて下さいね。兄さんをモデルにして書くことだってあるかも知れないよ。でも、作品のモデル云々はつまらないことなんだよ。作者イコール作品のモデルなんだから（ある意味ではね）。

太宰治は「作家は肉親を食う」と言っているけど、この頃、ぼくもそう感じてきた。どうしても一度、自分の生誕にまで遡って書いてみないとね。それから自分という人間の生い立ち、環境、家庭、母も父も兄もでてくる。それを書くことは、読者の前で裸になることなんだ。〝これが私の生い立ちだ〟ってね。それを避けていては文学なんてできないし、作家になどなれはしないんです。究極に於いて、文学は自己探究ですから。

悪い弟から良い兄貴へ。

俊博

兄上様

この頃、冬敏之はしきりと有名作品の模写をしている。日本の作家やフランスの作家が書いたエッセイや短編、長編小説の一部などを一字一句もゆるがせにしないでノートに書き写している。太宰治の短編「満願」、北條民雄のエッセイ「井の中の正月の感想」、モーパッサンの「脂肪の塊」などである。

詩を書き、放送劇の台本を書き、創作ノートに小説の構想を書き連ねていた。いずれも未発表の習作ではあるが創作意欲が横溢していた。その一方で才能なし、下手糞な文章、拙劣な文体、底の見え透いた文章、とけなしまくっている。

作家への門を潜ろうとしている時、またしても病気が動いた。

五八（昭和33）年の三月のことだった。

左眉あたりの神経が痺れて動かなくなった。左の鬢の毛も薄くなっているのだ。以前より手も足も状態が悪化していた。気候の変化で皮膚に近い神経の鞘に異変が起きていた。プロミンでらい菌が絶滅したと思っていたがそうではなかったのか。どうやらヤツは緩慢に進行しているらしい。冗談ではない、いったいいつまで人を苦しめれば気が済むのか。これでは社会復帰どころではない。これ以上悪くなるのはたまらない。もうこれ以上よくなるという希望がもてないのだとしたら、せめて悪くはならないでくれと星に願いを懸けた。治療はプロミンに切り替えることにした。だが果たして進みゆく病状を阻止することができるのか。

冬敏之は机の上のスタンドの明りを消して、黒い石にでもなったように丸く蹲った。

らいよ、僕はただ飯生活に毒された一匹の虫けらなのだ。

一匹のゴキブリにどのような希望があろうか。

戸棚の裏から這い出た時、既に死が約束されるのだ。

のろわれよらい。我が身もまたのろわれの身だ。

生き永らえて何がある。

死こそ解決の道。しかし、ゴキブリは自殺すら知らない阿呆なのだ。

森田竹次に、死について問われた時、「百姓のクソ意地でらいだからなお生きてやる」と大見得を切った。そういった手前、弱音を吐くわけにはいかないが、最早、人生に対して生きる気力を失っていた。文学で立つことも、退園することも、この體とこの貧しい才能でどうしてできようか。

だが、自尊心だけは、冬敏之から一向に消えなかった。依怙地な性格がその依怙地故に多くの苦しみとなって重くのしかかってきた。死ぬことより他に何の希みも持てない。死ぬことさえできたら、この面倒でわずらわしい生から逃れることができるのだ。

——死がすべての苦しみから解き放してくれる。

その時、厚の顔が思い浮かんだ。八歳年上の厚は三一歳になっていたが、Gとの別離で半狂乱になりながら、気丈にも社会復帰を決意したと手紙で知らせて来た。まず顔の整形手術をして、三年後の社会復帰をめざすというのだ。臆病で人見知りの激しい厚が、〝失恋〟の苦しみをバネにして、差別と偏見に満ちあふれている世の中へ出ていくというのだ。

Gに去られて生きる支柱を失った厚に残されている唯一の希望は、冬敏之が作家になる日を見届けることだけだった。

文学修業時代

光田健輔のお膝元で〝救らいの父〟批判

五九（昭和34）年二月一〇日、冬敏之は二四歳になった。

岡山県立邑久高校新良田教室第一期生の卒業式は一ヵ月後の三月一〇日、瀬戸内の長島に来たのは五五（昭和30）年九月一二日、三年六ヵ月の寄宿舎生活が終わろうとしていた。冬敏之は、入学時、既に両手が悪かった。下垂していた左足は制動術という整形手術で足首を固定していた。三〇人の新入生の中でも病状（後遺症）は重い方だった。卒業後は社会復帰が当然といった空気が支配的だったが、それは五体満足な生徒のいい草で、重症者にとっては療養所を出ることなど思いも及ばぬことだった。冬敏之ははじめから退園の望みを捨てていた。従って入学の動機も勉強して大学へゆくとか、社会復帰してよい会社に就職するとかいう望みはなく、海辺の療養所へ移ってみるのも悪くないかもしれないという、いたって不純な動機からだった。身を入れて勉強をする気などさらさらなかった。

兄・厚は、一度、長島に行ってみたいといい続けていたが、結局ここには来なかった。〝失恋〟の痛手を抱えた厚は、その寂しさから〝唯一の肉親〟冬敏之が多磨全生園へ帰園する日を待ち侘びる切々たる手紙を書き送って来た。厚は、なぜか母・イマの存在を無視するかのように、常に、お前は私の〝唯一の肉親〟だと弟に語りかけていた。

だが、冬敏之は出来る事なら全生園へは帰りたくなかった。厚からの手紙によれば、この二、三年で園内の様子はすっかり変わってしまっているとのことだった。かつてのような静かに文学に親しみながら暮らすというような雰囲気はどこにもないというのである、文学団体やサークル活動の火は消えて、若者はもっぱらスポーツに興じているらしい。

ましてや小説を書いていた人物は次々に退所したり、亡くなったりで残っているのは高齢者ばかり、新鮮な作品は出にくくなっていた。園内だけではない、全国の療養所を見渡してみても、二〇代の書き手は少なく、九州の風見治の名前を聞くぐらいなものだった。新良田教室には、小説を書いている同級生が四、五人いることはいたが、作家になると意気込むほどの情熱はもっていなかった。

俊博さんには、好きな文学に一生をかけて悔いない人生を歩んでほしい。兄はそのよき理解者でありたい。それに適した環境がどこかにあるはずです。しかし、それは全生園ではなく、長島、長島より大島、あそこならお前の安住の地になるかと思います。

厚は全生園への帰園を待ち侘びながら、自分自身の願望は二の次にして、文学を一生の仕事にしようとしている弟の希望を叶えてやろうとして心を砕いていた。

厚は、女装歌手として慰問団に加わり、全国のハンセン病療養所を巡っていたこともあって、各地の事情に通じていた。香川県の国立療養所大島青松園には詩人の塔和子がいたが、冬敏之は、熊本県の菊池恵楓園を希望していた。風見治が居たからだが、長島愛生園、大島青松園、そして菊池恵楓園といずれへの転園願いも聞き入れられなかった。

冬敏之の長島における最後の原稿は小説ではなかった。「新良田教室論」と題した四〇〇字詰原稿用紙三〇枚の異色の論文だった。『愛生』誌の「新良田教室卒業記念特集号」に寄稿したもので、新良田教室三年六ヵ月の歩みを卒業生、在校生の意識調査アンケートを基礎資料にして、教育実態を示し、問題点を洗い出したハンセン病高等学校論である。

長島愛生園園長・光田健輔が、新良田教室に来て生徒を前に講演したことがある。

らいは治らない。だから、社会復帰など考えず、ここで有意義な一生を過ごすのが最良の生き方だ。

五一（昭和26）年一一月八日、光田健輔は、参議院厚生委員会で「らいに関する件」で参考人として発言している。文化勲章授与式から五日後のことである。

病気は家族伝染でありますから、そのような家族に対し、もう少しこれを強制的に入れるようにしなければ、いつまでたっても同じことであると思います。要するに私は沈殿している患者を極力療養所に入れるために法の改正をする必要があるという意見です。今度は刑務所もできたのでありますから、逃亡罪というような罰則が一つほしいのであります。

全国ハンセン病患者協議会あげての大闘争が展開されたが、隔離政策は新「らい予防法」五三（昭和28）年改正でも踏襲された。光田健輔は、ハンセン病が「治らない病気」から「治る病気」になっても、治らないといい続けた。時代の流れに逆行して、患者を収容したまま人間としての尊厳を認めようとはしなかったのである。

新良田教室の際立った特徴は、生徒たちの教師不信、教師たちは、ここの生徒たちは一般高校と比較するとやる気がない、無気力だと酷評、お互いが詰りあっていたことだ。教師は、生徒たちをホスピタリズム——施療病患者だと断じ、〝生ける屍〟だと貶《けな》した。教育者にあるまじき弄舌にも生徒たちは沈黙してきた。さらに一般入所者からは、国費を使った〝恋愛学校〟だと野次られた。

「新良田教室論」は、生徒たちに浴びせられた批判、中傷に対する反旗であり、教師批判でもあった。そもそも、はじめに差別・偏見ありき、療養所内にも差別があったのである。教師は生徒をハンセン病患者として対処、感染を恐れていた。生徒たちとの接触を拒み、職員室への入室を固く禁じた。生徒たちから抗議を受けても耳を貸そうとはせず、頑なに拒否して、撤回しようとはしなかった。授業では、分厚い予防白衣で身を固め、マスクをして教壇に立ち、答案用紙は消毒づけにしてからでなければ採点しなかった。これらのことは前述したが、こうした教師たちの過剰な警戒心が生徒たちの心を傷つけ、不信感を募らせたのである。これではやる気をなくすのは当たり前だ——冬敏之は生徒たちのいい分を一手にすくいあげた。

教師と生徒の間の壁は厚く、溝も深まった。三年六ヵ月の高校生活でいちばんの思い出は何かと問われて、海辺で教師と相撲をとったことです、と答えた同級生がいた。生徒と触れ合っていた教師もいたにはいたのである。生徒たちは、ささやかな出来事に大きな喜びを感じていた。

冬敏之は、生徒たちが無気力だという教師の指摘を、頭から否定はしなかった。しかし、アンケートでは、卒業後何をするかという問いかけに六七名中、四三名が社会復帰を希望していた。復帰できないから園にいると答えたのは一六名、わからないが五名、その他となっている。

六割以上が社会復帰に挑もうとしていた。しかし、「社会復帰後の生活の困難、社会一般の根強い偏見、自己の生に対する自信と意欲の喪失」「我々が自身の希望と目的に向かっていくことは最早、至難でさえある」と書き、絶望的状況にあることを冬敏之は確信していた。だが、社会復帰という至難の生き方が破滅に向かうということが明らかだとしても、人間にはそのようにしか生きられないことも在り得るのだということは理解していた。

新良田教室はまさしく、仏造って魂入れずの教育施設だったのである。

冬敏之は、医師から一〇〇ｍ歩いたら一分休みなさい、と忠告されていた。サッカーや野球の試合など激しく動き回る競技になると、グランドの片隅のベンチに座って静かに見物していた。医師にいわれなくとも走るなどという芸当は元より不可能な體だったのである。スポーツはからきしだめだったが、議論になると俄然ハッスルした。負けず嫌いで鼻っ柱が強く、相手が音を上げるまで食い下がった。

「新良田教室論」は、冬敏之にうってつけのテーマだった。問題が大きければ大きい程、燃えるタイプだったのである。教師の在校生無気力論に沈黙を守る同級生をしり目に、正攻法で反論を企てたのである。生徒が職員室にいる教師と会いたい場合は、入口の呼び出しベルを押して外で面談しなければならなかったが、その後ベルは撤去され、自由に職員室に出入りできるように改められた。「新良田教室論」の主張が功を奏し、教師と生徒間の〝壁〟が壊され、両者の距離は徐々に縮まっていったのである。

作家志望の冬敏之にとって新良田教室は、如何なる意味があったのか。学校と名のつくものは如何様であれ無意味ということはない。光田健輔のお膝元ながら、自由気儘に文学修業の出来た、いうことなしの三年六ヵ月だったということも出来る。予習、復習はおろか、試験勉強すらそっちのけにして、夫婦舎に出かけてテレビ見物にうつつをぬかしていたこともあった。無論、それればかりではない。好きな作家の作品を耽読し、夜更かしをして原稿を書くことが出来たのも寄宿舎なればこそだった。長島創作会の森田竹次、甲斐八郎によって未熟な文学精神を叩きあげられた。とりわけ、森田竹次から受けた影響は計り知れない程大きかった。森田の北條民雄評価、光田健輔批判、熊本県菊池の殺人冤罪事件の被告、Fとの文通をはじめたのも、森田竹次の導きによるものだった（のちに冬敏之は『民主文学』に長編小説「藤本事件」と題して連載する。現在、同事件は「菊池事件」として再審請求の運動が広がっている。ご家族の意向もあって固有名詞を使わないことになった。従って本稿も、以下菊池事件、氏名をFと称する）。

森田からは、小笠原登という光田健輔に抗した医師のいることを教えられた。

冬敏之は、〝国費〟で文学勉強、人間修行に励むことが出来たのである。

冬敏之が在学中に執筆した作品は、小説（未完のものを含め）二二編、随筆一五編、戯曲四編、放送劇、小品、感想、そのほか座談会などである。小説は『学生週報』に連載された「青と茨」が僅かに話題になったものの、大半は未発表の習作、中には八〇枚、九〇枚の長い原稿もあるにはあるが、多くは五〇枚以下の原稿だった。二年生の秋、第一回学校祭が愛生会館で行われた。出し物は音楽、合唱などのほかに二つの演劇、冬敏之は、O・ヘンリーの短編を翻案脚色し、主演・演出で「午後十時」という一幕物を上演した。出演者は三人、脱獄囚を主人公にした芝居で、劇中にショパンやシューベルト、モーツァルトなどの名曲を流した。長島創作会の会長甲斐八郎がこの舞台を見に来た。そして甲斐からいくつかの致命的な欠陥を指摘され、自惚れていた鼻っ柱をへし折られた。このことが契機となって、甲斐八郎の部屋へ出入りするようになり、隣室の森田竹次と親しくなったのである。長島での三年六ヵ月は、将来への不安と絶望、孤独、性の苦悶、自殺の誘惑に悩まされた青春の日々ではあったが、作家の意識を育てあげた貴重な日々となった。

二四歳で高校卒業、ふたたび多磨全生園へ

三月一七日、新良田教室第一期卒業生四人が全生園に帰園、公会堂前で歓迎式が行われた。最年長の冬敏之が、詰襟の黒い学生服姿でお礼のあいさつをした。新良田教室第一期の女子生徒は三人きりだったが、そのひとり、すい子も無事に卒業、全生園に帰園した。一期生は入学時三〇名、卒業したのは二五名、自殺、転校、退学など波乱があった。全生園の気風は、確かに厚のいっていた通り様変わりしていた。園内ではバクチが流行り、療養所周辺は、武蔵野の面影を留めていた雑木林があちらこちら切り倒されて真新しい家が建ち並び、景色が一変し都会

化の波が押し寄せてきていた。

愛生園の風光明媚な海辺が懐かしかった。新良田海岸から眺める夕日は美しかった。瀬戸内海に映える七色の落日に見とれていたこともあった。冬敏之は、長島の素朴な風土に親しみ、愛生園の人々に愛された。

その上、全生園であてがわれた四人舎の同居人は、三人が三人とも在日朝鮮人だった。「僕には、民族差別意識はないぞ」と呟きながらも、朝から晩までのべつまくなしに交わされている同居人の母国語に悩まされて頭を抱えた。原稿に向っても集中できず、読みはじめていたジョイスの「ユリシーズ」を開いても頭に入らず、長島の静けさが恋しくなったのである。

それでも同居人の留守を見計らって机に向かっていた。創作「屈辱」、「壁の中の聲」、「暗い春」、「骨壺」の四編を矢継ぎ早に書き進めていた。「屈辱」は、〝イタ・セクスアリス〟、「壁の中の聲」は、療養所の重監房、「暗い春」は新良田教室の高校生群像を描いたものだった。

四月一日から『多磨』編集部に〝出勤〟、編集企画や校正などにも首を突っ込みはじめていた。『多磨』の初仕事は、八月号の「らい文学特集」、全国の療養所から集めた作品アンケートに基づく匿名座談会を六月一九日に行い、冬自身も出席した。座談会では次の作品が取り上げられた。

「癩夫婦」宮島俊夫、「その日」甲斐八郎、「傑作」吉成稔、「幽明の記」森田竹次、「核の中から」中園裕、「二つの帰路」大海誠（以上、愛生園）、「孤愁」氷上恵介、「秋の彼岸」内田静生、「断つ」

田島康子、「胎動」田所靖二（以上、全生園）、「昼花火」野上徹（光明園）、「医師の場合」下河辺譲（恵楓園）、「梅干の種」名草良作（楽泉園）。

書き手は療養所別に挙げると愛生園が六名で最も多い。次が全生園の四名、その他となる。冬敏之の名前はまだ挙がっていない。それにこの中には二〇代の書き手は一人もいない。三〇代、四〇代、それ以上の古参である。若手といわれている名草良作でさえ二〇（大正9）年生まれ、三九歳の中年に達していた。

——僕はまだ二四歳、それに小説に本腰をいれてからまだ三年、あせることはない。

冬敏之は、思うように筆が進まないジレンマを振り払うように、弱輩を楯にとって余裕をみせていた。あせることはないといいながら内心は一日でも早く名を挙げようとして気が急いていた。

四月四日には、本籍地を愛知県碧海郡上郷村から、東京都北多摩郡東村山町野口一四一四番地（多磨全生園）に移した。愛別離苦、生家との断絶である。

ぶらりと外出することが多くなった。子どもの頃の夢は、ひばりになって空を自由に飛びまわることだった。鳥籠の鳥は真ッ平だった。

長島にいたときでさえ、島抜けをして級友から、放浪癖があるといわれたが、全生園の環境は、机の前でもの思いにふけるような気分にはさせてくれなかった。いきおい、外へ飛び出すことが多くなった。西武池袋線の秋津駅から池袋へ出て、御茶ノ水へ向かった。神田駿河台から明治大学通り、神保町の古本屋街をぶらつき、そのあとは後楽園球場でのプロ野球の観戦である。チケットはすべて中日戦、一五日にも対巨人戦を見た。中日は六対四で負けた。愛知県生まれの冬敏之は中日ドラゴンズのファンだった。

七月一二日、神田神保町の古書街をぶらついて、フランスの作家、レイモン・ラディゲの長編小説『肉体の悪魔』と樋口一葉の『たけくらべ』の二冊を買った。


「たけくらべ」には感心した。完璧に近い作品だ。一葉の著作はそれだけでも彼女は恐らく不朽の名を残しただろう。美登利、正太、三五郎、信如などの姿が鮮やかに目に浮かぶ。彼女はすぐれた作家だ。ただ文章が擬古文なのでたいへん読みづらい。二、三判らないところもあった。恐らくは源氏物語、枕草子、その他、中国や日本の古典からの引用だろうと思われるものが所々にあった。彼女の教養に驚く。

ところで、ラディゲの方であるが、彼は僅か二十歳で死んだ天才作家で、十九歳で筆を断った詩人ランボーに比べられているようだ。彼の作品は僅かに二つ、『ドルジェル伯の舞踏会』と前記の作だけだが、彼はその二つに於いて世界の古典作家となった。(日記から)

樋口一葉は二四歳六ヵ月二一日の命だった。

『群像』の新人賞だけはとりたいと野心を燃やしていたが、筆は進まなかった。出来上がった作品はどれもこれも不満だらけの習作、自己採点ですら新人賞どころの水準ではなかった。非才を嘆き、癩園に朽ち果てたくない、とのたうちまわっていた。

一〇月一六日にはかねてから準備していた深津錡を深津俊博に改める改名届を八王子家庭裁判所に提出した。

短命に終わった「全生学園」補助教員

六〇（昭和35）年一月中旬、「全生学園」の補助教員に就いた。七人の小学生の先生である。

冬敏之は教室で子どもたちと過ごす時間に生き甲斐を感じはじめていた。ソフトボールや卓球の相手もした。子どもたちを喜ばせようとしてボールを投げ、転がってゆくピンポン玉を追っかけたりした。案の定足に痛みがきた。その上、大晦日以来、咳が出て止まらなかった。夜になると尚、激しく咳き込んだ。ちょっとした風邪だろうと思い内科で咳止めでも貰えば簡単に治ると思っていたが、ひどくなるばかりだった。

ある日、教室に入ると珍しいものが教卓の上にのっていた。手にとってみると文部省発行の『いちねんせいのおんがく』の教科書だった。

冬敏之は「全生学園」小学部の頃、成績はほぼ「優」と「良上」だったが、音楽だけは「良」だった。物珍しげに教科書をめくっていると聴いたことのない童謡が載っていた。

「むすんでひらいて」という曲名だった。歌いながら手をひらいたり、むすんだりさせるらしく、その図が絵になっていた。

むすんで　ひらいて
てをうって　むすんで
またひらいて　てをうって
そのてをうえに
むすんで　ひらいて
てをうって　むすんで

歌詞はこの後、四番まであった。作詞者は不詳、作曲はルソーとなっていた。後で調べてみると日本では四七(昭和22)年、小学一年向けに出された最初の音楽の教科書『いちねんせいのおんがく』に、この歌詞が出たのだという。曲は海外で古くから歌われてきた讃美歌だったようだ。冬敏之が国民学校一年生の時はこの童謡はなかったわけだから、知らないのは当然だとしても、鷲手の子どもには歌わせたくない童謡もあるのだと思いやるせなくなった。

教室には指の曲がった一年生がいたからである。

そうこうしているうち三月になり、期末試験の採点時期となった。医師の診察を受けると即刻入室となった。初期の肺結核だから二、三ヵ月も静養すれば退室できるとのことだった。教師稼業に本気になりかけた矢先にまたしてもアクシデントが起きた。運が向いてきたと小躍りしていると、病気の悪魔が足を引っ張った。補助教諭は僅か四ヵ月で辞職せざるを得なかった。

入室中、世の中はめまぐるしく動いていた。正に動乱の時代だった。

もはや戦後ではない、といわれてから久しい五月二八日、グアムから元日本兵二人が一九年ぶりに帰還した。立川の米軍基地に降り立った兵士は戦争が終わったことを知らずにヤシの実や魚をとって生き延びて来たという。現地人にみつかって本国送還となったというのだ。冬敏之は、療養所に入って一七年、兵士らのジャングルでの息の長い耐乏生活に仰天した。三井三池争議、日米安保条約反対のデモは全国各地に波及していた。東京では六月一八日、三三万人が参加したフランス式デモが行われ、そのニュースにベッド上の重病人たちが興奮して歓声を上げていた。八月一日には、浅草・山谷のドヤ街で三、〇〇〇人からなる暴動が起きた。騒ぎはマンモス交番への投石、放火に発展、野次馬が集まって騒然となった。

冬敏之はなすすべもなくベッドに横たわり薄汚れた天井を見つめていた。

暮れの二七日、『多磨』誌の文芸特集に提出していた小説「序章」の入選が決まった。選者は野間宏、賞金は一、七〇〇円。小説に自信を失いかけていただけに、思わぬ朗報に気持ちを立て直すことができた。

年賀状は、死刑囚・Fや愛知県犬山市の林良忠、ほかに療養所の園友からですべてを合わせても一八通と少なかった。林は、京都の花園大学の学生時代に長島愛生園に慰問に来て以来の友人で犬山市の名刹・興禅寺の僧侶である。冬敏之と同じ年齢（林は冬よりも六日遅い一二月一六日生まれ）だったこともあって、気心が通じ合っていた。

一月一六日、退室、丁度一〇ヵ月の入室生活だった。結核を患ったことにより、これで病気という病気は一通り経験した気になった。だが病深まれども、生深まらず、である。それにしても今日もなお生命を保ち続けているのは、少年時代の食糧難と栄養不足を考えると不思議でならなかった。竹馬の友、八巻、須賀、誠が逝き、北村、木村が逝った。その他、多くの少年や病友が死んだ。いずれも冬敏之より遥かに健康そうだった友だちが、あえなく一筋の煙となって消えた。

母イマと再会、兄・厚と間違えられる

生家からハガキが来た。二月一一日に母が上京するという知らせだった。冬敏之の高校卒業の祝いと快気祝いをかねて出てくるつもりのようだ。母との再会は九年ぶりのことになる。だが、冬敏之は母との再会に気持ちは弾まなかった。僕は別段会いたいとは思わない、というと、

厚もぼくだって会いたくない、と鸚鵡返しに冷淡な返事が返ってきた。ふたりは顔を見合わせて肩を落とした。冬敏之は厚の心中を察していた。母の上京を伝えて来たのが養子だったからだ。生母には、新しい養子の息子がいる。一つ屋根の下で暮らしている養子がいる。結婚して孫もいる。それが母の家族なのだ。兄弟の母が母であったのは遠い過去のことで、いまでは見も知らぬ他人の母になってしまっていた。そんな母と昔のようにわだかまりなく接することは難しくなっていた。兄弟のジェラシーである。それでも冬敏之は気を取り直して、気乗りのしない様子の兄を説得して、はとバスに乗せて東京見物をさせることを同意させた。

当日の朝は冷え込んでいた。冬敏之は、日の出前の午前五時四〇分、秋津駅へ母を迎えに行った。母は六時一八分着の西武電車に乗って来る。寒さが厳しく、手足の感覚を失いかけていた。

改札を出るなり、母は息子に声を掛けた。

「厚かい？」

「錡です」

相談もなしに改名しただけに、母の前では「俊博」とは名乗れなかった。兄と間違えられてギョッとしたが、目くじらを立てたりはしなかった。

冬敏之は、一七歳のとき、母に再会したおりのことを忘れてはいなかった。入園後一〇年目のことである。目の前に突然現れた小柄でみすぼらしい女は、別の少年に面会に来た農婦だとばかり思った。それであいさつもしないままよそ見をしていると、秋山すぎにお母さんだよ、といわれてハッとなった。七歳で別れた母は既に幻と化していた。夢の中に現れる母は若くて美しかった。ところが母と名乗った女は、錡が思い描いていた母とは似ても似つかなかった。そのときの戸惑いと失望といったらなかった。

八歳違いの兄弟を見分けられなかったのは、九年の歳月が相貌を一変させてしまっていたということなのだろうか。それともハンセン病の後遺症で兄弟の顔が瓜二つになってきたということなのか。あるいは、母が思い描いていたのは、一七歳の錡だったということなのだろうか。

母が詫びるようにぼそっといった。

「ごめんね。厚だなんていって」

「一七歳のとき以来だから無理もないですよ。僕はいま二六歳ですから」

冬敏之は平静を装って見せたが、内心はそれでも母親かと、剣突を食らわせたいような気持ちになっていた。

翌朝、七時五五分発の路線バスで清瀬駅へ出て、池袋からはとバスに乗った。厚は仕事を口実に同行を拒んだ。皇居前での団体記念撮影にも加わった。都内を一周するコースだったが、母子は、乗ったり降りたりするのが苦痛なために座席から動かなかった。皇居前での撮影は母が強く望んだために仕方なく重い腰を上げたのだ。母との会話は途切れがちで窓外の景色をぼんやり眺めていた。母も夜行の疲れが出たのか居眠りばかりしていた。母には、錡に聞いてみたいことが山ほどあったはずだ。だが、母と隣り合わせに座っていても、懐かしさを感じなかった。長島での三年六ヵ月、その間、厚から仕送りを受けていたこと、補助教師に就いたこと、結核で一〇ヵ月入室したこと、そのどれ一つとして語ることなく、バスガイドの説明をぼんやりと聞いていた。

翌一三日は、冬敏之に替って、厚が母の東京見物の案内役になった。池袋までふたりを見送り、夜また東京駅で落ち合う約束をして別れた。冬敏之は早くひとりになりたかった。母が、「お前も一緒にどうだい」と誘ってくれたが、応じなかった。母と一緒にいるのが気づまりなのだ。日劇の地下映画館に入り、そのあと有楽座で「スパルタカス」を観た。映画のハシゴをして時間を潰した。二二時三〇分、東京駅で厚と共に母を見送った。厚が母とどんな話をしたのか、尋ねもしなかった。母は二泊三日滞在したが、沈黙の再会に終わった。

六月末、全国的に豪雨が続いた。テレビニュースに矢作川の氾濫が映し出された。被災地域の映像に釘付けになった。田畑は冠水し、住民は屋根の上に避難していた。すぐさま、生家へ見舞いのハガキを出した。母が上京したときは、とりつくしまもないほど余所余所しくしていたが、水害に見舞われているとわかれば、心が痛んだ。故郷は捨てたはずなのに、矢作川と聞けば血が騒ぎ出した。

八月八日、松川事件は仙台高裁で差し戻し判決が下り、全員無罪となった。

闘えば道は開ける。松川事件全員無罪の感動と教訓が、冬敏之を社会復帰へ駆り立てた。終生、療養所を出ることはない、と腹をくっていた。障害が重いのだからそうするより仕方がないと諦めていた。だが、事件はでっち上げだと証明され、死刑囚が一転して無罪となった。どんでん返しの立役者は強力な弁護団の力とともに、ふたりの作家、広津和郎と宇野浩二の功績があった。冬敏之は、すぐさまFのことを思った。そのとき、社会復帰への意欲が頭をもたげ出したのだ。

社会復帰は厚が一歩先んじていた。一〇月五日、厚に退園許可が下りた。とはいっても就職活動はこれからである。就職の目処《めど》はついていない。

秋、国立療養所東北新生園入所者自治会発行の『新生』誌、文芸特集号に応募した小説「ある老婆の死」が入選した。原稿用紙四六枚の短編、賞金一、七〇〇円。「骨壺」六九枚を改稿した作品である。

無実F処刑！　憤りを胸に刻み共産党入党

厚が退所したのは翌六二（昭和37）年三月二七日、品川区西大崎（現・西五反田）、中川メリヤスの住み込み工員となった。東急目黒線の不動前駅に近い工場で二〇代の青年たち五人との共同生活である。移動証明書は、全生園から、一旦、愛知県へ移した。病歴がばれないように細心の注意を払った。入社するなり、会社の慰安旅行で元箱根へ連れて行かれた。後遺症の重い弟と違って厚は軽症だった。ホテルのマンモス大浴場にも同僚らと躊躇《ためら》いなく入浴した。厚は、日々の出来事を逐一、弟に手紙で知らせて来た。

だが、中川メリヤスは三ヵ月ともたなかった。すぐに東京都の清掃下請け会社へ転職した。住居は中野区本通のアパート三和荘、仕事は、路上の清掃作業、受け持ちは東京タワー附近、坂道や石段の多い地域で、簡単な仕事だと思っていたが骨の折れる重労働だった。雨になっても作業は中止にならなかった。下着までぐっしょりと濡れたまま竹箒を動かしていた。ハンセン病の後遺症には冷えが大敵である。たちまち太腿に二、三か所、熱こぶができた。三日三晩床につき、起き上がる事すらできなかった。厚は、中川メリヤスに舞い戻った。今度は寮生活ではなく通いである。アパートは三和荘から豊島区堀の内のあづま荘へ引っ越しした。家賃は三、三〇〇百円、財布の金がどんどん減っていく。夜明け前の五時半に起きて飯を炊き、弁当を持って満員電車に揺られて出勤、帰りもまたギュウギュウ詰めの電車にもみくしゃにされて帰宅、また飯を炊く。これで三日と持つかと心配したがどうにかやっている。だが、社会復帰は生易しいものではない、と手紙で伝えてきた。

冬敏之は、退園の出端《でばな》をくじかれた。

厚からの手紙と一緒に、Fからの手紙が届いた。Fと文通をはじめてから、かれこれ五年になる。

「被告人F単純逃走殺人事件再審請求及即時抗告申立理由書」が「Fを救う会」より福岡高等裁判所に提出されたのは、六〇（昭和35）年一二月二〇日のことである。弁護人は関原勇、そこに「事件の経過」が書かれている。

事件は、第二次「無らい県運動」の最中に起こった。事件現場は、熊本県菊池郡水郷村、五一（昭和26）年八月一日のことである。農業・藤本算（当時49歳）宅に、竹竿にくくりつけられたダイナマイトが投げ込まれ、算と次男公洋（当時4歳）が負傷した。恵楓園の所長は、「病気を県に報告されたことを逆恨みして一家謀殺を企て、村の衛生主任の家にダイナマイトを投げ込んだのです」（議事録から）と予断証言を行った。

事件は熊本地裁の出張裁判、菊池恵楓園内の仮設法廷で、半ば非公開で行われた。（患者が正規の法廷で裁判を受けることが出来たのは、九八［平成10］年の「らい予防法違憲国家賠償請求訴訟［国賠訴訟］」がはじめてである）。

Fは控訴審の進行中、収容されていた恵楓園内にあった熊本刑務所代用拘置所を抜け出したため、指名手配されていた。その三週間後の七月七日朝、水郷村の路上で衛生主任が全身に二〇数ヵ所の切刺傷を負い、殺されているのを登校途中の小学生が発見した。Fは単純逃亡、殺人容疑者として逮捕され、五三（昭和28）年八月二九日、熊本地裁で死刑判決を宣告された。福岡高裁に控訴、翌年一二月、控訴棄却となった。

Fの無実の叫びに全国の療養所内外から支援の輪が広がった。ハンセン病患者でなければ、容疑者にでっちあげられることはなかったからである。偏見・予断による死刑判決に対し、森田竹次は、「Fさんを守ることは私を守ることです」と療友に支援を訴えつづけた。

Ｆは逮捕されてから無実を訴えるために字を習い覚えた。獄舎でも辞書を引きながら一字一句をおろそかにせず、支援者へコツコツと手紙を書いた。貧しさのために勉学の機会を奪われなければ、その才能は磨かれたはずである。その片鱗は手紙から十分に察することが出来た。律儀で几帳面、それでいて朴訥なＦと心を通わせていた。

今度の再審（注・第三回目の熊本地方裁判所への再審請求）では、きっと自分の無実が証明されると思う。熊本での現地調査でも自分に有利な事実（注・アリバイのこと）が出たし、ラジオや新聞でも自分のことをとりあげてくれるようになった。これだけ多くの人が自分のことを知り、力になってくれるのだから、再審請求は必ずとり上げられると確信している。これもひとえに、弁護士の先生や、療友の皆様のお蔭と感謝している。

（Ｆから冬敏之への手紙）

無実を証明する数々のアリバイがありながら、それを立証する者がいなかった。「無らい県運動」は、ハンセン病患者をゼロにする運動だった。獄舎で撮影されたＦの顔写真がある。Ｆは西郷隆盛似の偉丈夫である。病気は片方の眉がほんの少し薄いということであったが、これは治療して正常に復していた。刑務所の掟で頭を丸刈りにしていた。だが西郷隆盛似とはいったものの顔つきは土臭く、やはり頭のてっぺんから足のつま先まで〝農夫〟そのものだった。

冬敏之宛の手紙が届いた僅か五日後、九月一六日午後一時七分、Fは福岡拘置所で処刑された。「死刑執行令書」には、前法務大臣・植木庚子郎、新法務大臣・中垣國男の捺印があった。複数の大臣による捺印は異例なことだった。

全国一三ヵ所、一〇、〇〇〇の療友はFの無実を信じていた。死刑執行の知らせに誰もが悔しさのあまり、體を震わせて泣いた。

一〇月、冬敏之は、Fの無念を生涯忘れないためにひとつの決断をした。日本共産党への入党である。入党の直接の動機は、Fの処刑に他ならなかった。

二年程前から、自動車運転講習がはじまっていた。講師の二名も患者である。「全生学園」の教師も患者が務めたが、自動車教習も患者が講師になって患者に教えていたのである。

冬敏之がはじめて自動車のハンドルを握ったのは、六三（昭和38）年二月二一日、まず園友に手ほどきを受けた。手に負えないようだったら諦めるつもりでいた。だが二、三日するとどうにか車を動かせるようになった。バックも出来た。時間はかかったが、ともかく合格した。社会復帰に備えての免許取得だったが、〝放浪癖〟のある冬敏之にとっては、公共の交通機関はなにかと煩わしくて、辟易していた。階段の上り下りにも難儀していた。ジロジロとみられることは慣れていたが、歩くのが辛かったから、運転免許証を取得して心が軽くなった。

三月二八日、四年ぶりに長島愛生園へ行くことになった。新良田教室第一回同窓会を愛生園で開くとの案内を受け取ったとき、心が躍った。会費は一、〇〇〇円、旅費は自己負担と書かれていた。

参加者は一五名、そのうち七人が社会復帰していた。森元美代治は慶応大学を卒業、病歴を隠して大田区雪谷の東調布信用金庫に勤務していた。『愛生』編集部の要請で座談会も予定に組まれていた。恩師との懇談会もスケジュールに入っていた。森田竹次、甲斐八郎とも再会した。

光田健輔に抗した信念の人・小笠原登博士

冬敏之は、同窓会終了後、単独で約二〇日間にわたる長旅に出た。

新良田教室の卒業生が在園している香川の大島青松園、熊本の恵楓園、静岡県御殿場の駿河療養所へ。御殿場では日本に現存する最古のハンセン病療養所、神山復生病院を見学した。一八八九（明治22）年、パリ外国宣教会の神父・テストウィドによって設立された病院である。

冬敏之は、名古屋駅に降り立ったとき、「そうだ、円周寺に行ってみよう」と思った。元京都大学助教授でハンセン病研究者の小笠原登博士が愛知県甚目寺村の出身であることを知り、かねがね折があれば生家の円周寺を訪ねてみたいと思っていた。住所や最寄駅などについては手帳にメモにしてあった。

地図を見ると、円周寺は名鉄津島線の甚目寺駅から至近距離にあった。小笠原登は七五歳の高齢にもかかわらず、国立療養所奄美和光園の医師として在職していた。本人には会えなくとも、せめて生家である円周寺の境内だけでも見てみたかったのである。

小笠原博士が和光園に就任したのは、六年前の五七（昭和32）年。同園は鹿児島県奄美大島の名瀬市にある小規模な国立ハンセン病療養所である。

森元美代治は奄美の喜界島出身で、中学三年、一四歳のときに和光園に入園した。その三年後、新良田教室に入学した。そこで冬敏之と同窓生になったのだ。冬敏之には、森元の故郷・奄美が如何なるところなのか、皆目想像がつかなかった。ただなんとなく南海の孤島に白亜のチャペルと療養所がポツンと建っているのどかな光景が思い浮かぶ程度だった。それにしても、なぜ京都帝国大学医学部を出た医学博士が南の島に〝島流し〟にされているのか。

小笠原博士は、光田健輔が提唱した「強制隔離」「断種」に対して、真っ向から反対した医学博士だった。そのため日本らい学会から葬り去られた信念の人だったのである。

京都大学医学部付属病院には、ハンセン病患者のための診察室が設けられていた。二六（大正15）年にそこの主任になった小笠原登博士は、ハンセン病患者の外来（在宅）治療に踏み切った。全身を防護服で身を固めたほかの医師たちと違い、白衣のみで診察に当った。それだけではない。患部の診察も素手で行っていた、

四一年（昭和16）一一月に大阪帝国大学微生物研究所で第一五回日本らい学会が開かれた。その際、小笠原博士の研究発表時には、野次や床を踏み鳴らす靴音で発言を妨害、会場は騒然と

なった。光田健輔の手のものが卑劣な妨害行動に走ったのだ。小笠原博士の在宅治療は、厚生省や光田健輔が推進する「強制収容・終生隔離」への挑戦と受け取られ、小笠原博士は南海の孤島に追いやられたというわけだ。

小笠原博士は奄美では、新しい治療法には関心を示さず、漢方の研究を行うなど、飄々として島暮らしに甘んじていた。

冬敏之が小笠原博士に関心を持ったのは同郷というだけのことではない。第一の理由は、強制隔離に抗した医学者だったからだ。また、和光園では、断種・堕胎手術はほとんど行われていない。生まれた子どもたちは保育園で育てられた。

小笠原登は、一八八八（明治21）年に愛知県海部郡甚目寺にある円周寺の僧侶の三男として生まれている。一九一一（明治44）年に京都帝国大学医学部に入学。医学への道に進んだのは、祖

小笠原 登

父・小笠原啓実の影響だといわれている。啓実は僧侶だが、漢方医の研究者でハンセン病患者の治療を行っていた、境内の中にむしろ小屋を建てて、患者を迎えた。「らい」はうつらないとの信念をもつ、祖父の後姿を見て小笠原登は育った。

小笠原登は、論文「らいに関する三つの迷信」（一九三一・昭和6年）の中で、らいを不治の病だというのは迷信である、らいは伝染病であるというのも迷信である、などと主張した。

五六（昭和31）年四月、ローマで開かれた「らい患者救済並びに、社会復帰に関する国際会議」には、五一ヵ国、二五〇名の代表が参加、そこで「決議」文が採択された。その主な内容は、ほぼ小笠原博士が京大時代に実施していたものだった。

つまり「国際会議」でさえ、小笠原博士より三〇年も遅れをとっていたのである。「決議」には、「らいに感染した患者には、どのような特別規則も設けず、結核など他の伝染病の患者と同様に取り扱われること。従って、すべての差別法は廃止されるべきこと」「患者は、その病気の状況が、家族等に危険を及ぼさない場合には、その家に留めておくべきこと」「入院加療は、特殊医療、或は外科療法を必要とする病状の患者のみに制限し、このような治療が完了したときには退院させるべきであること」として、日本の「強制収容・終生隔離」政策に対する批判ともとれる内容になっている。この会議には日本から多磨全生園長・林芳信ら三名が出席しているが、日本政府は「決議」が出たにも関わらず、「らい予防法」を廃案とはしなかった。

小笠原博士の主張は正しかったのである。小笠原博士の説に耳を傾けていたならばハンセン病療養所の歴史はどうなっていたか。冬敏之は、光田健輔に対する不信を決定づけ、強制隔離に抗した医学博士・小笠原登への尊敬を確固たるものにした。

森田は、慶大生時代（六二年〜六六年）、毎年、夏休みになると奄美に帰郷、その都度、和光園に一、二週間滞在した。その折、園内で小笠原博士を見かけていたが、言葉を交したことは一度もなかった。京大時代の小笠原登に師事したのは、旧厚生省に医系技官として入省、九五

(平成7)年、「らい予防法見直し検討委員会」の座長を務めた大谷藤郎であり、友人には、奄美に流れ着き、小笠原の官舎に同郷、画風を一変させた「反骨我流」と評された異能の日本画家・田中一村がいた。

「長身の小笠原先生は神父のような黒いワンピース姿に聴診器を首にぶら下げて、背中を丸めて園内をトボトボと歩いておられました。こんな偉い先生とは知らない私は、内地の診療所で使いものにならなくなった先生が奄美辺りまで下って来たのだろうと思っていました。いまでも浅はかだったと悔やんでいます」(森元美代治・談)

聴診器をぶら下げていたのは、往診中のところを見かけたということであろう。

冬敏之は、小河原登博士こそ「救らいの父」となるべき偉人だと思った。生誕の地である円周寺の境内に立ち、山門を吹き抜けてくる春先の風に永らく身を任せていた。

冬敏之はこの後、断絶した生地・上郷村へ足を延ばした。その前に犬山市・興禅寺に立ち寄り、林良忠に会った。故郷への同行を依願するためである。

「なぜ、わたしを?」

林良忠はその理由を知りたいと思ったが、要領の得る答は返ってこなかった。一緒に行ってほしい、の一点張りなのである。一向に本心を明かさないのだ。警戒心を解いてもっとストレートに話をしてほしい、と思ったが、一緒にいてくれるだけでいい、といって頭を下げるばかりだった。林良忠は学生時代、長島愛生園への慰問で冬敏之と知り合ったが、大学卒業後も全生園を訪問、交誼を深めていた。冬敏之は、自作の小説が掲載された雑誌はことごとく林良忠に送っていた。園外に友人というものがいない冬敏之にとって、林良忠は、〝無二の親友〟であった。林良忠は、冬敏之が故郷と断絶し、生家は養子縁組した他者が家督を相続しているという複雑な事情を知らなかった。

冬敏之が真剣になって頼むので、では愛知県同士というよしみということで、と同行を承諾した。冬敏之の生地、碧南郡上郷村は豊田市に合併され、町村名も変わっていた。おっかなびっくりの郷土入りだった。

「僕は方向音痴なんです。七歳の時以来だから家がわかるかどうか。なにしろ、二〇年ぶりのことだから」

糟目春日神社が目印になって、どうにか矢作川の土手の上に立った。神社は、深津三兄弟の遊び場だった。

深津家は浄土真宗の信者で一八四九（嘉永2）年から先祖代々の俗名が過去帳に記されている名代の旧家である。

「あの辺です」

冬敏之が指をさした方向を見ると、瓦屋根の大きな家が見えた。

「じゃ、行ってみましょう」

林良忠が立ち竦んでいる冬敏之の肩に手をかけた。

「ここまででいい。矢作川が氾濫したというから、家や田畑がどうなったかそれが気がかりだったのです。家はちゃんとしているみたいだから心配ないや。矢作川の河川敷も復旧しているし、夢とは違うね」

土手が決壊して生家が水没している夢でもみたのだろうか、と林良忠は思った。

「お母さんに会いたくないのですか」

「母にはやさしい息子がいるから大丈夫」

「ここまで来たのだから、もっと近くに行ってみてはどうですか」

冬敏之は、林良忠に背中を押されても、気後れしたのか、足を踏み出そうとはしなかった。沈黙したまま、いま来た道を引き返しはじめた。

ハンセン病の宣告をうけた人間はそのときから人間ではなくなるのです、らいの宣告は死刑宣告と同義語です、といった療友がいた。冬敏之は、七歳で〝死刑宣告〟を受け、上郷村を後にした。重病人の父をリヤカーに乗せ、警察官に付き添われて東京の療養所へ向かった夜の記憶が甦ってきた。少年期に人生を速断してしまった冬敏之も療友と同じく「らい宣告」を〝死刑宣告〟と受け止めたひとりだった。

冬敏之は、村民に出会ったときのもしものためにシナリオを作っていた。林良忠は、鎌倉時代、一一七四年、梶原景時が菩提寺として創建した古刹、興禅寺の僧侶である。年齢も全く同じの林良忠を、友人として村民に紹介すれば、立派な社会人となった証明となり、後ろ指をさされることはない。それが冬敏之の思惑だった。村に、ハンセン病患者が帰ってきたと噂を立てられることだけは避けたかったのだ。冬敏之は用心深く、気位の高い男だった。誇り高く故郷に錦を飾るための演出として、林良忠に同道を求めたのである。だがこれらのことを素直に明かせなかった。臆病で見栄っぱりの片棒を林に担がせるようで、後ろめたかったからである。

六月三日、厚から手紙で転職したという知らせがあった。中川メリヤスを強引に辞めて、TBS東京放送局の下請け清掃会社で働いているという。社長に引き留められたが、あれこれ口実を設けて逃げるようにして飛び出したのだというのだ。清掃会社の基本給は一五、〇〇〇円、皆勤賞五〇〇円、勤務時間は午前七時から午後四時まで、休日は月三日。清掃現場は港区赤坂一ツ木町のTBSスタジオ。あづま荘から通勤していた。

何しろ変わった職場ですから、土、日、月はすごく忙しいのです。いろいろな芸能人にもよく会います。仕事はテレビ撮影に必要な道具を運んだり、スタジオを掃除したり、階段を拭いたりといろいろです。

六四（昭和39）年二月一〇日、二九歳の誕生日を迎えた冬敏之に、厚からの返信が届いた。冬敏之が社会復帰をしたいと相談を持ちかけていたからである。封筒には、現金一、〇〇〇円が同封されていた。誕生日のお祝いだった。

私が心配するのは、お前の体と足のことです。体が兄貴の半分ほどでも元気であればと、足がもうすこし丈夫であればと。しかし、体も足もその日のために鍛錬すれば必ず丈夫になるものですからそれほど心配せずともいいのかもしれません。理想的なのは陽当たりの良いアパートか下宿を借りることですが、それが無理なら兄貴のところに来ることです。

厚の社会復帰は万事スムーズに事が運んでいた。病気が知られることもなく、雇い主からも重宝がられていた。職場の中でも円満にやっていた。冬敏之は、「我々自身の希望と目的に向かっていくことは最早、至難でさえある」(「新良田教室論」)と書いたが、厚の様子からすると、実際は案外そうでもないのかもしれないと思うようになった。社会復帰には悲壮な覚悟を要すると深刻に考えていたが、思い違いをしているような気がしてきた。

社会は地獄ではない、恐れることはない。厚が地固めしたその後を踏み出せば自活の可能性は拓ける。冬敏之は勇気が湧いてきた。すぐさま就職活動に乗り出した。とはいってもまずは履歴書である。だが、病歴を正直に書くわけにはいかない。履歴書には、嘘八百、でたらめを並べた。学歴は、岡山県立邑久高校卒業とした。職歴は、厚の経歴をなぞってみたが、清掃会社ではすぐばれると思い架空の印刷会社名を二、三並べた。手も足も悪い男がビルの清掃をしていたといってもすぐに化けの皮が剝がれる。現住所は厚のいるあづま荘とした。処罰なし、特技は第一種運転免許証取得と書いた。新聞の求人広告欄から池袋近辺の印刷会社を拾い出して電話を掛けた。印刷会社であれば、『多磨』誌の編集で習い覚えた校正の経験が役に立つと思ったのだ。

文京区湯島の印刷所に電話をすると人手が足りなくて困っているから、今日にでも面接したい、という。用意してあった履歴書を持って、住宅が建て込んでいる裏通りをさんざ迷った挙句、ようやく小さな看板の出ている印刷所に辿り着いた。活版印刷所で輪転機が動いていた。梱包されたチラシの束がうず高く積み上げられた狭い通路の奥の事務室へ通された。ブルーの事務服を来た中年の女事務員が怪しいものでも見つめるようにちらちらと不審な闖入者を盗み見ていた。

採否の知らせは、速達で来た。開封したのは厚である。緊急であれば、全生園にいる冬敏之に知らさなければならないと思ったらしい。だが、文面を読み、急ぐことはないと手紙で回送してきた。不採用だった。その理由が記されていた。

「これまでの給料よりかなり低下すること、仕事の内容が複雑であること、そして、貴方の才能に見合った職場をお選びになることが賢明ではないかと存じます」と、万年筆のきれいな字で書かれていた。経営者に一目で病歴を見抜かれていたのだ。手はテーブルの下に隠していたが、履歴書を取り出したとき、経営者の眼光鋭い視線が関節の曲がった指先にそそがれていた。これまで働いていた会社での給料は幾らでしたかと問われて、ついばか高い金額を口にしてしまったのだ。経営者の印鑑が事務用箋の最後に捺印されていた。文書の末尾には、「求人難の折柄、焦らず、時を稼いで最適の道にお進みくださいますように」と、皮肉ともとれる言葉が添えられていた。

——恥ずかしいことをした。

嘘で固めた履歴を振りかざして、高い賃金を得ようとした浅ましさに身の縮む思いがした。この指では活字一本摑むことさえ至難の業だ。身の程を知らぬ茶番劇を演じた苦い思いが羞恥心と混濁して渦を巻いていた。見くびられまいとして背伸びしたことが裏目に出た。

——やはりこの體、この手では、世間では使い物にならないのだ。

一二月になっていた。社会復帰が駄目なのであれば、せめて他の療養所へ転園して、鬱屈した日々から脱するより方法はなかった。七歳からかれこれ一九年間（高校時代は長島愛生園だが）全生園で暮らしていると、いつまでたっても年上の入園者に頭が上がらない。子ども扱いされるのがおもしろくなかったのである。とはいっても転園申請を行った長島、熊本、大島には既に断られている。残っているのは大隅半島の星塚敬愛園と沖縄、奄美である。

そんなとき、全生園内で沢田二郎に出会った。草津・栗生楽泉園の作家・沢田二郎は、整形手術のために来園していたのである。沢田は、栗生楽泉園の新自治会長に選出されたばかりだった。楽泉園は、標高一、〇〇〇メートル余の高地にある霧の這う療養所である。冬敏之は、寒いところが苦手で、北の療養所へ移る気はさらさらなかった。温泉場とはいえ、冬場は氷点下になる高原で、悪名高い重監房にぶちこまれて何人もの患者が凍死している極寒の地である。転園希望の候補地として指を折ったことは一度もなかった。

「冬さん、文学をやるなら楽泉園がいいよ」

沢田二郎は、にこにこしながら冬敏之の転園願望を見透かしたかのように声を掛けてきた。楽泉園には作家の名草良作、作家で歌人の沢田五郎もいた。五郎は二郎の実弟で五五（昭和30）年に完全失明していた。六六（昭和41）年に『高原』誌に小説「その土の上で」を発表、六七（昭和42）年に第一歌集『風荒き中』（日本歌人協会叢書）が出版されていた。

社会人に伍して生きるには、やはり小説家として立つより道はない、と思った。

野望と挫折

衝撃の宣告、よもやの〝退所不許可〟

転園の動機は、いくつかあった。一二畳半に四人の共同生活は、読書も執筆も思索もままならない。創作活動に専念できる小さな空き部屋がないものかと事務分館（現在の福祉室）に尋ねてみたが、そんなものはどこにもない、とはねつけられた。広大な敷地を有する療養所の中にひとりだけになれる空き室はどこにもないというのである。

それならば、社会復帰をして手ごろなアパートでも借りてひとり暮らしをはじめよう、そう思ったのが去年の暮れのことだった。毎年、一月一日の日記には社会復帰する、と誓いを立てたが、今年、六四（昭和39）年版の日記ではふたつの目標、社会復帰と結婚を掲げた。

一月一四日に平子先生の診察を受けたとき、社会復帰するために退園したいと申し出た。二月二日、平子先生から前回の診察の際に切り取られた「切片」の検査結果が告げられた。

「まだいる」

「何がいるのですか?」

「らい菌がいる」

「じゃ、退所はだめですか?」

「なんともいえない」

冬敏之は予想外の診断結果に顔が蒼ざめた。黙りこんでいると、平子先生がカルテを覗き込みながら、右手で顎を撫でていた。

「ほかの先生がいいといえばいい」

平子先生は、冬敏之の落胆ぶりを見て同情したのか、自らの裁量は棚上げにして、ほかの先生に判断を委ねた。日をおかずに今度は立川先生の診察を受けた。すると立川先生は「いいだろう」といともあっさりと許可してくれた。「いいだろう」とはいわれたが、退園許可が下ったわけではなかった。それはあくまでも立川先生の意見でしかなかった。平子先生に「らい菌がいる」といわれた以上、退園の道は塞がれたも同然だった。

——らい菌がいるということは、私はまだハンセン病患者なのだ。

社会復帰どころか、就職、結婚の夢も遥か彼方に遠のいて行った。

——生涯、ここに居て、朽ち果てろということか。プロミンで治っていたのではなかったのか。やっぱり煙にならなければここからは出られないということか。
一旦は退園を諦めかけたが、しかし、退園の申し出は撤回しなかった。長島から帰園して五年、執筆も読書も妨げられてばかりいるいまの状態が続けば、神経衰弱にでもなりそうだった。それに長島から戻って見ると、園内は競馬、競輪、競艇、麻雀などギャンブルが蔓延《はびこ》り空気が荒《すさ》んでいた。いまの生活から脱出するには、森のフクロウにでもなるより方法はなさそうだった。万年筆のインキは乾き、原稿用紙を広げることもなくなった。本も読まなくなった。日記を書くことさえばかばかしくなっていた。静寂に飢えて、一縷の望みを託した社会復帰も「退園不許可」となっては望むべくもなかった。

自分のこの周囲の雑然さ、たった一つ、それも二畳か三畳の小さなものでよい、部屋が欲しい。部屋が。思索し、執筆し、読書をする部屋が――。部屋がないといふこと、それがどんなに自分にとって苦しいことか。朝も夜も昼も自分の神経は、もまれ、さいなまれ、さざらのように砕けてしまひそうな毎日。
（北條民雄の日記。一九三五［昭和10］年二月一五日付）

冬敏之が生まれたのは三五年二月一〇日、その五日後の北條民雄の日記である。冬敏之は今、北條民雄と同様の苦しみを味わっていた。

「同じだ。北條民雄と全く同じだ。ぼくも二畳か三畳でいい。どんな小さな部屋でもいいから、ひとりきりになれる場所が欲しい。朝から晩まで耳もとでがちゃがちゃとおしゃべりばかりされていては、一編の詩だって書けはしない」

同室の三人は在日朝鮮人で、彼らの会話は母国語だった。

三月二四日、平子先生に退園書類の経過を訊ねるとなにもしていないという。やはり平子先生は退園に同意してはいないのだ。反対なのだ。

それから一ヵ月後の五月九日、平子先生に呼び出された。ようやく退園書類が整ったのだろうか、勢い込んで医局に駆け付けた。ところが様子がおかしかった。平子先生は腕組みをして渋い顔をしていた。

「退園は無理だ。退園は不許可になった」

それが医局の結論だった。理由は、らい菌がいること、社会復帰する上で障害となる後遺症があることをはっきりと申し渡された。半信半疑ではあったが、まさか「不許可」の烙印を捺されるとは思わなかった。足元から血の気が引いていった。

「我々が自身の希望と目的に向かっていくことは最早、至難でさえある」

冬敏之自身が、「新良田教室論」で指摘した「社会復帰」の厚い壁云々が我が身にふりかかってきた。医局が下した「退園不許可」は、「社会復帰後の生活の困難、一般社会の根強い偏見」を考慮してのことだったのである。

「きみは顔にも手や足にも後遺症が残っている。社会復帰しても苦労するだけだ。またすぐここに戻ることになる。ここに居た方が身のためだ」

平子先生の親心ともとれる「不許可」の申し渡しだった。社会復帰をして、差別・偏見に押しつぶされて自殺した例は数知れなかった。二三年間の長きにわたる夢はもろくも砕かれた。希望は木端微塵に砕け散った。社会復帰も結婚も就職も文学も、らい菌がいる限り、所詮は絵に描いた餅なのだ。

失意の底に沈んでいたとき、栗生楽泉園から「園友交流」のために多磨全生園に訪れていた沢田二郎に、ばったりと出会った。沢田二郎とは以前にも全生園で会っていた。沢田二郎は手と足が悪く、栗生楽泉園では不自由舎に入っていたが、民主的な患者運動の先頭に立っていた。全生園には手術のために来園していたこともあった。

「らい菌がいるから退園はダメだと言われた。社会復帰は無理だ」

「だったら、草津へ来ればいい。文学をやるなら楽泉園へ来いよ」

沢田二郎は、元気を失くしていた冬敏之を気の毒がって肩を叩いた。

二年ほど前、草津への転園を試みたことがあったが、事務分館

設立当初の多摩全生園正門
（国立ハンセン病資料館蔵）

で取り合ってくれなかったのだ。格別の理由なしにおいそれと転園は出来なかったのだが、冬敏之にも、なにがなんでも草津へ行くという積極さはなかった。それというのも楽泉園が寒冷地にあるからだった。冬敏之が、沢田二郎の誘いに飛びつかなかったのはそのためだった。転園するならやはり長島か熊本、さもなければ鹿児島、気候温暖な南にある療養所へ行きたいのだ。

それにいまは文学がどうのこうのという気分ではなかった。思い切り自分を痛めつけたかった。無茶苦茶なことをしてみたかった。自暴自棄に走りかけていた。我を忘れて見たかった。こんなとき、酒を呑めたならさしずめ苦しみをまぎらわせることができたことだろうと思った。長島から多磨全生園に帰園したとき、ギャンブルに顔を顰《しか》めたが、今はどうしたわけか嫌悪感を感じることもなく平気でいられた。それどころか蔑視、嫌悪していた賭事に手を染めはじめていた。競輪場に通う園友たちの尻馬に乗って車券を買い、パチンコ店にも出入りした。浅草・山谷で街娼と遊んだりしもした。園友から中古のオートバイを五、〇〇〇円で買い取って遠出を楽しむ味も覚えた。オートバイの後ろに悪い仲間を乗せて、競輪場にも出かけて行った。テープ販売で金回りがよくなっていたから、遊ぶ金には困らなかった。

テープ販売とは、厚と腕を組んでの新商売だった。

「私には商才がある」

冬敏之は、新商売が図に当たって鼻を高くしていた。厚が、出向先のＴＢＳラジオ局のゴミ箱に捨てられていた使用済みのオープンリール型の録音テープをもったいないといって持ち帰って来た。五インチのリールがラジオ局のゴミ箱にふんだんに投棄されているというのだ。リールは視覚障害者にとっては必需品だ。朗読用にこれを再利用できないかというのである。冬敏之は、消音して売ることを考えた。盲人にとって朗読用の録音テープはなくてはならないものだったから、安くすれば喜ばれると思った。

早速、古道具屋から〝デンスケ〟(オープンリール型録音機)を買ってきて試してみた。時間はかかったが簡単に消去できた。〝デンスケ〟一台では能率はよくないもののんびりやればわけないことだった。仕入の元手がかからず、ひと手間かけるだけのことだから五インチのリールを一本二〇〇円と安く売りさばくことにした。すると盲人用の読み聞かせに三〇本、五〇本とまとまった注文がきた。たちどころに二万、三万という金が貯まったが、なんのことはない、その金をギャンブルにつぎこんでいたのである。

隠忍自重の人がギャンブル漬けになった

「退園不許可」の鬱憤晴らしでもするかのように、競輪場への日参がはじまった。競輪は、〝公営ギャンブル〟、開催は月六日間と決まっていた。それであちこち渡り歩いていた。五月、六月、七月、八月と夏の盛りを三日と空けずに競輪場へ通いつめていた。すり鉢型の円形コースを色とりどりのユニホームを身に着けた選手がスタートを切るのを観覧席では、かたずをのんで見守っている。逃げ、捲《まく》り、指し、マークといった駆け引きが展開された後、最終コーナーの鐘が打ち鳴らされると興奮した観衆は一斉に車券を握りしめて立ち上がり、ゴールに突進する選手に檄を飛ばして大歓声を上げた。

「競輪も中々おもしろい」

冬敏之は、競輪場の売店で予想新聞を買い赤鉛筆で目印をつけたりした。大宮競輪場、西武園競輪場、京王閣競輪場、立川競輪場を転々とした。競輪場のどよめきのなかに入り浸り、取った、やられたと一喜一憂しながら、札びらを切った。負けが続くと、「金輪際、競輪は止めた」と決心を口にするのだが、一夜明けるとまたノコノコと大歓声の渦の中に紛れ込んで行った。

ある日、森元美代治を西武園競輪場へ誘い出した。

「冬さんは、人が変わりましたね。ギャンブルなんて見向きもしなかった人が急に一体どうしたのです。何があったのです」

作家への荊棘《けいきょく》の道を一途に歩んでいた男が、突如、ギャンブルに狂い出したのだから、森元がグレたのかと心配したのも無理からぬことだった。

「社会復帰した君にはこの気持ちは分からないよ。堕落だ、堕落すればいいんだ。せいぜいばかをやって愉しめばいいんだ」

周りにいる人間と同じになればいいのだ。そうすれば、ラジオがうるさい、話し声がやかましい、静かにしろ、などと喚《わめ》かずに済む。思索だ、読書だ、小説などといい出さなければ、誰彼とも波風立てずに円満にやっていける。

森元美代治は、冬敏之の豹変した理由《わけ》がわからなかった。何に苦しみ、何に悩んでいるのかさっぱりわからなかった。そもそも年下の人間に悩みを打ち明けたりする男ではなかった。冬敏之は、新良田教室時代から隠忍自重《いんにんじちょう》の人といわれ、ひとり思索に耽っていたからである。

冬敏之が競輪に血眼になっていることは園内でも噂になっていたが、秋風が吹く頃には、オートバイで外出することも少なくなった。競輪熱のほとぼりが冷めたのだ。

八月中旬、厚宛に母親のイマから鉛筆書きの手紙が届いていた。印鑑証明を送れといってきたのである。深津家の家督相続人は厚から養子の功に変更されていたが、土地家屋や田畑などの登記はまだ終わってはいなかった。一反七畝（一反は三百坪、一畝は三〇坪）の田圃は深津イマ名義で登記、死亡後は功武が相続することは厚も冬敏之も同意していた。所有地よりも面積が少なくなっているのは、父親の兄弟筋に分配したのかもしれない。土地家屋の登記は功武名義で登記することにしたという。厚には家督譲渡金として現金三〇万円が銀行口座に振り込まれたが、三男の冬敏之には、びた一文入らなかった。

自ら故郷と断絶した三男坊は、相続分与をあてにせず恬淡《てんたん》としていた。

競輪熱の冷めたあとは、憑き物が落ちたように一二畳半におとなしく寝転がっていた。

「万人恐怖の病」をものともしない誇り高き男

『奥のほそ道』の「片雲の風にさそはれて、漂白の思《おも》ひやまず、海浜にさすらへ、去年《こぞ》の秋江上の破屋に蜘蛛の古巣を払ひてやゝ年も暮……」の思いに誘《いざな》われて、日本地図を広げていた。大阪辺りでひと月ほど働いてみるのもよいかもしれないと思った。それというのも、この夏の心の荒れようを振り返って、つくづくと自分のばかさ加減に愛想が尽きていたからである。自分自身を見失っていたことに忸怩たる思いがした。この数ヵ月間のギャンブル狂いはいったいどうしたわけだろう。自分でも自分がわからなかった。

「これが私の素性なのか。私は平凡で俗っぽい人間だということか」

虚無感や絶望感をその胸の底に懐きながら、惰性で生きることにいささかの抵抗も感じない、無神経でばかな男になっていた。

旅に出よう。遠い所へいって、自分を見直して見よう、と思った。

六四(昭和39)九月一三日、旅支度を整えて旅に出た。去年に続いて二度目の長期旅行である。目的地は熊本、鹿児島。「外出許可」は取らなかった。在園者が外出するときは療養所の「外出許可」が必要だったのだが、あえて無視した。「らい予防法」は、入園者の外出を禁じていた。無断で園外へ出れば、帰園後、監禁所に入れられるなど処罰が加えられていた。しかし、五一(昭和26）年に全患協（全国ハンセン氏病患者協議会）が結成され、らい予防法大闘争のあとは、厳罰だった管理もゆるやかになっていた。だが、入所患者は国立療養所から外出してはならない、と定めた「予防法」は生きていた。

「外出許可」を申請しなかったのは「退園不許可」へのはらいせだった。退園がだめだというなら、勝手に出て行ってやるだけのことだ。

去年、長島で熊本・菊池恵楓園に入園しているK・N子に会ったとき、いいそびれたことがある。今度はそれを伝えたいのだ。手紙でも用は足りるのだが、K・N子に結婚の申込みをするのだから、安直な手は使いたくなかった。

手持ちの資金は一〇、〇〇〇円、これではいくらなんでも心細いので兄・厚から一〇、〇〇〇円借金して、財布をふくらませた。

ボストンバッグに着替えやら、K・N子へのみやげ品を詰めた。手回しよく池袋の西武百貨店でハンドバッグを買っておいた。女性へのプレゼントを買い求めたのはこれがはじめの経験だった。

洗面用具やタオル類、菊池恵楓園と風見治へのみやげとして東京羊羹を二本用意した。その他に外科用品を持った。足の治療は毎日のことだ。包帯一五本、ガーゼ三〇枚、リバガーゼ三〇枚、レスタミン軟膏一、マーキュロ五。外出用の開襟シャツは持っていたが、ズボンは厚から借りたチャコールグレーをはいていくことにした。薄鼠色のハンチング帽を被り、革靴は茶色、必需品のサンダルは新聞紙に包んでボストンバッグに入れた。

多磨全生園を出たのは午前一一時、東京駅に着いたときは正午を一〇分ほど廻っていた。一二時三〇分発の急行西海雲仙号に乗り、一五時一二分、静岡駅に着いた。そこからK・N子宛に電報を打った。K・N子は新良田教室の下級生だった。京都駅に着いたのは一九時四四分、駅前をうろついていると東雲館という日本旅館の灯が目に入った。

「おひとりですか？」

ひとり旅の客は断られると聞いていたから、不安だった。三〇前後の仲居が首を傾げながら、冬敏之の足元を見た。サンダルに履き替えなくてよかった、と思った。

「ちょっと待っとっておくれやす」

といって、仲居は奥に姿を消した。暫く待たされてから、仲居と入れ替わりに京友禅に白足袋を履いたかっぷくのいい女が現れた。

「女将どす。ようお起しやした」

ことば遣いは叮嚀な京ことばだったが、目線は警戒心を露わにしていた。

「特別なお部屋しか、あいておりまへん。時間がおそうおますさかい食事の支度はできしまへん。それでもよろしおすか」

駅周辺をうろついていたために、時刻は二一時を廻っていた。

値段の張る特別室をふりあてれば、尻尾を巻いて退散するとでも思ったのであろうか。仲居も女将も、冬敏之の顔に現れている瘢痕を見てハンセン病患者だと見抜いていた。ハンチング帽も被り、色眼鏡をかけていても瘢痕は隠せなかった。なによりも指の曲がった鷲手が病歴《ハンセン病》を歴然と物語っていた。だがこうなると冬敏之の持ち前の向う気の強さが頭をもたげ出した。ひるむどころか、足を前へ踏み出した。新良田教室時代、同級生から、「きみは自信過剰だ」といわれたこともあった。人一倍負けじ魂が強いのだ。門前払いにしようとしたってそうはいかない、と、女将を見返した。

「お金なら持っています。泊めて下さい」

六七（昭和42）年の秋、豊島区池袋の業界新聞社の記者募集に応募、面接を受けたが不採用となった。不採用になったのは、「履歴書の書き方に問題があったのだろう」と厚にいった。〈指の曲がった元ハンセン病患者を業界新聞とはいえ、記者には採用しないさ〉と、厚は弟の的外れな言い分に首を傾げたが、あえて何もいわなかった。冬敏之は鼻息荒く、おれを採用しないのは会社の損失だといいたかったのである。文章力にも人に負けない自信があったからである。

「俊博さんは気位が高いというのか、誇り高いからね」

厚は、冬敏之の気性の激しさに不安を募らせた。これでは一般社会では受け入れられないだろうと思ったからだ。

冬敏之は、業界新聞社での面接のときでもそうだったように強気に出た。旅館の女将が、いまだにハンセン病を「万人恐怖の病」という旧態依然の認識を持っていることなどを忖度《そんたく》する男ではなかった。

「全く、感じの悪い旅館だな」

二階の部屋に通されたが、ぷりぷりとしていた。怒りは、容易に収まらなかった。茶道具とポットは年老いた番頭が運んできた。番頭は、上目づかいに、ちらっと見ただけであいさつもせずに引き下がった。

夜半から激しい雨が降りだしてきた。K・N子へのみやげ品である西武百貨店の包みが部屋の片隅に置かれていた。ボストンバッグには、読書用に『北條民雄全集』の下巻が入っていた。下巻には「癩院記録」などの随筆や日記、川端康成との往復書簡などが収録されている。

「なんでこんなところで途中下車なんかしたのだろう。終点の長崎までおとなしく乗っていればよかったのだ」

疲れ切ってはいたが、窓を叩きつける雨音を聴きながら、番頭が延べて行った蒲団に腹ばいになり、民雄の日記や書簡を拾い読みしはじめた。

北條民雄は帰省のために神戸まで来たことがある。北條民雄の故郷は徳島であるが、神戸まで来ていながら、ぷいと多磨全生園に引き返してしまった。多磨全生園を出たその日には神田の旅館で一泊、そこから友人の光岡良二に手紙を書き、神戸からは東條耿一宛に手紙を出している。

今神田の宿屋の一室で、雨に閉じ込められてゐる。（中略）四国へはもうキップを買ってしまったのに行くのが嫌になって来て弱ってゐる。僕といふやつは何か心に定めると、定めたとたんにその反対の行動をしたくなって来るといふ奇妙な性質を持ってゐるらしい。

（光岡良二への手紙。三七［昭和12］年三月七日付）

今俺がどこにゐるか、君は勿論知るまい。神戸にゐるのだ。宿屋だ。昨日田舎へ行く気で東京を発って来たが、どうにも田舎へ行く気が起って来ないのだ。それで宿屋へとまった。俺は何のためにこんなところへ来たのかさっぱり判らぬ。

（東條耿一への手紙。三七年三月八日付）

神戸の旅館でも北條民雄は日記をつけている。

夜、汽車に乗り、一晩中揺られ続けて一睡も出来ず××（註・神戸）に着いた時には文字通りヘトヘトなり。波止場から海を眺めたが、何の感じもない。なんだか頭が白痴のようになってゐる。（中略）ここまで来たが、やっぱり田舎へ行く気が起って来ない。（中略）今日はここで一泊し、明日は東京へ引き上げる。なんのためにこんな××（前出）くんだりまで来たのか判らぬ。今の自分の気持は一体なんであろう。自分でも判らぬ。ただ淋しいのだ。切ないのだ。人生が嫌なのだ。

（北條民雄の日記。三七年三月七日付）


「似たり寄ったりだな」

冬敏之は本を閉じた。東京から京都まで五時間一四分もの間、ゴトゴト揺られて来たというのに、宿をとるのにどうしてああまでジロジロみられなければならないのか。不快な思いをしなければならないのか。少年時代、林芳信園長に〝ライオンフェイス〟の標本にされて涙ぐんだことがあった。人目のつくところに出るのが嫌になったはずなのに、どうして旅になど出たのだろう。

「ビクビクしながら生きるのはつらいものだ」

厚のことばだ。「自己卑下さえしなければ、大丈夫だ」といったのはだれだったろう。

「兄貴みたいなのを跼天蹐地《きょくてんせきち》というのだ。あんな臆病でどうするのだ」

東京から京都までの普通乗車券が一、一二〇円、急行券が三〇〇円、それなのに待遇が悪いくせに宿代が一、五〇〇円だという。神戸まで行けばいけないこともなかったが、九時、一〇時になれば宿をみつけるのが難しくなる。泊りはせいぜい京都が限界だった。

車中でも嫌なことがあった。冬敏之の隣の席は空いていた。列車に駆け込んできた乗客がにっこり笑って腰を下ろしかけたが、それは冬敏之の顔を覗き込むまでのことだった。「空いていますか?」と声をかけて顔を見るなり、「アッ」といって口元を抑えた。それはまさしく「恐怖の病」に恐れをなしてのことだった。そしてすごすごと腰を浮かして立ち去って行った。冬敏之は、素知らぬふりをして窓の外を見ていた。

翌朝は雨が上がって青空が広がっていた。素泊まりだというのに食事つきと同額の一、五〇〇円となっていた。京都から熊本までのキップ代とほぼおなじ料金だった。ぼられた、とふくれっ面をして宿を後にした。熊本行きの列車は、一八時二〇分発の急行霧島にした。せっかく京都に来たのだから市内観光ぐらいしてみようと思ったのだ。駅前から観光バスが出ていた。市内遊覧嵐山Bコースの料金は四〇〇円。金閣寺、清水寺、平安神宮、そして嵐山では自由散策となっていた。発車は九時四〇分、そしてバスが駅前に戻るのは一六時二〇分となっていた。車内は空席が目立ったが、たいていはカップルかアベックばかり、ひとりぽつねんと座っている乗客はほかにいなかった。旅は道連れというが、気さくに声をかけてくる観光客はひとりとしていなかった。むしろ、冬敏之から離れ、遠巻きにしていた。

「僕の顔にお化けでもくっついているのか。ヒソヒソ話などして感じが悪いったらありゃしない。観光バスなどに乗るものではない。面白くもなし」

バスガイドの名所案内にも次第についていかなくなった。

熊本駅には一五日午前九時二〇分に到着した。菊池恵楓園からK・N子が出迎えに出ていた。

一六日、一七日、一八日の三日間を療養所で過ごし、一九日に大隅半島へ向かった。熊本を離れるとき、駅のホームでK・N子に結婚の申込みをした。西武百貨店のリボンのついた包みを渡しながら、「結婚してくれないか」と告白した。N子と結婚して、熊本の療養所で生涯を送る、それが目当てだった。社会復帰の道が絶たれた今となっては、静かな生活は結婚すること、それより他に方法は思い浮かばなかった。

N子は細い目をさらに糸のように細くして後ずさりした。プレゼントの包みを押し返しながら、激しく首を横に振った。

鹿児島県鹿屋市の国立ハンセン病療養所、星塚敬愛園には作家の風見治がいた。去年も風見治宅に四日間滞在した。風見治は長崎出身で、冬敏之よりも三歳年上であるが入園は五二（昭和27）年と遅い。自宅で養生していたためだ。はじめは恵楓園に入園、六二（昭和37）年に敬愛園に移った。同人誌『火山地帯』に小説を発表していた。風見の部屋に同居者はいない。それが冬敏之は羨ましかった。

風見が話題を文学から薩摩焼に切り替えようとすると冬敏之はつまらなそうにそっぽを向いた。風見は、苗代川焼で知られる鮫島佐太郎の鉄黒釉の茶器を好み、陶工とも親しくしていた。それで風見はもてなしのつもりで秘蔵の苗代川焼の急須や湯呑みをテーブルに並べて見せたりしたのだが、冬敏之は書画骨董となると全くの朴念仁で興味のかけらも示さなかった。馬耳東風とばかりに風見の熱弁を聞き流していた。

「私は無粋ものです。風見さんのように、油絵を描いたり、窯場を歩いたりといった趣味人とは違って、無芸大食の凡人です」

「冬さんの興味は小説だけか」

K・N子に結婚を申し込み、断られたといった。関心が大ありなのは文学ばかりではない、結婚と社会復帰が人生最大の関心事だといったものの、今はどちらの芽も摘み取られていた。退園不許可の顚末も洗いざらい打ち明けた。「らい菌がいる」ことがその理由だということも隠さずに話をした。文学に専念したいので敬愛園に移りたいから橋渡しの労をとってほしいといったところ、風見は笑い出した。

「去年も同じことをいってたぞ。冬さんは執念深いな。ここは遠すぎる。文学をやるなら東京がいい。でなければ草津がいい。沢田五郎さんや名草良作さんがいるのだから、二郎さんが来いというなら、草津へ行けばいいじゃないか」

既述したように、沢田五郎は沢田二郎の実弟で、五五（昭和30）年に完全失明していたが、数々のすぐれた短歌を発表していたし、名草良作は、もっぱら療養所の外に発表の場を求めようとしていた作家だった。実際に「小説新潮賞」や「中央公論新人賞」の最終選考に残っていたし、六〇年には、小説「省令一〇五号室」が「サンデー毎日小説賞」選外佳作となり、誌上に掲載された。力作であるにもかかわらず入選とならなかったのは、選考委員に「差別意識」があるからだと勘繰る向きもあった。

「それにしても冬さんは変わり者だね。大概の人が、日本一の設備を誇る東京の療養所に行きたがっているのに、地方のそれもいちばん辺鄙なところに来たいというのだから、やっぱり変わり者だな」

地方から全生園への申込みは多い。それを全生園ではことごとく拒んでいた。それだけに全生園から地方への転園は義理の悪い状態にあるため頼みづらいらしい。もし頼めば借りを作る事になり、後で申し込みを受けたとき断れないからというのが一番大きな理由だった。

風見治は、冬敏之を毎日のように散歩に連れ出した。広大な園内は全生園とは趣を異にしてゆるやかな起伏のある散歩道が続き、青い空がどこまでも広がっていた。

「ふられるとわかっていて、わざわざ熊本までプロポーズにやって来なくても、東京にはいくらでも女はいるだろう。それともよほどその女に惚れていたのかな」

「愛してはいないと思います。生活優先です。愛は二の次、三の次です。ものを書く環境をなんとかしたいのです」

「身勝手だな、それじゃ女はなびくまい」

「一緒に暮らせば愛情も湧いてくると思います」

北條民雄は、「自分は女を愛してはならぬのである。恋してはならぬのである。青春の血を空しく時間の中に埋めねばならぬのである」と、官能の悩みを厳しく封印したが、冬敏之は心を動かす女と出会えば空想の世界へ舞い上がった。欲情や恋慕の感情を一時たりとも抑えてはおくことのできない意馬心猿《いばしんえん》だった。

「冬さんは、好きになったら地球の果てまで追いかけていくタイプだな」

冬敏之は、笑って頭を掻いていた。

九州旅行から多磨全生園に帰園したのは二四日だった。

二七日には、多摩湖畔での第六回「赤旗まつり」に、共産党細胞のメンバーとともに出かけた。九州旅行のようすを聞かれたが、「つまらなかった」とだけ答えた。K・N子にふられたことも、風見治に転園話を一蹴されたことも黙っていた。旅の後、足の疵が悪化、歩くのが辛くて催し会場や物産店には出向かず、ひとり草の上に転がって高く上がっているアドバルーンを眺めていた。

それでも翌日には浅草・山谷を歩き、女をひろってぐれ宿に一泊した。

「草津へ行けばいいじゃないか」

九州から帰って来てからも、風見治にいわれた言葉が耳に残っていた。

オートバイに乗って厳寒の栗生楽泉園へ

六四（昭和39）年九月末、栗生楽泉園へ行き、沢田五郎の口利きで島田良雄宅に五日間滞在した。海抜一、一〇〇mの高原から、西に白根山、南に浅間山を望むことが出来た。島田は、二八

（昭和3）年東京生まれ、新潟育ち。らい病が発症、尋常小学校を中退して草津の湯之沢部落に来た。四八（昭和23）年六月に栗生楽泉園に入園したという。一泊のつもりが、五日間もの長居となったのは、島田の話に惹きこまれたからだった。島田は、楽泉園に来るとき、草軽電鉄の軽井沢駅で乗車拒否にあっていた。

「おでこと鼻の頭に急性結節、熱瘤ができたんだけど、おでこのやつがパンクして膿が出た。その後遺症で鼻もこんなふうにぺしゃんこになっちまった」

島田は、ここで本当に患者のために熱心に働いている医師は小林茂信先生ぐらいなものじゃないの、ともいった。

「患者の顔を見ても名前はわからないらしいけど、足の傷を見ると判るんだよ。足を見て、ああ島田か、なんていうんだ」

その間、特別病室といわれた重監房跡や地獄谷、保育所跡などを見て廻った。夫婦舎は四畳半となっていた。全生園は夫婦舎も大部屋で夜ともなるとさながら阿鼻叫喚の地獄図だといわれていた。全生園の初代園長は警察署長上がり、二代目は光田健輔、三代目が林芳信だった。林芳信は全生園の学校である全生学園の学園長でもあった。学園内は土足厳禁だったが林園長はスリッパに履き替えないで土足のままあがってきた。天気の日はまだしも、雨の日や雪の日は廊下も教室も泥だらけになった。そうした非常識は中学卒業をする頃まで続いた。後始末は患者の教師と生徒が一緒になって、冷たい水で雑巾をしぼり、あかぎれになった手で床を拭いた。

林園長は絶対的権威者でだれひとり抗議する者はいなかった。

否、唯ひとり林園長に反旗をひるがえした伝説の人物がいる。山井道太、四〇歳である。三四（昭和9）年六月、作業用の長靴を要求した。それが不届きだと、林園長の指揮のもと検束班二〇名近い職員によって草津へ送り込まれた。山井道太は楽泉園の重監房で獄死した。いいなりにならなければ「お前も草津へ行きたいか」と脅された。暗黒の療養所時代を象徴する事件だった。

草津楽泉園の重監房跡。復元保存の運動が進められ、2014年、重監房資料館として復元された

楽泉園の創立は三二（昭和7）年一一月一六日、敷地面積は七三三、二五三㎡（二二万二、〇〇〇坪余）、職員は二一〇名、患者数は九三〇名、内訳は男五五八名、女三七二名（六五年一月一日現在）。診療科目には、ハンセン病治療（プロミン科）と一般疾患治療（内科・外科・眼科・耳鼻咽喉科・整形外科・婦人科・歯科・物療科）があった。

標高一、一〇〇mの地点にある寒冷地では凍傷になると尻込みしたが、療養所内の浴場には温泉が引かれていて、真っ白な湯煙が立ち上っていた。ひとまず寒さは温泉で凌げそうだと安心できた。月刊雑誌『高原』が自治会文化部から発行されていることは作品の発表舞台として心強かった。

栗生楽泉園の医務部長・小林茂信先生が全生園に来て整形手術を行い、その結果は大きな成功を収め、「素晴らしい先生だ」との評判がひろがっていた。手の指を伸ばすなら、小林先生に頼め、といわれた。島田良雄や沢田二郎から小林先生は名医であると吹き込まれていた。浅草・山谷で会った女から、その指はどうしたのか、と聞かれて、子どものとき火傷したのだ、と誤魔化した。「野口英世ね」と女は、手を摩ってくれたが、信じてくれたかどうか。

手の指が伸びるなら今すぐにでも執刀してほしいと思い、小林先生が全生園に滞在していることを確かめると、医局を通して診察を申し出た。もちろん、手の指を伸ばす手術をお願いするためである。

「この指なら、伸びるかもしれないな」

小林先生は冬敏之の曲がった細い指を握りながら、「大丈夫、伸ばせるよ」と、請け合ってくれた。胸に熱いこみあげてくるものがあった。

「もし、指が伸びるなら、寿命が半分になったっていい」

と思った。旅行に行った先々でも手はポケットに入れて、人目に付かないように気を配っていた。びくびくしながら生きているのは、厚ではなくて僕なのかもしれない、と冬敏之は唇を嚙んだ。

小林先生は、「いつでもいいから栗生楽泉園にいらっしゃい」と、いってくれた。

転園が生易しいものでないことは経験上、知ってはいたが、今回は小林先生が手術を承諾してくれたのだから、大義名分もあり、問題はないはずだった。しかも幸いなことに、栗生楽泉園のH男が全生園への転園を希望しているらしく、自治会同士の了解も得ることができた。H男の全生園転園は一一月末に完了、入れ違いに草津へ移れると思い引っ越しの準備をはじめたが、「形式的に」必要だという楽泉園と全生園間の公文書のやりとりにトラブルが生じたらしく、草津への転園にストップがかかった。楽泉園では発送したという公文書が二週間を過ぎているのに、分館ではまだ届かないというのである。一二月一〇日には出発できるといっていたのに、一四日になっても公文書が届かないという。天気は一六日までは好天がつづくものの、その後は下り坂になるという予報が出ていた。

草津高原へは電車でなしに、オートバイで行く手前、雨や雪になってからでは困るのだ。草津高原の坂道が氷結したりすれば通行止めになることもあるという。とにかく雪の降る前に転園を完了させたかった。分館からは、転園の呼び出しがかからなかった。手を拱《こまね》いていられなくなり一四日の朝、分館に乗り込んだ。大島分館長は、もう少し待てといい、冬敏之は、楽泉園は来いというから行きます、と押し問答になった。しまいには大島分館長が怒りだしてしまった。

一方の冬敏之も頭に血が上って分館を飛び出しかけると、背後から担当の川村に呼び止められた。明朝一五日に楽泉園に電話をして公文書の確認をするからそれからにしろと宥《なだ》められてようやく落ち着きを取り戻し、指示に従うことにした。喧嘩腰にでもならなければ、いつまでたっても放置されていたかもしれない。ともかくもそうして、一六日早朝の出発となったのである。

楽泉園側のいい分によると、全生園からの公文書には発症と生年月日欄が抜け落ちていたため、すぐに知らせろと文書で通知したのだが、全生園からは返信がなかったというのである。

冬敏之が、一二五 cc のバイクに引っ越し荷物を積んで、全生園を出発したのは午前五時半、まだ日の出前で、ライトを点けなければ走れそうにもなかった。暗がりの中に入園時からおじさん、おばさんといって、親子のように親しくもし、可愛がられてもきた秋山秀雄、すぎ夫妻が見送りに出て来ていた。暗いうちに出立するため、夕べの内に別れをすませ、見送りはいいといってあったのだが、玄関先で待っていてくれた。おじさんは全盲、おばさんは弱視だった。アクセルをふかして少し走り出したところでブレーキをかけた。振り返って見ると、ふたりはまだ朝靄の中でエンジンの音でも聞いているのか、不動の姿勢のまま寂しげに立ちつくしていた。

草津までの距離は約一七〇㎞、地理に疎く、方向音痴でもあったため道路は慎重に詳細に調べてメモにしてあった。コースは、全生園→所沢→川越→東松山→熊谷→高崎→渋川を経て草津に辿り着く。オートバイでの草津行きははじめてのことである。道中、道に迷い、足を衝き損ねて転倒したりもした。草津高原の山道でもオートバイもろともひっくり返った。防寒対策のつもりで着られるだけの下着と洋服を重ね着していたため、背中が膨らんでいた。背広とジャンバーを重ね着し、その上にコートを二枚、着ぶくれて、ダルマのように丸くなっていた。足元はゴム長靴を履いていた。

仰向けに倒れた上に荷物を積みあげたオートバイが體の上にのしかかり身動きできなくなった。仰向けになった亀さながらに足をバタつかせていると通りかかった車がバックして来て、運転席から人が下りてきた。通行人も集まって来た。後続の車からも男たちが降りてきてあっという間に助け起こしてくれた。ぶざまな恰好がよほどおかしかったとみえて、「怪我はありませんか」といいながらも、クスクス笑いながら立ち去って行った。

外に出れば気味悪がられるのが常だった。親切を受けることは稀なことだっただけに、仏にでも出会ったような心持がした。車が山陰に消えてからも、何度も頭を下げ続けていた。

渋川で一時間ほど休憩をとり、楽泉園の分館前にオートバイを乗り付けたときには一四時を過ぎていた。

この日は薄曇りの天気で、ちらほらと風花が舞っていた。風防眼鏡をはずして鏡を見ると、丸い眼鏡の跡が付き、顔は土埃で白粉でも塗ったように真っ白になっていた。

「これじゃまるで猿だ」

顔を洗わずに事務分館へ行くと、職員が顔を見合わせて笑い出した。猿面冠者が現れたとでも思ったのであろう。オートバイに乗って転園してきた患者ははじめてだ、といわれたりもした。

「小林先生がお待ちかねです」

医局の指示でリハビリテーション科を訪れると小林先生は開口一番、「おおよく来たな」と、椅子から立ち上がって歓迎してくれた。手術の約束を覚えてくれていたことがその一言でわかった。

冬敏之が栗生楽泉園に滞在したのは、六八（昭和43）年九月下旬までの四年弱、この間に小林先生による手の指の手術や足の整形手術は二〇数回に及ぶことになる。

六五（昭和40）年一月、栗生楽泉園自治会役員選挙が行われ、新会長に沢田二郎が選出された。「総和会」から「自治会」に会則をあらためた初の選挙でのことである。沢田二郎は、戦後、栗生創作会の結成に加わり、「生き残り」などの作品を発表、不自由舎に入居以来、看護職員切り替え運動をはじめ、医師充員、年金問題など、常に不自由者の代表として活躍してきた。独身不自由舎にいて、しかも日本共産党員であることを公にしていている沢田二郎が会長に選出されたことは、時代の変化を象徴する出来ごとだった。六五年度の沢田新執行部の主な顔ぶれは次の通りである。

自治会長・沢田二郎、副会長兼庶務・名草良作、常務委員・島田良雄、小林弘明、笠原金次郎などのほか代議員として藤田三四郎、沢田五郎ほかとなっている。沢田新執行部のスタートは冬敏之にも恩恵をもたらした。

沢田二郎が、「盲人会の書記をやってくれないか」といってきたのである。全生園では仕事を求めても厄介者扱いにされてはねつけられてばかりいた。売店や図書室にしてもそうだった。定員がいっぱいだと断られたが、それから一〇日もしないうちに新入りが入っていたりした。のけものにされて悔しい思いをしてきた。午前中もそして午後もリハビリテーション科に行っていたため、無理です、できませんと断り続けたが悪い気はしなかった。かなり迷った末に、沢田二郎の熱心な懇請に根負けして引き受けることにした。

「はじめて私を認めてくれた人、必要としてくれる人に会った」

転園した直後のことだっただけに、ひとしおその温情が身に染みた。

『高原』一七八号の「編集後記」に「今月は、冬敏之氏の『転園記』を掲載した。当《ママ》氏は多磨誌によってお馴じみの方も多いと思うが、これからは本誌によって、氏の執筆を発表できると思うので御期待を乞う。（星）」と紹介された。

盲人の手紙の代書、文芸作品の聞き書き、ときにはラブレターの代筆を頼まれたりもした。推薦されて『高原』編集部員にもなった。しばらく小説からも遠ざかっていたが、編集部に出入りするうち創作熱が息を吹き返してきた。

この年の八月下旬、新聞「赤旗」紙上で日本民主主義文学同盟（以下、文学同盟）が発足したとの記事が大々的に報じられた。機関誌『民主文学』の創刊号は一一月初旬に発売されるという。変節した新日本文学会にかわる新しい民主主義文学運動の母胎として結成されたもので、議長・江口渙、副議長・村山知義、霜多正次のほか、『民主文学』編集委員会のメンバー一七氏の名前が連なっていた。

伊東信、江口渙、小原元、北村耕、金達寿、蔵原惟人、窪田精、佐藤静夫、霜多正次、住井すゑ、手塚英孝、中里喜昭、西野辰吉、半田義之、松田解子、村山知義、矢作勝美。

昭和初期のプロレタリア文学運動、戦後の民主主義文学運動の中で創作活動、批評活動を展開してきた作家、評論家が中心となっていた。

夏、小説「帰郷」を『高原』に応募、掲載された。東京のらい（ハンセン病）療養所に入れられた主人公新吉が二〇年後、生家の前まで行きながら、不意に家人に会うのが恐ろしくなって、東京へ引っ返す一齣を描いた四百字原稿一〇枚ほどの掌編である。「選評」で「常凡の人情の域を出るものではない」と酷評された。

自作自演の「期待の新人作家・冬敏之」

楽泉園に来てから三年が経った六七（昭和42）年の暮れ、『高原』編集部の加藤三郎がやってきて、「上毛新聞」から六八（昭和43）年度の「同人誌の中の『新人群像』」の企画を依頼された。『高原』として君を推薦するから、自分で書け、というのである。『高原』に発表した小説は「帰郷」のみで、「藤本事件」は『山椒』（駿河創作会）、「霧の這う窪地」は日本共産党発行の『文化評論』に掲載されていた。自分で自分に期待する原稿を書けというのはずいぶん乱暴な話だし、インチキ臭いと思ったが引き受けることにした。原稿は六八年一月九日付の「上毛新聞」文化欄に写真入りで載った。「被害者意識から脱皮」などといった見出しがつけられていたが、以下が、いうなれば、冬敏之の書いた「自画像」である。

『高原』の創作欄にことし活躍を期待される「新人」を求めるとすれば、冬敏之氏であろう。彼は楽泉園（国立ハンセン病療養所）へ来て三年にしかならないが、彼が文学に志したのは早く、昭和三〇年ごろのことである。

一九六六（昭和41）年七月号の『文化評論』に掲載された「霧の這う窪地」は、戦争中の悲惨な状態に置かれたらい患者の抵抗を描いたものである。二五枚という短い制約もあって必ずしも十分とはいえないが、それまで描いてきた彼自身の生活体験の範囲を広げて、隔絶された療養所内での事件であるとはいえ、社会的な問題に目を向けた作品であった。

冬氏の作風は「青と茨」に見るような彼自身の体験を主とした、いわばロマンチシズムとリリシズムの混じりあった作風から、「霧の這う窪地」に見られるような社会主義リアリズムへ一歩近づく姿勢を示すようになった。

『高原』創作欄に発表された従来の作品のテーマは、病苦と社会的迫害による被害者意識の強調が多く見られたし、療養所を閉鎖的な特殊社会としてとらえる傾向がないとはいえない。

そのことに彼自身すでに気付いており、今後どのような作品を書くかという問いに対して「療養所における生活体験からとらえたしいたげられた人々への共感と連帯を基調とするような作品を書きたい」と述べている。ハンセン病が治癒する現在、病苦や迫害からの被害者意識に惑わされたり、あるいは「特殊」な地域社会としてのらい療養所のとらえ方に終始する限り、仮に社会復帰の困難な人々を描くにしても、ハンセン病者の正しい人間像を作品の中に定着させることは出来ないであろう。(とは彼自身の言葉である)

ここに写真を掲載できないのが残念だが、以下は、「自画像」を書いた本人の批評と呟きである。

写真の出来は思ったよりよくない。やはり、らいの顔である。新聞に名前と写真が出たということは、最早、私は冬敏之以外の人間ではなく、らいを病み、らい者を主人公とした小説を書く作家であるということの世間への宣言といえよう。もとよりそれを承知の上で写真を入れたのである。私の文学の根源は私という人間の裸の姿から出発する。

(冬敏之の日記より)

六八年三月に入室した。それから一年になろうというのにまた手術だ。右手が終れば今度は左手、それが良くなったかと思うと足の調子が悪くなるといった按配でいつになったらおわりになるのか目処すらたたない。つくづく因果な體だと恨みがましく思った。包帯でぐるぐる巻きにされた手では日記も書けず、小説「埋もれる日々」は介護のモト子に代筆してもらいながら書いていた。

小説に集中しなければならないのだが、別れた女のことが忘れられないでいた。栗生楽泉園に来て間もなく、看護婦のM・T江と恋仲になった。M・T江は地元草津育ちの一九歳、楽泉園の看護婦である。短気な性分は、恋愛でもまわりくどいことは苦手だった。例によって速攻の一手で結婚を申し込むと、おさげ髪の白衣はちいさく頷いた。天にも昇る心地がして、夜ごと夜ごと草津高原の霧の中で逢瀬を重ねた。両親、家族に結婚の許しを求めに訪れたのが一年後のことだった。ところが、父親は烈火のごとく怒り、敷居を跨がせてさえくれなかった。

「療養所育ちで、ただ飯食ってぶらぶらしているやつが、仕事もないのにどうやって結婚するというのだ。乞食になって娘を連れまわすつもりか。橋の下に寝かせるつもりか。とっとと帰れ」

すさまじい剣幕で撃退された。ひとことも反論できなかった。それからは電話も取り次がれなくなり、手紙を出しても返事は来なかった。M・T江は楽泉園を退職、消息不明になった。父親のいい分に腹を立てたが、考えてみれば成る程と思った。自分の働きで生活する、収入を得る、家族を養う、それができなければ結婚生活を望む資格はない、ともいわれた。返すことばはなかった。

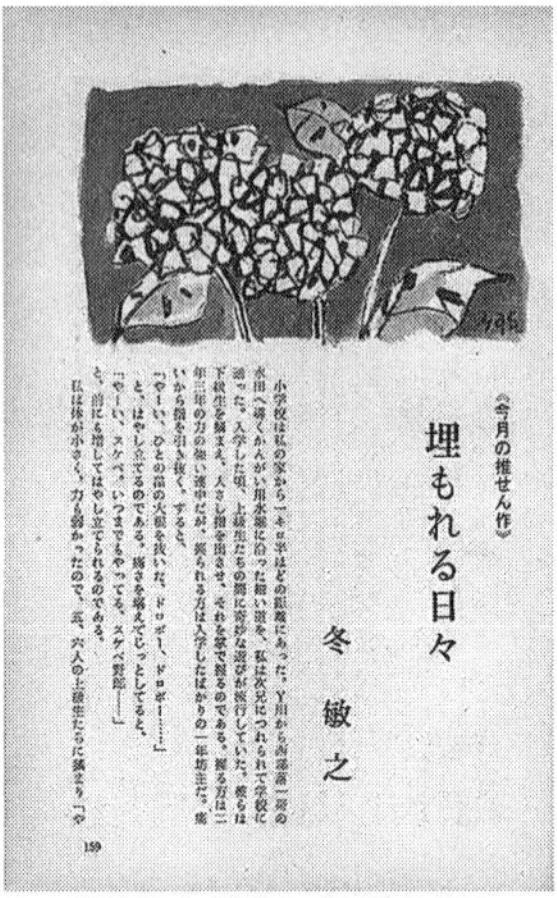
《今月の推せん作》

埋もれる日々

冬　敏之

小学校は私の家から一キロ半ほどの距離にあった。Y川から西部落一帯の水田へ導くかんがい用水路に沿った細い道を、私は次兄につれられて学校に通った。入学した頃、上級生たちの間に奇妙な遊びが流行していた。彼らは下級生を捕まえ、人さし指を出させ、それを竿で殴るのである。殴る方は二年三年の力の強い連中だが、殴られる方は入学したばかりの一年坊主だ。痛いから指を引き抜く。すると、

「やーい、ひとの指の火照を抜いた、ドロボー、ドロボー……」

と、はやし立てるのである。痛さを堪えてじっとしてると、

「やーい、スケベ、いつまでもやってる、スケベ野郎――」

と、前にも増してはやし立てられるのである。

私は体が小さく、力も弱かったので、五、六人の上級生たちに囲まれ「や

159

『民主文学』に転載された
「埋もれる日々」（1968 年）

作家となって文名を高める、それしか進むべき道はなかった。

六八年、「埋もれる日々」の第一章は『高原』二一四号に発表された。第二章は同誌二一七号、第三章は二一八号に発表された。掲載誌は、全国のハンセン病国立療養所に寄贈されたが、文芸雑誌各誌、そして『民主文学』編集部にも送られた。

七月一一日午後二時半頃、外線が入っているとの通知を受け、電話口に出ると、

「民主文学編集部の土井大助です。『埋もれる日々』（第一章）を九月号の〝今月の推せん作〟として転載させて下さい」

といわれた。

全国誌の文芸雑誌『民主文学』に、「埋もれる日々」が転載されるというのだ。不意の朗報に耳を疑った。

「もしもし、聞こえますか」

土井大助の声が一段と高くなった。そのよびかけで我に返った。

「ありがとうございます」

やっとのことでお礼がいえた。長かった習作時代から抜け出せる日がやって来たのだ。胸のときめきが鼓膜に熱く反響していた。

『高原』編集部に締切日を延ばしてもらって掲載に漕ぎ着けた作品で、性について書き過ぎたように思っていた。手や足などあちこち手術が行われている中で代筆によって仕上げた作品だった。沢田五郎からは辛い採点が下されていたが、『民主文学』掲載後は、風見治などからは高い評価が寄せられた。

プロミン治療でらい菌も完治、ひととおりの手術も終わった。社会復帰の障害になっていた後遺症はすべてクリアした。ひとまず退室しようかと考えていたところに吉報が届いたのである。幸い、小林先生からは「退園許可」が出た。

続けて、『民主文学』一〇月号に、「埋もれる日々」の第二章が、小説「父の死」と題して発表された。新人作品が二ヵ月続けて誌上に載るのは、「冬敏之さんが初めてです」と讃えられた。

作家デビューと社会復帰のチャンスが巡ってきた。冬敏之は二重の喜びを噛みしめていたが、その先に生活苦の試練が待ち受けていた。

作家の座

デビュー作「埋もれる日々」は草津で生まれた

冬敏之のデビュー作「埋もれる日々」は、『民主文学』六八（昭和43）年九月号に〝今月の推せん作〟として掲載された。

同誌小説欄には他に中里喜昭、右遠俊郎、秋元有子の短編、伊東信の長編小説「地獄鉤」が連載されていた。随筆欄には作家の池田みち子、間宮茂輔、女優の佐々木愛、映画評論家の南部僑一郎、さらに朝日新聞記者・本多勝一、作家で共産党青森県議会議員・津川武一（六九年、衆議院議員選挙に立候補して初当選）、「小説白鳥事件」の山田清三郎などが論稿を寄せていた。創刊してから三年、まだ日は浅かったが民主主義文学運動の機関誌として月刊発行を続けていた。目次のカットは、自由美術家協会、日本美術会の重鎮、井上長三郎。全一九六頁。編集は文学同盟、発行は新日本出版社である。

『民主文学』に初登場した冬敏之に注目が集まった。ハンセン病療養所に二六年、半生の原点となる少年期を赤裸々に描いた力作である。

冬敏之は、名立たる著名人に埋め尽くされている目次の中に自分の名前をみつけて武者震いした。

「とうとう作家になったね。おめでとう。お祝いに赤飯でも炊きますか」

掲載誌を真っ先に厚のもとに届けた。そのために栗生楽泉園から、オートバイに乗って厚の住む東京・中野のアパートへ行ったのだ。高校時代から「作家志望」を公言していたが、その後ろ盾になってくれたのは厚なのだ。厚は冗談めかして、赤飯を炊くといったのだが、本当にそうしたかったのだ。厚は目次を開いて眺めている弟の肩越しから覗き込み、「よかった、よかった」といって肩を叩いた。

「ずいぶん遠回りしたけど、ようやく僕の小説が全国誌に載った。これからはドンドン書くよ。親にも看取られずに療養所でひっそりと死んでいった誠たちや、今も療養所に閉じ込められている人たちのために小説を書くよ」

冬敏之は、目を輝かせて厚に誓った。

「埋もれる日々」の選考にあたった「編集委員会」による作者紹介と短評が同誌に掲載されていた。

冬氏のこれまでの作品は、七歳で発病し、いくつかの療養所を転園しながら苦闘を重ね階級的にめざめてきた実生活からの、はげしいモチーフにささえられている（略）／過去の事実とはっきり向きあおうとしているきびしさが作品全体に流れていて胸を打つ（略）／いかに生きるか――という人生の課題と文学の課題（略）冬氏のこの作品の意味は、なんのために文学があるのか――という問いへの一つの解答をふくんでいる。

さらに、「いわば性のめざめにおいて、ハンセン病発病のころの幼時をとらえたものである。社会的な視点がじゅうぶんにひろがることなく、やや情感に流されているきらいはあるが」とも指摘されていた。

「選評」は無署名だが、ひらがらを多用する文章の特徴からすると、『民主文学』編集責任者・西野辰吉の手によるものなのかもしれない。

「埋もれる日々」についての「選評」は、きわめて多面的に簡潔に冬敏之の特質を分析していた。「上毛新聞」の記事、第一〇回赤旗日曜版短編小説選外佳作となった「霧の這う窪地」などを参考資料としたものと思われる。新人とはいってもすでに三三歳、少年時代から独学で文章の修練を積み重ねてきた冬敏之の力量からすれば、遅すぎたデビューともいえる。だが過酷な半生に基づいた作品世界は、第一作からして、そのモチーフのはげしさもあって読者に大きな感銘を与えた。

しかし、冬敏之には一抹の不安と戸惑いがあった。

『民主文学』は、「人民の立場に立つ民主主義文学雑誌」であり、プロレタリア文学の伝統をひきつぐ「労働者階級の革命的文学」をめざす文学団体だったからである。「埋もれる日々」は、いわれている通り「性のめざめ」を描いた抒情的な作品であり、「民主主義文学」という世界観を基礎にした作品ではなかった。北條民雄文学に親しみ、療養所の雑誌に習作を書いてきた文学青年には、『民主文学』は社会的主張が勝っている文学団体のように思われて、場違いな感じがしていた。冬敏之は、無色透明な『群像』新人賞を狙っていたのである。

「ぼくなんかの書くものは軟弱で『民主文学』向きではありませんから」

「『民主文学』を誤解している」

すぐさま土井大助に一喝された。

冬敏之は、八月二〇日の常任幹事会で霜多正次、土井大助の推薦を受けて同盟員として承認された。続けて、「父の死」が翌一〇月号に掲載されたが、作品としては「埋もれる日々」とひとつながりのもので、ハンセン病療養所に収容されるまでと、入所後、間もなくして父親が病死する部分を切り離して独立させたものだった。

土井大助から、〝『高原』の「埋もれる日々」を『民主文学』に転載させて下さい〟と連絡を受けたとき、その電話で次の小説を依頼されていた。

締切日は一〇月末だという。すぐさま小説「薄明り」の構想を立て、執筆にとりかかりたかったが、手や足の整形手術を受けた直後だったため、思うようにベッドから離れられなかった。左足にはギブスをしていた。パラフィン浴や気泡浴のリハビリに通い、その上、体力がないため夜更かしや徹夜は出来なかった。おのずと万年筆を握る時間は限られていたから原稿は遅々として捗らず、一日かけても精々三枚を書くのがやっとだった。それでも四ヵ月あれば書き上げられそうな気がした。

高原の療養所は真夏とはいえ日中でも涼風が吹き、緑に囲まれた環境は申し分のない別天地だった。病棟も部屋が空いていたため、六人部屋を書斎がわりに独り占めして、南向きの窓辺に木製の小さな机を据え、蟬の鳴き声を聞きながら原稿に向かった。

昨日、土井さんからハガキを貰った。「薄明り」はいずれ掲載するとのこと。評とともに送り返してくれるようである（改稿しろということだ）。今年の正月あたりはまだ暗中模索状態だったが、「埋もれる日々」が認められ文学で立つ決心がついた。土井さんへのハガキに「抑圧されている人たちの武器になるような小説を書きたい」と書いた。それ以外に自分の文学の進むべき道はない。

（九月一三日の日記）

民主主義文学運動の期待の新人作家

冬敏之と私（筆者・鶴岡）がはじめて会った日は、「埋もれる日々」に続けて「父の死」が発表されたひと月後、一〇月三日のことである。大胆にも、筆一本の生活を志して栗生楽泉園を退所、中野区の厚宅に寄寓、作家生活に入ったばかりのときのことである。

この日、改稿した「薄明り」を持参して、千代田区麹町の文学同盟事務所を訪ねてきたのである。私は二六歳、文学同盟の専従事務局員として組織関係、企画・事業部などを担当していた。私の生年月日は四二（昭和17）年三月八日、この年の九月下旬、冬敏之は多磨全生園に父子四人で入所していたのである。冬敏之は私より七つ年上だが、私の年齢と彼の療養所生活年数は同じだった。

土井大助は、冬敏之から原稿を受け取ると、「早かったですね。では、読ませてもらいます」といって、万年筆で書かれた四〇〇字詰原稿用紙を二、三枚めくって見ていた。原稿は万年筆、インクはブルー・ブラックだった。事務所には、たまたま新宿の東京女子医大病院に薬を貰いに来たその帰り道だという作家の小沢清が居合わせた。

冬敏之は身長一五三センチ、体重四三キロ、三三歳にしてはずいぶん老けて見えた。少年期に鏡に映った自分の顔に驚愕して思わず死にたいと口走ったというが、それもそのはず一〇歳のあどけない少年の顔が一夜にして七〇歳の老人に変貌してしまったのだ。老けて見えたのはその後遺症のためなのであろう。頭髪も薄く、顔面に瘢痕が残っていた。黒縁の眼鏡をかけ、眉毛は薄く消えかけていた。唇は厚ぼったくて、しかもその唇が右に歪んでいた。手の指は小説に書かれている通り、鷲手のように曲がっている。名医の執刀をもってしても指はまっすぐにはならなかったのだ。左足を引きずるようにして歩行、その歩き方は重度の障害者だった。手術が完治していたわけではないといい、リハビリのため時々、草津へ通っているとのことだった。

冬敏之に対する私の第一印象は、小さな人だな、ということだった。そしてまた銀行員みたいだなとも思った。というのも、事務所に出入りしている同盟員や読者の身なりに比べると、数段ましに見えたからである。常任幹事の中には事務局長の窪田精や蔵原惟人のように常にネクタイ姿で現れる人もいるにはいたが、大方はおしゃれとは無縁の目立たぬ地味でラフな服装をしていた。それに比べると、冬敏之は、高級な洋服を身に着けているわけではないものの紺のスーツをきちんと着こなし、真っ白なワイシャツにシルクのネクタイをきりっと締めていた。履いている靴は特注品らしく、ぷっくりと甲の部分が膨らんでいた。それは、疵の出来た指先を包帯をぐるぐる巻きにしていたからだった。

おそらく、世の中へ出るにあたって洋服をはりこんだのだろうと思った。

案の定、後になって冬敏之自身がこのときの心境を吐露している。

「後遺症があるために、ハンセン病患者として特殊な目で見られたり、元患者というレッテルを貼られたくないという気持ちが強かった」

世の中の偏見に立ち向かう姿勢が服装にも現れていたのである。

冬敏之は、遠慮がちにポツリポツリと口を開いた。ワンルーム・マンションのようすをひとわたり見回してから、ひとこと小さな声で呟いた。

「事務所はここだけですか」

あまりにも狭いのでがっかりしたのか、誰に尋ねるというわけでもなく、低い天井を見上げていた。私は土井大助と顔を見合わせて苦笑いした。

「常任幹事会の会議もここでやっています。『民主文学』の編集、組織部などの実務、文学ゼミナールの教室など、なにもかもすべてこの狭いワンルームマンションの一室でこなしています」

私が説明すると、信じられないといった顔をした。

冬敏之にしてみれば、七歳のときから二六年間、一一万坪の療養所を住居にしてきたのだから、「狭い」と思うのも当然のことだった。応接間で接待を受けるとでも思っていたのか、すっかり気落ちしたようすだったが、すすめられるままに折り畳み式のパイプ椅子に腰をおろした。

「父の死」の載った一〇月号は九月初旬に出ていた。一〇月号には冬敏之が療養所で仰ぎ見ていた西野辰吉、津上忠、花田克己、佐藤貴美子などの作家、劇作家、詩人らの力作が掲載されていた。

「埋もれる日々」「父の死」によって、冬敏之の文名は文学運動の中で急速に広まっていった。

「あなたは書ける人です」
小沢清が、太鼓判を捺《お》した。小沢清は、徳永直の推薦によってデビューした作家歴の長い労働者作家だった。「埋もれる日々」を読み、大成する素質があると直観したといい、「ぼくも負けないようにがんばります」といって、冬敏之に握手を求めた。

作家の仲間入り、その出会いと別れ

麻布の中央労働学院（学院長・堀真琴。以下、中労）文芸科第二九期に入学した。『民主文学』誌上に生徒募集の広告が出ていたのを見て願書を出したのである。文芸科は「文学、芸術の基礎知識」を学ぶ勤労者のための学校で夜間一ヵ年。伊東信、小原元、草鹿外吉、永井潔、西野辰吉、村山知義などが講師を務めていた。西野辰吉の「米系日人」や「秩父困民党」を愛読していたこともあって、講義を聴きたいというのが入学の動機だった。なによりもまず文学の基礎をしっかり勉強したかったのだ。一〇月二一日が開校式だというのに、土井大助から二度、三度、「薄明り」の書き直しを命じられていた。それがどうにか締切日のぎりぎりになってＯＫが出た。

一二月初旬、冬敏之の元に『民主文学』六九年一月号が郵送されてきた。小説「薄明り」が掲載されていた。霜多正次の新連載小説「あけもどろ」、宮本百合子の「滞ソ日記」（新連載）、短編は、中里喜昭、右遠俊郎、鹿地亘、茂木文子の中編、高田敏子（詩）、坪野哲久（短歌）、橋本夢道（俳句）など新年号らしく各ジャンルの著名人らの作品が並んでいた。冬敏之は、三作目にして文学同盟の中心的な作家のひとりに躍り出ていた。

伊東信の『燃える海』『地獄鉤』（いずれも東邦出版社刊）出版記念会が六九（昭和44）年三月一七日、神楽坂の日本出版クラブで行われた。『民主文学』関係の作家、劇作家、評論家、詩人、政党、文化団体関係者など八〇余名が出席していた。冬敏之も発起人会から案内状を貰い、はじめて作家の出版記念会に出席した。会場の片隅にポツンと座り、著名人のスピーチに聞き入っていた。霜多正次からはじまった挨拶がなかほどまで進んだとき、いきなり司会者から「冬敏之さん」と名前を呼ばれてはっとした。何か用事をいいつけられるのかと思ったのだ。

ところがそうではなかった。スピーチの指名だった。どうして僕なんかがと面喰っていると、脇から、「自己紹介だけでもいいじゃないですか」と老人がやさしく声をかけてくれた。ノロノロと立ち上がると、あちらこちらからぱらぱらと拍手が起こった。出席者の大方は冬敏之の名前は知っていたとしても顔を見るのははじめてだったはずだ。マイクの前に立つと、カメラを手にした人たちが近寄ってきた。目の前の主賓席に胸に大きなリボンをつけた伊東信がにこやかに笑っていた。

「冬敏之です」

名前を名乗ったことは確かだが、それから何をいったのか全く記憶にない。

声を詰まらせて、うつむいたとき、すかさず、

「がんばれ」

大きな激励の声が飛んできた。それに呼応するようにまた一段と大きな拍手が沸き起こった。スピーチをがんばれという拍手だったのか、がんばって書けということだったのか、冬敏之はしどろもどろにお祝いのことばを述べると鷲手の指先で頭を掻きながら、そろりそろりと足をひきずるようにして壇上を下りた。

冬敏之は、先輩たちが新入りを引きたてようとして気を配ってくれている温もりを感じて胸を熱くした。駆け出しの無名作家を、さながら名のある作家の如く、鄭重に扱ってくれたのである。名誉なことだと感謝した。

最前、声をかけてくれた隣席の老人が冬敏之の耳もとで囁いた。

「みなさん、あなたがここに来てくれたことを喜んでいるのです」

強制収容・終生隔離――人為的に二六年間閉じ込められてきた「らい予防法」の囲いの中から、名実ともに新しい世界へ足を一歩踏み出したのだ。その喜びをしみじみと実感していた。後になってわかったことだが、老人は作家の手塚英孝だった。

一羽のひばりが青空に向かって垂直に飛び立つ光景がまざまざと甦ってきた。少年時代に書いた自作の詩「ひばり」である。

ひばりよ
高く舞うがよい

ひばりよ
おまえは　おまえの世界を
声かぎり歌うがよい

その詩がいまの喜びと重なり合っていた。

しかし、この夜、一堂に会し、和気藹藹としていた祝賀会の水面下で文学運動を揺るがす変動が起きていたことを、冬敏之は知らなかった。

四日後の三月二一日から三日間、都内の日本都市センターおよび牛込公会堂で文学同盟第三回大会が開かれた。その大会を控えて、西野辰吉が『民主文学』編集責任者の座を追われ、首をすげ替えられた、と騒ぎ出していたグループがあったからである。加えて、発売中の『民主文学』四月号に載った「サークル誌評」を執筆した山武比古が文中で「特殊部落」と差別用語を使用していたことが、発売後になって同盟員や部落解放同盟中央本部からの指摘で判明、雑誌を書店から回収する事態が生じていた。「差別の根絶をめざす民主主義文学運動」の機関誌上で差別用語が使われ、編集段階でも見過ごされ、外部から指摘されてはじめてそのことに気がついたのである。

西野辰吉が大会で発言した。

「いくら文章できれいなことをいっても、それが実感をともなわないものであれば何にもならない。民主主義文学運動も退廃した」

その激しい糾弾の裏には、「差別用語」だけではなく自身の「編集長更迭」問題が絡んでいた。西野辰吉は次期幹事選挙では候補名簿から辞退する、と発言した。それに八人もの幹事が同調した。九人の内、六人が常任幹事だった。すったもんだのやりとりがあった末に西野辰吉たちは、大会第一日目に途中退場してしまった。「特殊部落」という差別用語問題が辞退の理由ではないだろう、ということは冬敏之にも薄々察しがついたが、かといって詳しい経緯を知らされていたわけではなかった。

はじめて出席した大会で激論が交わされた議場の険悪な雰囲気に目を白黒させるばかりだった。予感はあった。伊東信の出版記念会の二次会に誘われて一団の最後尾に付いていったのだが、居酒屋に入って見ると主賓である伊東信も西野辰吉もいなくなっていた。伊東信らの一団は別の居酒屋に集まっていたのである。

大会最終日、冬敏之を更に驚かせる出来事が起こった。

幹事選挙の当選者名が発表されると、そこに「冬敏之」の名前があったからである。大会出席者百名の同盟員が投票、四九人が冬敏之に一票を投じていたのである。定員は六〇名、順位は四〇位だった。私が、よかったですね、と声を掛けると、「穴埋め要員です」と照れていた。しかし、幹事に選出されたことは、文学運動の中で重きをなす存在として容認された証しだった。その喜びと重みは次第に大きくなっていった。

「僕は、僕の生みの親である『民主文学』で書く」

冬敏之は、文学運動体にしっかりと根を下ろしはじめていた。

文学同盟主催の海の文学学校の講師として参加した冬（前列、左から土井大助、工藤威、右遠俊郎、霜多正次、筆者、平迫省吾。1972・7・29　金沢市の徳田秋聲碑前で）

原稿用紙七五枚の小説「雷雨」を六九年六月号に発表した。続けて小説「色あせた千代紙」七〇枚を九月号に書き、八月八日から一一日までの四日間、新島で開催された第一回文学同盟主催「海の文学学校」の講師を務めたが、二七日には栗生楽泉園に入室した。左足の疵が悪化、指を二本切除しなければならなくなった。文学学校のカリキュラムは過密だった。行動を控えればよかったのだが、負けず嫌いな性格が災いしたのだ。砂浜を歩くのは、足の疵によくないのだ。月夜の浜辺を受講生のK子とふたりで散歩した。若い女性と島の浜辺を歩きロマンチックな気分を満喫したが、虚勢を張って無理をしたのが祟ったのだ。

九月一九日に左足の骨を削る手術を受けた。入室は四〇日に及んだ。しかし、この間、小説は一行も書けなかった。それでいてK子には何本ものラブレターを出していた。原稿に集中せず、もっぱらK子のことばかり考えていたのだ。一〇月三日に抜糸、二〇日には右遠俊郎の第一創作集『無傷の論理』（東邦出版社刊）出版記念会が市ヶ谷・私学会館で行われるため、それに出席する関係で帰京しなければならなかった。二六日には、文学同盟幹事会が予定されている。

その後、K子に会って結婚を前提にした交際を申し込むつもりでいた。

一一月五日、池袋の喫茶店でK子と会った。

「冬さんの気持ちはとっても嬉しいけど、わたしには障害を越えるだけの勇気がありません。すみません」

結局のところ、いつだってこういう結末になるのだ。一線を踏み越えられないということは、ハンセン病患者とはつきあえない、そういうことなのだ。といって、K子を責めることは出来ない。理性では割り切れても、感情がそれを拒むのだ。

「ぼくがハンセン病患者だったからだ。たった一日だけでもいいから、ハンセン病とは無関係な普通の男になりたい」

これまでどれだけラブレターを書いたことか。女性患者、看護婦、看護学生、慰問の女子高校生、そして上京してからの出会いと山ほどのラブレターを書いてきた。だが、脈があると思っても、結局のところ、「勇気がない」のお定まり文句で女は去ってゆくのだ。日記に出てくる女の名前はアルファベットのイニシャルで書いている。後々、誰かが日記を読むか公開することを想定してそうしたのである。N、H、S、JなどAからZまで、二六文字のすべてを使い切ってもまだ足りないほどふられてばかりいた。

「結局はすべてこういうことになるのだ」

女性への憧れは土壇場になると、同じセリフでピリオドが打たれた。

「自分にとって文学は一生の仕事、唯一の大仕事である。そして自分の文学は虐げられた人々へのはげましの歌にならなければならないだろう」

文学への志は高く、そのことにいささかの揺るぎもなかったが、ひとりの女の柔肌のぬくもりを求めても叶えられることはなかった。愛欲への渇望と懊悩に苦しめられて、月に向かって狂ったように吠え立てることもあった。

七〇（昭和45）年の新年号に六作目となる小説「たね」を発表した。

ハンセン病療養所に四二歳で入園したたねは、「顔一面にケロイド状の瘢痕があり、両手の指もほとんど失われ、やまと芋のような分厚いてのひらが、出来そこないの泥人形の手」のようになっていた。「笑うと黄色い出っ歯がとびだし、醜怪な感じを抱かせた」。病棟では「ばけもの」よばわりされている重度の女性患者である。たねは敗血症の疑いで足首の切断手術を強制された。園内での結婚は、男なら「断種」、女は妊娠すると「堕胎」を強要された。留吉には郷里に妻子がいたが、亭主持ちの女と噂があった。たねの腹の子は留吉の子だった。留吉は噂のあった女と駆け落ちをしてしまった。あとに残されたたねの望みは子どもを産むことしかなかった。「子どもが欲しい」と泣き叫ぶたねに婦長は「あなたにはどんなことができますか？あなたには、母親になる資格さえないのです」と睨みつけた。

子どもを産む権利を奪われた人権蹂躙の法のもとに置かれているハンセン病患者の慟哭と悲憤を描いた短編である。

七〇（昭和45）年二月一〇日、冬敏之は三五歳の誕生日を迎えた。

作家志望の原点は「人生のうらみつらみ」

文学同盟発行『文學新聞』第一一号（七〇年二月一五日）から「なぜ文学をするのか」シリーズがはじまった。そのトップバッターに冬敏之が登場、自らの創作の原点を率直かつ大胆に明かしている。

あなたはなぜ生きているのかと問われたとき、ひとは一瞬戸惑うだろう。あなたはなぜ文学をするのかと問われたとき、文学を志すものは、同じように戸惑いを覚えるにちがいない。

（略）そうした難しさがあるにしても、僕が自分なりにそれをいうとすれば、僕の経てきた人生というものと絡み合わせていう以外にない。ハンセン病とそれにつづく長い療養生活の、なかば運命的でなかば人為的と思える僕に背負わされた重荷へのうらみつらみが、僕を文学に執着させたといえよう。だから、なぜ文学をするのかと問われれば、人生にうらみがあるからと答えるしかない。

厚は貯金をして家を買うのだといって着実にその計画を進めていた。しかし、冬敏之は持ち家など興味もなかったし、そんなことはどうでもよかった。原稿の書ける小さな部屋がひとつだけありさえすればそれで十分だった。

七〇年一〇月五日、転居通知を八七通投函した。

厚のアパートから埼玉県の借家へ引っ越したのだ。住所は富士見市大字鶴間、平屋の木造一戸建てで六畳二間に台所と浴室、トイレ、それに小さな庭がついていて、家賃は一万六千円。六畳一間を宿願だった書斎にした。一戸建てを借りたのは結婚生活に備えてのことだった。といっても結婚相手のあてがあるわけではない。何事も備えが必要だと思ったからである。

冬敏之が、結婚を強く望んでいることは、私も承知していた。

「年上でも、離婚歴があっても構わない」

本人から直訴されたことはなかったが、噂は耳に入って来ていた。私には全く正反対のことをいっていた。

「鶴岡さん、僕の正体を告白すると実はプレー・ボーイなんです。世の中の女性を片っ端から愛しては、捨てているのです」

「まさか、冗談でしょう」といいかけたが、思い留まった。「冬文学」の読者がじわじわと増えていたし、そこには女性たちも含まれていたからである。

しかし、冬敏之の結婚願望が成就するとは誰一人信じてはいなかった。周囲の目は冷淡で悲観的だった。実現の可能性があるとは誰も信じてはいなかったのだ。ハンセン病患者だった男と好き好んで結婚する女はいないだろう、というのが大方の意見だった。病気は治癒、社会復帰して普通の生活を営んでいる。らい菌は、結核菌よりも感染力が弱い。特効薬プロミンもある。女性たちは、理性では納得していても、結婚生活となると「感覚的に抵抗がある」と尻込みした。

「そうかもしれないな。理屈じゃないからな、本能によるなんとなくということなんだろうな。これがいわれなき差別、差別感覚なのかな。原生林の野鳥でも、子孫を残す相手は美しい雄を選ぶというからな」

男たちもまた女性たちの意見に同意していた。

「同情が愛に発展することもある」

しかし、私の意見に頷くものは一人もいなかった。

第一創作集『埋もれる日々』出版記念会

七〇年五月号には「高原にて」を書き、一〇月号には「渦」を書いた。

東邦出版社の加藤海二から短編集を出しませんか、との打診があった。『民主文学』に発表した作品だけで十分、一冊になるというのだ。年末までには出したいとのことだった。急ピッチで編集作業が進められた。

七〇年一二月一五日付で初の短編集『埋もれる日々』が東邦出版社から刊行された。「高原にて」を巻頭作品にして、「埋もれる日々」「父の死」「雷雨」「たね」「渦」の配列になった。「色あせた千代紙」は、頁数の関係で省かれていた。國画会会員の木内廣の半具象の油絵がカバー画として使われた。木内廣はれっきとした洋画家だが、『日通文学』などに小説も書いていた。兵役で中国戦線に征った戦争体験者でもあった。

冬敏之は、「あとがき」で次のように書いた。

　たしかに、文学は僕の人生と無縁のものではなく、書くことの意識とか、その行為の持つ意味をみずから確かめてみる以前に、僕はすでに自分の心情を何らかのかたちで書きはじめていた。ハンセン病患者として生きつづける限り、自分の生は無意味であると早計に断定するようになった思春期の頃から、人生は暗い絶望的なものとして僕の前にたちはだかってきたのである。しかし、生への執着を放棄し、それがそのまま死へつながっていくというほど、僕は純粋に生き得る人間ではなく、むしろ絶望感とか虚無感といったものに強く支配されながら、じめじめした「生」を引きずってきた、とも言えるだろう。

さらにこんなことも書いている。

無自覚に書きはじめ、それをある種の習性のように引きずりながら、しだいに蓄積してきた文学というもののイメージと、自覚的に書くという行為を通して文学に近づこうとする姿勢には、当然のことながら大きな差異がある。その裂け目を埋めることをひとつの目的としながら書いたのが、ここに収めた作品であると言ってもよいだろう。

一二月一二日、小笠原登の訃報に接した。円園寺において急性肺炎のために死去、八一歳だった。

七一（昭和46）年二月二七日、友人たちが音頭をとって麹町の食糧会館で第一創作集『埋もれる日々』出版記念会が開かれた。東邦出版社が後援した。

発起人は、池田真一郎、上原真、右遠俊郎、工藤威、窪田精、佐藤静夫、霜多正次、田村栄、津田孝、鶴岡征雄、手塚英孝、土井大助、中野健二、平迫省吾、福島亜紀雄、松田解子、茂木文子、山岸一章、吉開那津子。

西野辰吉、伊東信の名前がないのは、彼らが既に文学同盟を脱退していたからである。組織に加盟すると友情と信頼関係も生まれたが、離合集散のとばっちりも受けた。

出版記念会は処女出版のときのみといわれていた。一世一代の弟の晴れ舞台にも、厚は姿を現さなかった。母イマには本が出たことも、出版記念会があることも知らせなかった。厚の人間嫌いは徹底していた。職場には出て行くのだが、人の集まるところには顔を出したことがなかった。それでいて、カラオケ大会には、人一倍派手な女装に変身して、マイクを握り踊りながら歌に酔い痴れた。口さがない人々は、深津厚は二重人格だ、と噂した。

出版記念会が終わった後も贈呈本の送付などに追われていたが、ふと思いついてあるところへ出掛けた。豊島区役所裏のビルの二階に看板が出ていた「人権相談室」である。そこは「身の上相談センター」だった。

「職業は作家、自宅は借家だが一戸建てです。再婚、年齢を問いません。適当と思われるひとがいたらご連絡ください」

病歴は伏せた。退所者は十人中、八、九人が結婚しても病歴を秘密にしているといわれていた。兄弟に患者がいるとわかっただけで婚約を破棄された女性もいたからである。

用件は以上です、と告げて退散した。

富士見市で活動している共産党の集まりに出ると、そこでも「結婚相手にいい人はいませんか」と頼みこんだ。新日本婦人の会の集まりでも喧伝された。

「みなさん、冬さんがお嫁さんをさがしているそうですから、いい人がいたら紹介してあげて下さい」

人の集まるところへ行けば、いの一番に、結婚相手を求めていますので紹介して下さい、と頭を下げた。文学同盟の「文学ゼミナール」教室でも、講義が終わった後で、「結婚したい。お嫁さんになってくれる人はいませんか」と生徒たちの顔を見まわした。

冬敏之は、「結婚第一、文学第二」の心境になっていた。

小説「輪の中」を『民主文学』四月号に書き、文学同盟第四回大会では常任幹事に選出され、『文學新聞』編集委員になった。新刊『続文学入門』は文学同盟編集による書きおろしの正続二冊の出版企画で新日本出版社から、五月三〇日付で刊行され、冬敏之の「習作のころ」と題するエッセイが収録された。『民主文学』六月号には、小説「『らい』園老人夜話」を発表、文学同盟のあらゆる企画に冬敏之の名前が出るようになっていた。七月には熊本、一〇月には伊那での支部集会に常任幹事会代表として出席した。

半眼の目を開眼させてくれた住井すゑ

八月二一日、茨城県の牛久沼という「辺鄙なところで田舎ずまい」をしている住井すゑ邸を訪問、一泊した。上野駅から常磐線に乗って牛久駅まで行き、そこからタクシーに乗った。住まいは牛久沼のほとりの見晴らしのよい高台にあり、近くに、「河童の芋銭」として有名な、画家・小川芋銭（一八六八〜一九三八）の旧居があった。生前、住井すゑと「芋銭先生」は、昵懇の間柄だった。

「何人来てもいいから遊びにいらっしゃい」といわれて、私が旗振り役となって常任幹事などに声をかけた。しかし、集まったのは冬敏之、中里喜昭、津田孝、事務局員の工藤威と私の五人だけだった。冬敏之が真っ先に手をあげた。住井すゑは文学同盟の幹事、私はなにかにつけて住井すゑ宅へ顔を出していたこともあって、その役目を任されたのである。「橋のない川」の執筆に追われているにも関わらず二日間、體を空けて歓待してくれた。

洋服姿の住井すゑを見たことはないが、体型は布袋さんのようにふくよかで、腕組みをして来客に対した。六九歳の作家は、一見、農家のおかみさんのようでもあり、さながら自由民権運動の女闘志のようでもあった。戦時中の食糧難時代、「病臥の亭主と四人の子ども」を筆一本で養っていたが、食べるものには事欠かなかった。近所のおかみさんたちが収穫した農作物を持ってきてくれたからだった。人望も厚かったのである。

「差別の問題はゆきつくところ天皇制の問題だ。天皇制を倒すまでわたしは死ねない」

住井すゑは、無類の合理主義者で平等主義者だった。結婚式でさえ「あんなむだなものはやる必要ない」といい、夫婦はいちばんちいさな規模の「同盟軍」だといった。三五年間、喘息に苦しんだ夫（農民文学者・犬田卯）に尽くし、その死を見送った後で五〇年間胸に抱きつづけていた「橋のない川」の筆を執った。

「亭主が喘息を起こせば徹夜で看病しましたよ。子どもの夜泣きで目が覚めると、これ幸いと飛び起きて本を読みました。お産のときは、五日間はおおいばりで寝ていられたから、ゆっくり本を読むことができた。だから子どもたちには大いに感謝しているんですよ」

睡眠を妨げられてぼやくのではなく、勉強の時間をつくってくれてありがとう、と感謝する逆転の発想が新鮮だった。

夫の死後、すぐさま「橋のない川」を部落解放同盟の機関誌『部落』に連載した。「橋のない川」は夫の遺愛品、ウォーターマンの万年筆で書いていた。机の上のウォーターマンを手に取って見せてくれた。住井すゑは、「魂の同盟軍である夫とともに原稿を書き続けているのです」と語っていた。日々、勉強を怠らず、いのちをかけてライフワーク「橋のない川」の執筆に取り組んでいる——その態度に学べ、冬敏之は、無為の日々を送ってきた自分を顧みて恥ずかしく思った。

文学同盟第三回大会で、「特殊部落」と書いた筆者がいたことから、紛糾し、九人の幹事が脱退したが、住井すゑは、「水平社宣言」でも「特殊部落」と書いているといい、「えた」といい「四つ」ともいった。

「えた」とは、中世・近世以降、最下層の身分に置かれた人に対する卑しめの言葉として使われたが、住井すゑは、歴史の誤りを正すのは真実を知ることにある、言葉を死語にさえすれば解決するというものではない、それは歴史に蓋をするようなものだといって、「差別用語」を脅しの口実にしている部落解放同盟浅田善之助一派の言葉狩りを批判した。

「水平社宣言」は、被差別者、西光万吉自身の手によって書かれた日本の歴史上初となる「人権宣言」である。

「人の世に熱あれ、人間に光りあれ」

「宣言」は、部落解放同盟の前身である全国水平社の創立大会(一九二二〔大正11〕年三月三日)で読み上げられた。西光万吉は、「橋のない川」の村上秀昭のモデルである。

「元祖、肝っ玉母さんだな」

帰途、常磐線の車内で住井すゑを評して誰かがいった。

住井すゑは、「童話の書けない作家は、作家じゃない」と断言した。

冬敏之は終始、無言だった。住井すゑのとてつもなく大きな人間としての器に感服しきっていたのである。その活動は、もはや作家という範疇を越えて「社会変革事業」に値すると思った。

「差別の問題、天皇制の問題、人間尊重の問題、これらを以後、文学において切り込んでいくことが僕の使命だと思う。それこそ、住井さんの事業を正当な形で引き継ぐことにほかならない。僕の半眼の目を開眼させてくれた。牛久沼行は、僕の人生の記念日になった」

冬敏之は、住井すゑの言葉をひとつひとつを反芻しながら感服していた。

「住井さんが太平洋だとすれば、僕はさしづめ小さな水溜りというところか。しかし、努力次第では、水溜りも牛久沼ぐらいにはなれるかもしれない」

虚無と絶望、挫折感に悩まされている小さな器のわが身を顧みて、もっと大きなものを見ろ、と叱咤激励されたような気がしたのである。


僕もハンセン病患者の立場に立って社会の偏見・差別と闘っているつもりだが、果たしていのちがけで書いてきたといえるかどうか疑わしい。被害者意識のうらみつらみではなかったのか。住井さんが志している「社会変革事業」と比べれば、みみっちいちっぽけな仕事しかしていない。

（冬敏之の日記から）


冬敏之は、切歯扼腕していた。

人と出会ってかくまでに興奮し、刺戟を受けたのははじめての経験だった。これまでにも、「人生の出会い」があるにはあった。少年時代の土田義雄、高校時代の森田竹次である。しかし、人間として、作家として、その並はずれたスケールの大きさは住井すゑの右に出る人物はいなかった。

「うらみつらみ」だけにしがみついていていいのか？

苦しむためには才能が要る、といったのは北條民雄だが、「うらみつらみ」は、その延長線上にあった。その奥にあるもの、もっと深淵にあるものを摑みとらなければならない。だが、それが何かがわからなかった。僕は何か大事なものを見落としているのではないのか、冬敏之は真剣に自分自身の作品を見つめ直そうとしていた。

九月から「第一一期・文学ゼミナール」の講師として週一回、全四回、麴町に通った。

六月二日から「民主青年新聞」（週刊）に依頼されて連載小説「ひそやかな愛の彼方に」の連載をはじめてもいた。挿絵は日本美術会の野中歌子。日本民主青年同盟は同盟員二〇万人を誇る青年運動組織であり、「民主青年新聞」はその機関紙である。

七月二七日、埼玉県入間地区教育委員会連絡協議会主催の移動図書館の集まりに招かれて、「藤本事件」のことを「差別と文学」と題して講演した。集まったのは三〇人ほど、その大半は主婦であった。七月二日から七日まで文学同盟の仕事で熊本を訪れた際、「藤本事件」の現地調査を行っていたからである。住井すゑ訪問の話もした。

一一月一五日、小説「穴のあいた靴下」四〇〇字詰原稿用紙九一枚を書きあげて、『民主文学』編集部に届けた。「渦」の続編ともいうべき作品である。

人生の春

夜、女がひとり男の家にやって来た

ある夜、ひとりの女が鶴間の家を訪ねてきた。一一月二七日のことである。

これまでにも女の訪問客がいなかったわけではなかったが、それでもやはり胸がときめいた。到着が遅れると、道に迷っているのではないかと気が揉めた。電話を掛けて来たのは、文学ゼミナール第一一期生の五十嵐嘉子という独身女性である。いうなれば教え子である。杉並区内の西荻診療所という民医連系の病院で看護婦をしている共産党員だった。ゼミ終了後、有志たちで四ツ谷駅前のしんみち通りにあるルノアールに立ち寄っていた。

「夜勤がありますので」

嘉子はゼミが終るとすぐに職場へ向かって行った。勤勉でもの静かな女性であった。三九

（昭和14）年五月三〇日生まれの三二歳、冬敏之より四歳年下である。わたしも結婚したいと思っている
「冬さんが、結婚相手をさがしていると聞いたものですから。わたしも結婚したいと思っているのですが、縁がないのです」

嘉子の訪問は、いうなれば「わたしを奥さんにして下さい」と直談判にやって来たようなものだった。嘉子は、二松学舎大学中国文学科を卒業して医療の仕事に転じた白衣の天使だった。これまでは、病歴が障害になって恋は破綻してきたが、嘉子は冬敏之のすべてを承知した上で名乗り出てきたのである。「結婚相手」を探している男と女が一つ屋根の下で言葉少なに対面している間に、夜が更けて行った。

冬敏之は、「僕なんかにはもったいないような女性だ」と日記に記した。

翌二八日、渋谷のレストランで食事、交際を申し出る。嘉子、承諾。二九日、嘉子が鶴間の家を大掃除にやって来た。三日連続の逢瀬となった。

「昨日、会ったばかりなのにまた会いに行くの？　恋しちゃったのかな」

嘉子は職場の同僚たちに冷やかされながら、慌ただしく更衣室へ駆け込み、デイトの身支度を整えた。

一二月三日に「文学ゼミナール」の修了式が行われたが、私は、ふたりの間で「結婚話」が急速に進んでいることなど知る由もなかった。

嘉子が神奈川県大和市東林間に住む両親に、「結婚したい人がいる」と告げたのは一二月一五

日である。その夜、嘉子から冬敏之に電話がかかってきた。両親の反応を真っ先に訊ねた。

「大反対された。父も母もハンセン病、といっただけで会ってもいないのに、父親に馬鹿野郎呼ばわりされたわ。絶対許さんといわれた。でも親が結婚するわけじゃないから、どうしてもだめだというなら、わたし駆け落ちしてでも一緒に暮らします」


その五日後の一二月二〇日、ふたりは夫婦の契りを結んだ。


二七日、麹町の事務所に冬敏之から電話がかかってきた。私に急ぎの頼みがあるというのである。結婚式場を探してくれというのだ。

「誰が結婚するんです」

「僕です」

「誰と？」

私は耳を疑った。プレーボーイの次は結婚式、からかわれているのかと思ったのだ。相手は五十嵐嘉子です、という。このとき私ははじめてふたりの関係を知った。年末も押し詰っていた。二八日は事務所の大掃除、二九日から一月四日までは正月休暇に入る。私には家庭があり、妻子が私の休暇を待っていた。

「それはおめでとうございます。でも会場探しは年が明けてからにしませんか」

式場をすぐに予約してくれと急かされても、結婚式場がどこにあるのか、まずそこからはじめなければならなかった。だが、三月は結婚式場が混むから、とにかく年内に式場を確保してくれ、という急かしようだった。

冬敏之が短気でせっかちで、順序があとさきになることなどおかまいなしの性分であることを私は知っていた。思い立ったらすぐさま走り出す直情径行タイプだったのである。

暮れの二八日、電話帳の広告を見て、角萬や日本閣などに電話をかけてみると冬敏之が希望する三月はすでに予約でいっぱいになっていた。かろうじて中央線大久保駅前の結婚式場三福会館に空き日があった。

翌二九日、私は冬敏之とふたりして三福会館を訪れ、予約金を支払った。嘉子は職場を抜け出すことが出来なかったのである。

結婚祝賀会は七二（昭和47）年三月一八日の土曜日、出席予定数は一〇〇人とした。すでに仲人は日中友好協会理事の和田一夫夫妻、実行委員会代表は霜多正次の内諾を得ているという手回しのよさだった。

「五十嵐さんのご両親は結婚を認めてくれたのですか」

と訊ねると、猛反対されている、とうなだれた。

新年一月二日、冬敏之は勇敢にも、家族、友人らが大勢集まっている東林間の家へ、新年のあいさつと結婚の許しを得るために訪れた。果たして敷居を跨がせてくれるかどうか危うんだが、嘉子が手際よく席をつくってくれた。冬敏之は緊張で體を強張らせていた。嘉子の父・五十嵐廣吉、母・登美枝をはじめ、嘉子の兄妹と配偶者、幼い甥や姪たちで広間は埋め尽くされていた。嘉子は五十嵐家の長女だが、独り身は彼女だけだった。

冬敏之に対する両親や兄妹たちの反応は、冷ややかで余所余所しいものだったが、嘉子がなにくれとなく気をつかってくれた。

「年より随分老けて見えるわね」

嘉子の妹・文子が耳元で囁いた。それが、家族が漏らした冬敏之についての唯一の感想だった。

それから二週間後の一六日、不幸な出来事が起こった。

一五日、鶴間では雪が降った。関東地方の最高気温は八度、寒い日が続いていた。五十嵐廣吉が相模川に釣りに出かけたまま一八日になっても帰宅しないのである。警察に捜索願を出した。警察、消防、釣りクラブなどが大挙動員されて、廣吉が釣り場にしている相模川付近の大掛かりな捜索がはじまった。冬敏之のもとに嘉子から知らせがあったのは、一八日になってからだった。冬敏之からその日の内に私に知らせが入った。一九日に予定していた結婚を祝う実行委員会を中止にしてくれという連絡だった。

廣吉は嘉子の結婚に激怒、猛反対していたことから、事故か、自殺か、無責任な噂が飛び交った。だが、廣吉が嘉子と冬敏之の結婚に思い悩んでいたのは事実だった。

冬敏之が東林間に駆け付けて見ると、嘉子の顔が異様なほど黒ずんでいた。睡眠をとっていないという。疲労がピークに達していたのだ。

冬敏之を見つめる周囲の目に棘があった。

「お前が現れなければこんなことにはならなかった。責任をとれ」

そういって責められているような気がした。

しあわせが手の届くところにやってくるといつだって、「ハンセン病」が邪魔をする。そしてすべてを台無しにしてしまうのだ。

しかし、嘉子と冬敏之はお互いに深い信頼を寄せ合っていただけでなく、切っても切れない人生の「同盟軍」になっていた。

荊棘の壁を破った医療人女性との結婚

嘉子の結婚に猛反対していた廣吉は、命を擲って式を断念させようとしたのかもしれない――冬敏之の妄想は悪い方へ悪い方へと膨らみ陰鬱になった。

嘉子は五十嵐家の長女、下に四人の妹と弟がいた。文子の夫は文学同盟東京港支部の支部長・北岡忠憲、ふたりは中央労働学院で知り合って結婚した文学好きだった。その下に靖則、美代子、隆男がいた。嘉子を除く四人はすでに家庭をもち、子どもも生まれていた。

廣吉は嘉子の結婚を強く望んでいたが、冬敏之の来歴を知って態度を豹変させた。完治しているとはいえ、ハンセン病患者だった男と結婚させるわけにはいかない、と頭ごなしに怒鳴りつけた。ハンセン病に対する根強い偏見を抱いていたのだ。母親の登美枝は廣吉より更に輪をかけて強硬だった。いちばん親思いの長女に期待を裏切られたといって悲憤慷慨、嘉子の話を聞こうとすらしなかった。

「お姉さんをいくつだと思っているの。三十過ぎの大人よ。それに冬さんはもう病人じゃない、立派な小説家です。心配することなんて何もない」

文子は冬敏之の小説を愛読していた。一緒に食事もしていたし、療養所の話も聞いていた。『民主文学』新年号で、冬敏之の「穴のあいた靴下」を読んだばかりだった。

「嘉子は勉強することしか知らない堅物だ。恋をしたことのない世間知らずだということぐらい文子だってわかるだろう。夫婦になれば、あの人のご主人はハンセン病だと後ろ指さされて苦労するのは嘉子なんだ。わしたち家族はそれでもいい。子どもに遺伝したらどうする。男はほかにいくらでもいるだろう」

廣吉の恫喝が嘉子の脳裏に甦ってきた。廣吉の剣幕に圧されて文子の反駁も鳴りを潜めた。家族が深刻な撞着に陥っている渦中に、廣吉が行方不明になったのだ。

嘉子は強引に結婚式の日取りを決めたことが、父の逆鱗を買ったのかもしれないと思うと、いてもたってもいられない気持ちになった。

去年の一一月末に鶴間に押しかけ、一二月二〇日には深い仲になっていた。そして三月一八日を挙式日と決め、師走の二九日に結婚式場を予約したのだ。親の許しを得ることなど考えもしなかった。

廣吉にしてみれば、親の存在を無視した身勝手な行為に腹をたてたのであろう。廣吉の意見に耳を傾けてさえいたならこういうことにはならなかったのかもしれない。そう思うと今更ながら悔やまれた。しかし、いまとなっては後の祭りであった。

「親が結婚するわけではない。わたしが結婚するのだから、親が、どうしてもだめだというなら、わたしはひとりで彼のところへ行く」

嘉子の決心は動かなかった。廣吉は「一時、男にのぼせあがっているだけだ。すぐに熱は冷める」と、血相を変えて諭した。不治の病、遺伝、感染症――「らい予防法」まで持ち出して、〝強制収容・終生隔離〟は現に法律に定められている、と断じた。

「ですけどね、お父さん」

嘉子は、そういったきり後を続けられなかった。確かに廣吉のいう通りなのだ。「らい予防法」を持ち出されれば、ぐうの音も出なかった。

「でも、わたしはハンセン病が怖い病気だとは思っていません。病気に関してはお父さんよりよく勉強しているつもりです。遺伝はしません。法律が間違っているのです。わたしは医療人ですから、ハンセン病は不治の病ではなくて、治る病気だということ位知っています」

嘉子の毅然とした態度が、廣吉の怒りに油を注いだ。

「親に説教する気か」

冬敏之との結婚に反対を唱えたのは、両親だけではなかった。勤務先の診療所の看護婦や事務員たちも、ハンセン病療養所に二六年間入所していた過去をもつ男との結婚に眉を曇らせた。嘉子は実家でも、職場でも四面楚歌になっていた。廣吉の所在がわからぬまま時間が経過していった。この結婚はご破算にした方がいいと無責任なことをいい出すものもいた。結婚話は荒波に飲み込まれて破綻するかと思われたが、ふたりは握った手を離さなかった。

だが嘉子は、廣吉の心中を思うと心が折れそうになった。弱腰になりかけると文子が、しっかりしなさい、と励ましてくれた。

廣吉は、川下で溺死体となって発見された。警察は、遺書がないことから事故死と判断した。喪中を理由に結婚式は中止となった。葬儀には、冬敏之も参列した。

二月五日、嘉子は冬敏之から来た手紙に返事を書いた。

あなたからの手紙が私の手に届いたのは昨日（金曜日）、節分の日でした。「水曜日に会ったばかりなのにね」と事務の人にひやかされました。本当に嬉しい手紙をありがとう。「物を書く」とか「物が書ける」というひとは、私のあこがれでした。作家であるあなたと結婚できるということは、私にとって最高のしあわせです。本当に大切にしなければならないひとです。作家であること、物が書ける条件にあなたをおくために、私はどうしたらよいのか、文学的生活を志向するあなたにとって、私はよき理解者になりたいと心から思います。

私自身も仕事の課題をもちたいと思います。十年かかっても、はたしてものになるかどうかわかりませんが（主婦の片手間にやるのですから）、中国文学の勉強をしたいと思います。でも食べるために最低の収入は必要ですから、当分は医療で働くことにします。私は学生時代、教職をめざしましたが、学生課にマークされて、教職試験を受けることができませんでした。

夜も更けて午前二時三十分になりました。診療所への退職願は月曜日に提出します。よい小説が書けることを祈っています。（差し入れにでもいってあげたいのに、しばらくは無理）一日も早くあなたのところへゆきたいと思います。心からあなたを愛しています。

嘉子からの初々しく、甲斐甲斐しい文面に情をほだされた。冬敏之は二度、三度、便箋をめくりかえしながら夜が深けるのを忘れていた。

ハンセン病の差別・偏見はいつまで続くのか

嘉子の恋は遅咲きだったが、激しく、熱烈に、そして真剣に冬敏之を愛した。

嘉子の青春は労働と勉学の明け暮れだった。高校進学を許されなかったため、中学を出るとすぐ親元を離れて、二年制の鳥取市立病院付属看護養成所に入り、寄宿舎生活。卒業後は〝お礼奉公〟として、鳥取市立病院に一年間勤務して正看護婦となった。その間、高校卒業の資格を取得するため通信教育を受けていた。だがそれだけでは飽き足らず、上京して、病院で看護婦として働きながら三部制の都立代々木高校に入学、三年で卒業（四年制だが看護養成所卒の資格で一年免除）、学校推薦で二松学舎大学に進んだ。中国文学科で魯迅研究をめざしたのである。

「夜も昼も日曜日も返上して、働いていました。勉強に追われていました。わたしには青春らしいバラ色の日々はありませんでした。明けても暮れても勉強、勉強でした。人生とはそういうものだと信じていたのです。いい寄って来る男の人がいなかったわけではありませんが、わたしは奥手なのか身を引いてしまったのです」

冬敏之への手紙に生い立ちを記し、今日までの歩みを正直に綴った。

「お姉さんは、やるときはやるのね」

文子は、プロポーズは嘉子からだったことを知って、目を白黒させた。

口さがない同僚たちから、結婚の邪魔立てをされると、〝どうせわたしは売れ残りですからどうでもいいのです〟と、捨て台詞を発して相手を黙らせた。〝作家の女房〟になると思っただけで、はじけるような心の喜びが湧きあがってきた。だが、共に喜んでくれる友だちはひとりとしていなかった。誰も彼もが異口同音に、もう一度考え直せ、と嘉子の恋心を踏みつけにした。

「わたしは冬敏之さんの身の上はなにもかもわかっていて、こちらから結婚を志願したのです。

わたしは医療人ですから、病気のことはわかっています。怖いことなんかなにもないのです」

もし一人でも、この喜びを理解してくれて、祝福してくれる友だちがいてくれたならならどんなにか心強いことだろう。嘉子は、周辺からそそがれる冷淡な白い目に心を強くもって耐えていた。孤独な境遇を恨めしく思い、ハンセン病を嫌悪している人々の根強い偏見になすすべもなかった。

「この差別・偏見はいったいいつまで続くのか！」

嘉子は、二月七日に勤務先である西荻診療所に退職願を提出、杉並区荻窪五丁目、健友会職員寮を引き払って、一旦、相模原市の実家に戻った。登美枝と和解して、実家から嫁入りしたかったからである。母親に祝福されない結婚は、太陽ののぼらない朝のように心を暗くした。


嘉子が相模原の実家から、埼玉県入間郡富士見町大字鶴間二六二三の借家へ引っ越し荷物と一緒に運ばれてトラックから降り立つと、見知らぬ男たちが三人ほど手伝いと称して、待っていた。いずれも體に障害のある多磨全生園から来た中年の男たちだった。ノソノソと家具類を運んでいると、ちょっと、といって嘉子は冬敏之に手招きされた。

「兄貴の厚です」

紹介されたのは、身長一五一㎝、体重五〇kgの冬敏之と同じ背恰好の双子のようによく似たおとなしい男だった。兄弟がいることなど、事前にひとことも聞かされていなかった。電撃結婚とはいえ、親兄弟のことをなぜ黙っていたのか、真意を計りかねた。嘉子は、冬敏之のことならなんでもわかっているつもりでいたが、とんだ自惚れだったようだ。この先、何が飛び出してくるかわからないと嘉子は荷下ろしを眺めている冬敏之の顔を横目で睨んだ。

「近くに兄弟がいるなんてことはこれっぽっちも知らなかった。なんていう人だろうこの人は、無口な秘密主義者」

嘉子は、厚にあいさつをするのも忘れて、唇を尖らせていた。

冬敏之は、冬敏之で、「なんだ案外、僕の小説を読んでいないんだな」と、ふくれっ面をしている嘉子の気配を盗み見しながら舌打ちしていた。

冬敏之の第一創作集『埋もれる日々』には、「高原にて」「埋もれる日々」「父の死」「雷雨」「たね」「渦」の六編が収録されている。丹念に読んでいたならば、作者の家族構成を飲み込めるはずだ。冬敏之はゼミナールでは、「創作体験」と題して、生い立ちを語り、家族、親兄弟のことを赤裸々に語って来た。小説で実人生を再構築しているのだ。

「埋もれる日々」は、ハンセン病に罹っている父、ふたりの兄、そして働き者の母、「恐ろしい気違いの老婆」、いずれも作者の家族である。長兄は厚、次兄は健次、そして主人公の「私」は冬敏之なのだ。愛知県から父と兄弟三人が、ハンセン病患者収容列車に揺られて多磨全生園に入園したのは、冬敏之が七歳の秋だった。それからの顛末が冬敏之文学の世界である。

厚は独身で、一度は社会復帰したがネフローゼに罹って死線を彷徨い多磨全生園に復園したのだ、という。八歳年上だというが、態度がどことなくおどおどしているせいか、冬敏之が兄貴然として見えた。

嘉子は、転居したその日から、未知の世界に迷い込んだかのように目を白黒させていた。

歌も酒もない母子水入らずの結婚式

冬敏之は結婚が決まると、真っ先に母・イマに知らせた。

三月一八日、冬敏之は嘉子を伴って豊橋駅までイマを迎えに行った。廣吉の水難事故死で挙式は流れたことをまだイマには伝えていなかった。何も知らないイマは、黒紋付き一式を風呂敷包みにして豊橋駅の待合室に現れた。冬敏之が結婚式が中止になったことを打ち明けたのは、東京へ向かう新幹線の車中でのことだった。

嘉子はこの日、はじめて姑となる深津イマと対面した。

「嘉子です。ふつつかものですがどうぞよろしくお願いします」

鶴間の家では、イマと嘉子が台所に立ち、夕餉の仕度がはじまった。多磨全生園から厚が呼ばれた。三〇年ぶりに親子水入らずの食卓を囲んだ。仲人も酒も歌もない静かな祝言だったが、イマのほころぶ顔が新郎新婦のなによりの喜びとなった。冬敏之は、酒よりも大福が好きな甘党だった。

四二（昭和17）年秋、七歳で多磨全生園に入園、戦後の食べ盛りは食糧難で、白い飯は食べられなかった。さつま芋、かぼちゃ、じゃがいもの代用食や大根の葉を入れた雑炊でいのちを繋いだ。食糧が底をつくと、油蟬やねずみまで食べた。療養所育ちは食べ物の好みが偏っていた。どんなに高価な料理であっても敬遠したくなる食材があった。たとえば、出版記念会のバイキングでもローストビーフや生ガキ、イクラやウニの寿司がでていても素通りした。子ども時代に食べたことのないものには手が出なかった。誰もが美味だというのだが、あのぬるりとした舌の触感がいやなのだ。それよりも、療養所で食べなれているめざしやポテト・コロッケがやっぱり美味かった。これに勝る美味い食べ物はこの世になかった。冬敏之の舌は粗食にならされて、食通とはいい難かったが、食欲は人一倍旺盛だった。出版記念会に出ると、スピーチがおわるのを待ちかねたようにして料理のテーブルへと駆け寄った。

「僕はなんてさもしい、食い気のはった男なのだろう」

ずらりと並んでいる色とりどりのオードブルや和食の前に我先に陣取って、次々に箸をのばし、蕎麦を啜った。

イマは、息子たちが箸をせわしなく動かしながら、田舎料理に舌鼓を打つようすを目を潤ませて眺めていた。

結局、用意してきた色留袖に袖を通すことなくそのまま豊橋へ持ち帰った。帰郷するとすぐにイマから、ひらがなばかりの拙い鉛筆書きのはがきが届いた。

すばらしいワンピースをおくって下さってほんとにありがとう。心からうれしくてたまりません。佛様にかざってよろこんでおります。おとう様の遺体がみつかったとのこと、心からお悔やみ申し上げます。お佛様になられたお父上様、母上様、日本一のおよめさんを下さってどうもありがとうございます。

イマ

蛇の目寿司で開かれた冬敏之の結婚を祝う会。
前列左から霜多正次、嘉子、冬敏之(写真・筆者)

イマは、相模原へごあいさつに行くといったが、喪中だからと思いとどまらせた。イマは不審そうにしていたが、息子のいい分に従った。冬敏之ですら、嘉子の実家には未だ自由に出入りできるうちとけた関係にはなっていなかったのだ。

結婚式場三福会館での結婚式は中止になったが、四面楚歌の中で霜多正次、稲沢潤子、茂木文子、『民主文学』編集部員や事務局員ら一〇人ほどが集まって、千代田区麹町の蛇の目寿司の二階座敷を貸し切ってささやかな「結婚を祝う会」が開かれた。冬敏之も嘉子も普段着のままで、髪飾りひとつつけていなかった。嘉子は、このときはじめて、銘々からおめでとうとの祝福を受けて、こみあげてくる感情を抑えることが出来なくなった。

その祝宴の段取りをしたのは私だが、そのお礼にといって、冬敏之からコクヨの四〇〇字詰原稿用紙に渡辺順三の短歌と自作の短歌を書いてくれた。順三の一首は冬敏之のいちばん好きな歌だった。

祝うもの一人なくして誕生の暗き空より雪舞い落ちる　渡辺順三

その横に肩を並べるようにして自作の一首が書かれていた。これには、〃「生きていてよかった」と云える瞬間が僕にはあったろうか、なかったと思う〃との添え書きが付けられていた。

君が思い絶ち難くして雪に埋もる三二歳の誕生日暮るる　冬敏之

この歌を詠んでから五年、冬敏之に遅い春がやってきたのだ。

婚姻届は、四月四日に富士見町役場に提出した。冬敏之三七歳、五十嵐嘉子三二歳、家財道具もまだ満足に揃っていない質素な家庭の誕生を祝うかのように、小さな庭さきにどこからか桜の花びらがひとひら、ふたひら舞い落ちてきた。

異例づくめ、文学・家庭・就職、大願成就

「いいことは重なるもので」

滅多に笑顔を見せることのない冬敏之の顔が、にんまりとほころんでいた。それもそのはず、結婚に続いて嬉しいニュースが続いた。就職が決まったのである。

富士見市の市制施行は七二（昭和47）年四月一〇日、初の市長選挙で保守系候補が当選したが、贈収賄行為が発覚、辞任した。出直し選挙の結果、日本社会党、公明党、共産党の推す山田三郎が当選、革新市長が誕生した。

七三（昭和48）年一月号の『民主文学』に小説「点鬼簿」を発表、五月に開催された文学同盟第五回大会では幹事選挙に当選、常任幹事に再選された。小説「ささやかな日常」が『民主文学』六月号に掲載された。

福の神が舞い込んできたのは、七月のことである。三八歳にして富士見市役所に採用され、深津俊博は地方公務員の金的を射止めたのである。冬敏之の名前は伏せた。小説家であることが知れ渡れば、おのずと作品も読まれることになる。いたずらに不安感をもたれることを警戒して様子を見ることにした。まずは公務員としての信頼を勝ち取ることが先決問題だった。

「タナボタだな」

二六年間、療養所に〝幽閉〟されていた年月を取り返すかのように、続けざまに福の神がやって来たのである。

富士見市役所職員に推薦してくれたのは、地元の共産党市議会議員・小林正一だった。思いがけずにサラリーマンの仲間入りとなったのである。革新市長誕生が根無し草だった冬敏之の生活を一変させた。古い愛用の自転車に乗り、張り切って通勤した。自宅から市役所までは一五分、職住接近ではあったが、配属された広報課は、身体障害者の冬敏之にとっては決して楽な職場ではなかった。主な仕事は広報紙『ふじみ』の編集作業だが、印刷された『ふじみ』を市内のポストに配布して廻るのも仕事の内だった。車を運転して一梱包二〇kgもある『ふじみ』を落としていくのである。障害者にとって、汗を流す仕事は難儀だったが、愚痴も弱音も吐かなかった。

「自分が働いて得た収入で家族を養う、それが真の幸福だ。僕には、夢の夢かもしれないが、そんな普通の生活を一度はしてみたい」

ハンセン病療養所にいた頃、「座敷ブタ」と罵られても屈辱に耐えていた。病気は治った。退所して社会に出て生活する、働く、自立する。誰もがしているように自由に人並みに生きる。それが冬敏之の永年描いてきた夢だった。その夢が実現したのだ。


文学に生涯かけしと云うは吾のおごりなるか雪降る夕べ　　冬敏之

サラリーマン生活に胸躍らせているわが身を顧みて忸怩たる思いに耽った。文学への情熱と気負いは青年期の驕《おごり》だったのか。

七月、八月、猛暑日の続く日々、入道雲と雷雨にみまわれながらも、古自転車のペダルを踏んで役所へ向かった。仕事に慣れていないということもあって、疲労はピークに達していた。

原稿を書く機会は、せいぜい市長の代筆でエッセイを書くぐらいなものだった。

「深津さんは文章が上手ですね、プロの作家みたいじゃないですか」

同僚から文才があると褒められはしたが、それが本職です、とはいえず、筆名を名乗ることも憚られて苦笑いでごまかしていた。

「当分は、作家休業だ。もしかすると廃業かな」

帰宅後、冗談とも本気ともつかず、弱気のひとことを漏らしたが、台所で水仕事をしていた嘉子には聴こえなかったようだ。

なにしろ、市役所から帰るなりすぐに畳の上に大の字になってうたた寝をはじめていた。人一倍の食いしん坊が、食欲をなくしていた。手にした箸さえ重たく感じられた。

運転免許証を所持していることが雇用の決め手になったのだが、配達時はいたるところで車を止めて運転席から乗り降りしなければならず、それに思わぬ時間を要した。機敏に動ける體ではない。膂力《りょりょく》な上に、手足の悪い冬敏之は人より仕事は遅れがちになった。体力にあわせてマイペースでやればいいのだ、ゆっくりやればいいのだと自分にいいきかせるのだが、人に遅れまいとして無理をした。

「人間回復」への道は冬敏之にとってはいのちがけの闘いだった。

かくして、冬敏之こと深津俊博は初月給を握りしめた。基本給一九万六千二百円、手取り一四万五千円、長かった無収入の根無し草生活から脱皮したのである。

「薄給だから気が楽だ」

私には、のんきなことをいっていたが、実直な性分なだけに精励恪勤《せいれいかっきん》、ありったけの力をつぎこんで働いたのである。

『民主文学』七四（昭和49）年一月号から長編小説「藤本事件」の連載が決まった。予定は一年間だが、なりゆきでは延びることも考えられた。サラリーマン稼業と作家の二本立ては初めてのこと、体力が続くかどうか不安だった。

しかも「藤本事件」というのは、全国のハンセン病療養所の患者が救援運動に立ち上がった冤罪事件である。裁判記録の閲覧と現地調査のため事件現場の熊本へも飛ばなければならない。深夜までかかっても一日に書ける原稿は精々二枚がやっとだった。それも、睡魔とたたかいながら気力を振り絞ってのことである。途中でダウンするかもしれないが、覚悟の上の綱渡りである。

結局、連載は二〇ヵ月、全二〇回に及んだ。完結はしたものの、書き切ったという確かな手ごたえはなかった。むしろ、あと味の苦いものになった。評判も思わしくなかった。案の定、出版の予定は見送られた。批評家の反応も鈍く、あけすけに失敗作だといい切る作家もいた。しばらくは万年筆を持つのも苦痛だったが、負けじ魂が頭をもたげるのにさして時間はかからなかった。

七五（昭和50）年三月一〇日、文学同盟事務所は麹町マンションから千代田区六番町の三栄ビル四階へ移転した。新事務所は麹町マンションの約二倍、七三㎡（約22坪）と広く、講座室を独立させた。しかし、エレベーターの設置がなく、滅多な事では泣き言をいわない冬敏之が、階段の上り下りがキツイらしく顎を出していた。

冬敏之のデビュー当時から陰日向となって執筆活動の後押しをしてくれていた土井大助はすでに『民主文学』編集部を退き、詩人・土井大助としてホーム・グラウンドである『詩人会議』へ拠点を移していた。

「藤本事件」完結後、すぐに「風花」に取り掛かっていた。二年がかりの労作「風花」は、四〇〇字詰原稿用紙三〇〇枚の長編小説となった。

「風花」は『民主文学』七七（昭和52）年三月号から五月号まで三回に分けて短期集中連載となり、八月に東邦出版社から第二創作集『風花』として出版された。装幀は鶴岡征雄がした。

同書には「穴のあいた靴下」が同時収録された。求職活動で都内の職業安定所（ハロー・ワーク）を駆け巡る元ハンセン病患者の苦闘を通して差別・偏見の厚い壁を描いた力作である。

四月一六日、冬敏之を打ちのめす訃報が届いた。森田竹次が多磨全生園で死去したのである。六七歳だった。骨肉腫手術のため、長島愛生園から多摩全生園の病棟に入室していたのだ。冬敏之が長島での高校生時代、文学的影響を強く受けた先達だった。

「みんなが一緒に手を携えて、みんなで一緒に幸せになることが大切なんだ」（森田竹次の言葉）

療養所での戦後の日本共産党組織の創立者であり、患者運動のリーダーであり、創作・評論活動を精力的に行った熱血漢だった。著書に『偏見への挑戦』などがある。光田健輔と闘い、北條民雄文学を患者の目線で大胆・率直に論じている。その高潔な人柄を冬敏之は慕っていた。

「文學新聞」一〇〇号記念（77年9月15日号）の「作家素描」第一一回に「冬敏之特集」が編まれた。デビューから九年、『民主文学』の押しも押されもしない中心的な作家であることを自他ともに認められた証しだった。紙面には、実母イマ、新妻・嘉子、長兄・厚とともに七二年三月、富士見市鶴間の借家で撮ったものや多磨全生園で撮られた一九歳当時の写真などが掲載された。四二歳にして初の自筆年譜も執筆した。

『風花』出版記念会で大胆に覆面を脱ぐ

『風花』の出版記念会は二度開かれた。まず、一〇月八日、多磨全生園の厚生会館で中学、高校時代の友人たち二〇人ほどが集まり、心のこもった「出版を祝う会」を開いてくれた。

その一週間後、一〇月一五日には、富士見市庁舎地下食堂で光岡良二、渋谷定輔ら九三人が出席して「小説『風花』の出版を祝うつどい」が開かれた。渋谷定輔（一九〇五〜八九）は、南畑村（現・富士見市）の小作人の長男として生まれ、一〇代で詩集『野良に叫ぶ』を発表、農民運動を起こし、『農民哀史』を書いた先覚者だ。

冬敏之は、深津俊博の覆面を脱ぎ、作家・冬敏之として登場、職場、市民をアッと驚かせた。臨月の大きなお腹を抱えた嘉子は椅子に座ったり、立ったり、冬敏之と並んだりしながら、カメラマンたちの注文ににこやかに応じていた。

『風花』の頁を開くなり、「らい」という活字に目を射られたという四〇代の女性が、冬敏之に「これは創作ですか」と半信半疑の面持ちで質問した。冬敏之は表情を変えずに「いいえ、体験をもとにした創作ですよ」とさらりと答えた。女性は二度びっくりしました、と語っていた。深津俊博が、冬敏之であることをはじめて知ったという参会者があちこちにいた。

「道理で文章が巧いはずだ」

市の職員がビールのグラスを片手に笑っていた。

出版記念会から二週間後、一一月一日に、待望の第一子・敦子が生まれた。母子ともに無事だった。結婚、就職、長女誕生とお祝い事が重なった。大願成就である。

「いいことは続くものだ」

冬敏之の表情がまたしてもほころんだ。

冬敏之は、産室で初対面のわが娘の手をとってまじまじと見つめた。ぎゅっと握りしめている小さな手の指を一本一本広げてみた。やわらかな白い指は自由に動いた。

「おい、真っ直ぐに伸びたぞ。ちゃんと動くぞ」

嘉子は黙って笑っていた。冬敏之は、おれとそっくりの鷲手だったらどうしよう、と赤ん坊の手の指、足の指が満足に揃っているかどうか、ずっと気にしていた。

冬敏之は、日曜日になるとまだ首の据わらぬ敦子を自転車に乗せて、多摩全生園に連れて行った。女ばかりでなしに男たちまでが寄ってたかって、「赤ちゃんを抱かせろ」とせがむからだった。敦子は療養所のマスコットになった。

冬敏之は、敦子が一歳の誕生日を迎えたとき、ある決心をした。

「家を買おうか?」

嘉子は、出し抜けにいったいどうしたというのだろう、と首を捻った。

「家を買うって、そんなお金どこにあるの」

「住宅ローン」

「頭金がいるでしょう」

「頭金ならある」

借家の家賃は月一万八千円だった。ローンの返済額も同じだ、というのだ。嘉子は冬敏之の預金通帳を見せられたことがないし、見せて下さいといったこともなかった。結婚前も同居してからも、どうせ金は持っていないだろうと高をくくっていた。パチンコや競輪ですったという話なら聞いていた。金を貯め込むタイプでもないが、といって吝嗇家でもない。収入のあてもない。預金通帳が膨らむ道理がないのだ。それなのに、どうして家を買うほどの金を持っているのか不思議だった。

「へんなひと」

嘉子は、よくもまあ、とその貯め込んだ金額を見て驚きの声を上げた。

小説「ささやかな日常」の発表は七三年六月号、住宅購入をめぐって夫婦が一悶着起こす顚末を描いている。冬敏之は結婚するとすぐ家を買う腹積もりでいたのだ。それを創作化したのである。

「わたしは、一生借家暮らしをする気なんかありませんからね――」

女房は、条件のいい物件を見つけるとすぐにでもハンコをつきたがるのだが、慎重な亭主である康介は、不動産屋との契約がまとまりかけるとケチをつけて破談にしてしまう。それで女房は亭主を非難するのだが、亭主にもいい分があるのだ。

「バカ、(略)俺たちの生活で、たとい三十万負けてくれても、家なんか買えやしないんだ」

夫と女房の意見が真っ向から対立して、派手な口論が展開されるのだが、これは実話を逆転させた創作だった。冬敏之は四年も前から家を買う腹積もりでいたというわけだ。

冬敏之は、生活設計がしっかりしていた。賢く、お堅く、浮ついたところがない——ところが私は、七つ年上の冬敏之の性格とは全く正反対で、浪費家でちゃらんぽらん、ゆきあたりばったりの朴念仁だった。ましてサラリーマンなど勤まる柄ではなかった。私は、人生を踏み外さずに、誰よりも賢く家庭生活を築き上げている冬敏之にほとほと感心していた。

富士見市内に建売の木造二階建て住宅を買った。職場に近く、多磨全生園へ行くにも便利なところという条件を満たす物件を見つけたのだ。

埼玉県入間郡大井町亀久保——冬敏之は新居に念願の書斎をつくった。

畏敬の人・光岡良二の作家・冬敏之讃美

七八（昭和53）年一〇月二〇日付で私家版『風花　冬敏之出版記念集』が刊行された。私は一三年ほど勤めた文学同盟事務所を九月末に退職、三六歳で浪人となった。電撃退職だった。冬敏之にさえ伝えていなかった。あとになって活版印刷した退職の挨拶状で通知したに過ぎない。

郵便で送られてきた記念集を読み、冬敏之の愛読者が飛躍的に増えていることに括目した。光岡良二の寄稿文もあった。三八歳で途中採用された身体障害者が、僅か五年で職場、市民の信望を集め、文学仲間からは、作家としての業績が高く評価されていることが、誌面から読み取れた。冬敏之は、「編集後記」の中で、記念集が出たことで「心の片隅にひっかかっていたもやもやしたものがふっ切れて、私としては非常にうれしく思っている」と書いていた。

その「もやもやとしたもの」とは何なのだろう。

職場の中で、深津俊博という鎧を着ていたのは、ハンセン病患者だったことがばれるのを警戒してのことだった。冬敏之と名乗ることの出来ないもどかしさ、それが「もやもやしたもの」となっていた。差別・偏見から身をまもるためにそうしたのだ。革新市政という変革の中で、旧態依然の保守的な体質に染まっていることに苛立ちを感じていたのである。だがもう仮面は必要ないのだ。

「冬敏之という私を隠し立てしないで、ありのままの姿で生きていたい」

記念集は、その願いを叶えるきっかけとなったのだ。

出版記念集は、つどいの余った金で発行したと書かれていた。誌代は無料になっていた。こういうところも経済観念のしっかりしている冬敏之の堅実さが現れていた。タイプ印刷、B五判、六二頁の私家版には、山田三郎富士見市長、あおきかなめ富士見市教育委員長のほか、文学関係者、友人・知人、職場・市民ら多数が寄稿、各人が冬敏之文学を論じ、人柄を綴っていた。

妻・嘉子は「一度だけの出会い――亡き義母のこと」と題して、イマについて書いている。結婚式に出席するはずだったイマを豊橋駅へふたりで迎えに出た七二(昭和47)年三月一八日のことだ。

トヨタの下請け工場の事務所の掃除やお茶くみの仕事をしているという母は、小柄な人で六十歳をとっくに越えているにしては、髪も黒ぐろとしていて、身のこなしが軽やかで元気そうであった。会社の制服の濃いグリーンの上着を着て、スラックス姿で足元も白いズック靴という飾り気のないさっぱりとした恰好をしていた。（略）右手にお祝いの餅を包んだ風呂敷包みと、もう片方の手に、結婚式で着る晴着の小包を抱えていた。

その遅い夜、兄上も呼んで親子四人、水入らずの対面をした。

翌日、縁側で四人の記念写真を撮った。どこへもいかず、私の手料理ですごし、終日、親子で語り合った。兄上も重症のネフローゼが回復したたし、弟息子にも嫁がきた、ということで、母にとっては嬉しい日であったにちがいない。そしてこの時、彼は自分の本『埋もれる日々』を母へ贈った。（略）

母は、自分のくすり指から金環の指輪をぬいて、わたしに下さった。お祝い金だといって十万円といっしょに――

それから二年後、イマは脳溢血で倒れ、帰らぬ人となった。嘉子が義母・イマに会ったのはこのときだけだった。

光岡良二は、「風花」を論じつつ、ハンセン病文学との微妙な距離感を告白していた。光岡良二は北條民雄の友人で、著書に『いのちの火影—北条民雄覚え書』（新潮社刊）や歌集などがある歌人である。東京帝大哲学科を中退した秀才だということは既述したが、冬敏之が全生園の中学生だった頃、教科書もない子どもたちのためにエドガー・アラン・ポーの『モルグ街の殺人事件』を原書から翻訳して読んでくれたりもした。全生学園の教師のなかで〝ピカ一の先生〟だったというその人が光岡良二である。

この作者と同じようにハンセン氏病を病み、そして今もなお療養所の日常の中に起臥している私のような読者にとっては、「らい」の小説を読むのは何とも気が重くて、容易に頁を開く気にならないのである。そんなわけで、冬君から貰ったこの小説集もしばらくそのままだった。出版記念会に出なければならないことになり、それまでに読んで行かなければと、半分は義理のように読みはじめた。ところが、「風花」の半分どころ、主人公たちが母の葬儀に郷里に出かける辺りからいつの間にか作品の世界に引き入れられて、たのしんで読んでいる自分に気づいた。沢山の人物が見事に生きいきと書き分けられ、ゆるみなく、風花の舞う最後の墓地の情景にまで、読む者を引っぱってゆく。

第一創作集の『埋もれる日々』の、若々しい懊悩と情熱をぶつけて書き切ったような作品世界とは、又ちがった、壮年の沈静な眼と思考が捉えた世界がここにはあった。自分のものとして選びとった、しっかりした文体がこの作者にはもう既に確立しているようである。うまくなったなあ、という実感をもった。

恩師から作家の太鼓判を捺されて、震えがとまらなくなるほど感激した。

冬敏之は「ハンセン氏病の歴史的意味」と題して、質問や要望に答えながら、心境を吐露する一文を載せていた。

つどいのスピーチで気になっている意見が心の片隅にひっかかっていた。それは、ハンセン病の小説ばかり書いていないで、もっと間口を広げろ、ハンセン病だけが現代の問題ではないだろう、といわれたことだ。ぱらぱらとだが拍手も起きた。

しかし、と冬敏之はその発言者の顔を見ながら心の中で呟いた。

自分の原点を忘れるな、という意見も出ていたからだ。考えにくいことだが、仮に、地上からひとりのハンセン病患者が居なくなったとしても、ハンセン病患者が背負わされてきた苦しみと重さは消えない。過去という歴史の中に埋葬させてしまっていいわけはない。現在、一三ヵ所ある国立療養所に約八、五〇〇人、私立その他の診療所と在宅登録者が一、三〇〇人、あわせても一〇、〇〇〇人にならない。その八〇パーセントが医学的に治癒しているといわれている。日本にいるハンセン病患者は二、〇〇〇人程度ということだ。しかも平均年齢は高くなる一方だ。年々、激減している。しかし、厚生省にしても、また一般の社会人も施設入所者をすべてハンセン病患者として扱っている。

基本的に、差別・偏見の問題はまだカタがついていない。カタがついてもいないのに、ハンセン病作家の看板を下ろします、というわけにはいかない。

「風花」は、母・イマを追慕した作品だが、出版記念会では村井つね（モデル・深津イマ）の、めったに笑わず、笑えば更に淋しい顔になった、というその人生の痛みと哀しみの描写に涙した、という発言が目立った。

イマは、七四年一一月一一日、脳溢血のため六七歳で死去したことは、既に述べたが、「風花」は、冬敏之が渾身をこめた母への鎮魂歌だった。


八〇（昭和55）年二月一〇日、冬敏之は四五歳になった。

勤続七年目の夏、體に異変が生じていた。大井協同診療所で診察を受けると即入院となった。肝硬変、それに喘息の症状が悪化していたためである。

ある日、冬敏之から相談事を持ちかけられた。

嘉子が、「あなた」と呼んでくれない、というのだ。どうやらそれが不満らしい。妻は夫を「あなた」と呼ぶものと信じていたようだ。なんとかして「あなた」と呼ばせる方法はないかという相談である。なんとなく、子どもが駄々をこねているようなものだと思い、直接いえばいいでしょう、といった。

「今更、こんなことはいえない」

極まりが悪いのか煮え切らない。新婚ではない。結婚して一〇年にもなるというのに、「あなた」と呼んでくれないといって愚痴をこぼしている冬敏之の純情に私の心が動いた。冬敏之の願望を嘉子に伝えた。

「名前で呼べですって。だってあの人には名前がいっぱいあるのよ。療養所では、今でも錡ちゃんといわれているし、お兄さんは、俊博さんって呼んでいる。わたしにとってあの人は先生だったから、先生というのがいちばんいい易いけど、何て呼んだらいいのかややこしくてわからなくなるのよ。冬さんというのもヘンだし、あれこれ考えると面倒くさい。でもわたし、あなたといったことないかしら。ねえ、といえば返事をするんだから、ねえ、でいいんじゃないかしら」

冬敏之の願いは聞きいれられなかったと見えて、嘉子は相変わらず、夫を「ねえ」と呼んでいた。

冬敏之は、七歳からハンセン病治療薬として大風子油注射を打ちつづけてきた。黄色い油だから針も太くて長かった。そのゴツイ注射針を尻や太腿の筋肉に打つのだが、油が固まってしこりになることが多かった。中には化膿するものもいた。碌に消毒もしないで使い廻しをしたためにC型肝炎発症の原因にもなった。

その後、プロミン注射がハンセン病の主流治療薬となり、ついでプロミゾール、DDS、など絶え間なく薬剤が投与されてきた。本病は治ったものの肝臓が悪くなった。それに加えて喘息のおまけまでついてきたというわけだ。

入院の噂は多磨全生園にも広まった。すぐさま厚が駆け付けて来た。秋山秀雄も同行してきた。秋山秀雄は、肝硬変を肝臓癌と聞き違えたのか、熨斗袋には三万円が入っていた。厚の見舞金は二万円だった。その口ぶりからすると入院期間は長期化すると踏んでいたようだ。療養所の人間は医師よりも病気の見立てを的確に下すものがいた。嘉子の母・登美枝も相模原から見舞いに来た。今では結婚に反対した登美枝とは全くの別人になっていた。冬敏之の親を思いやるやさしい心根にほだされて、仲のよい義母と婿になっていた。

九月二五日、病室で夫婦間に犬猿さながらの口論が起きた。嘉子が運転免許を取ることになった。自動車教習所でいきなりというのでは面喰うだろうから事前に少しでも車に馴染んでいれば、一日の長ということになるだろうからという思いやりから、多磨全生園内の友人に指導を頼んだのだ。むろん、頼んだのは冬敏之だった。それを無断で断ったのだ。それが喧嘩の元である。

「僕の顔が丸潰れだ」

「わたしが頼みもしないのに勝手にしたことじゃないの」

「そのいい草はなんだ」

冬敏之は烈火のごとく怒った。よかれと思ってやった親切を無にされたことが悔しくて仕方がなかった。

「一日でも早く免許を取ってくれなきゃ、僕が困るんだ」

「だったら、どこか温泉地へでも転地療養でもすればいいじゃないの。そうすればわたしの送り迎えなんかいらなくなるわよ」

「転地療養だと、そんな金がどこにある」

ひときわ大きな声になった。同室の患者たちの視線が集まったが、嘉子はケロリとしていた。冬敏之は興奮のあまり血圧が上昇していくさまが目に見えるようだった。測定してみると案の定、普段より高くなっていた。一〇六—六六だが低血圧症の冬敏之はこれでも目が廻るのだ。癇癪玉を爆発させれば、そのあと血圧がぐっとあがって脳梗塞の危険がある。癇癪は要注意だと自分にいい聞かせているが、売り言葉に買い言葉、ブレーキが効かなかった。「同盟軍」との衝突は珍しいことではなかったが、おれには出来過ぎた女房だと思いながら、なりゆきで正面衝突してしまうのだ。

夜のとばりにつつまれても、興奮は一向に収まらなかった。

「僕の親切を踏みにじっておいて、転地療養でもしろとぬかしやがる。人前でなければ横っ面でもひっぱたいてやるところだ」

激昂したあまり握り拳がブルブル震えていた。

だが、心の片隅では、嘉子は出来過ぎた女房だという感謝を忘れてはいなかった。

嘉子は、敦子が生まれた後も大井協同診療所に看護婦として勤務していたが、夜勤の日は冬敏之に子守りを託さなければならないことを苦にしていた。冬敏之は、市役所勤務から帰宅するなり疲れ切って體を大の字に投げ出していた。それでも夜中になると机に向かい小説を書き出した。子どもが泣き出すと、イメージが中断してしまうのか、声を荒げる姿を見て途方にくれた。小説に集中させてあげたい、と嘉子は思った。

作家であるあなたを物の書ける条件におくために、わたしはどうしたらよいのか――結婚前に書いたラブレターの一節を嘉子は忘れていなかった。

嘉子は、夜勤のない職業に就くことにした。といってもそれをするには資格がいる。鍼灸師の国家資格を取るために、一念発起して三年制の専門学校に入学したのである。よちよち歩きの敦子の手を引いて東京にある専門学校に通い、ストレートで国家試験に合格した。鍼灸師は自宅診療、訪問診療が出来る。診療時間も意のままだ。これなら冬敏之に面倒をかけることなく子育てができる。すべて、冬敏之に小説を書かせるための選択だった。

だがそれでも夫婦喧嘩は起きるのだ。それに夫婦喧嘩も悪くはなかった。夫婦喧嘩をしたあとは、その反動で無性に小説が書きたくなるからだ。家の中での喧嘩なら書斎の襖にカンヌキをかけて籠城するところだが、病院の大部屋では、ベッドでふて寝をするぐらいが関の山だった。

一一月四日、退院許可が出た。六日、文学同盟編『現代民主文学短編選』（新日本出版社刊）に収録される小説「スズラン病棟」の校正を済ませて、九日には、兄・厚、妻・嘉子、敦子を黒のホンダシビックに乗せて、イマの七回忌法要に出席するため豊田市の生家へ向かった。

花ざかりの晩年

ハンセン病作家の苦悩を誰も知らない

大井協同医院に入院中に書きだした小説「赤い金魚がぴょんと跳ねた」が『民主文学』に出たのは八一年三月号だった。発表まで時間がかかったのは書き直しを命じられていたからだ。小説「土田さんのこと」(『民主文学』八六年一月号)が発表されたのはそれから更に五年後のことである。

九五(平成7)年三月、六〇歳で定年を迎えた。三八歳から二二年間、サラリーマン稼業は、辛酸を舐めさせられたことも度々あったがどうにか勤め上げた。この間に執筆した長編、短編は五編に留まった。

勤務の傍らの仕事は小説だけではない。全国老人福祉問題研究会の月刊誌『ゆたかなくらし』

に「創作民話」を連載（九七年五月まで）、埼玉大学で清水寛ゼミ「障害児教育史」のゲスト講師、富士見市こうれい大学講師をも担っていた。

しかし、もっとも冬敏之の精力を奪い、頭を悩ませたのはハンセン病を描いた文学作品であり、芸術作品との闘いだった。ハンセン病を題材にする是非はともかく、描き方次第で、今、生きている患者や退所者に及ぼす影響力の大きさを作家がどれだけ自覚しているのか、疑わしかった。身を擲ってでも悪影響の広がることを拒みたかったが、大海原に一滴の涙、歯痒い思いをしていた。

血と汗のサラリーマン作家生活だったが、寡作になった冬敏之に的外れな中傷を行うもの、揶揄するものもいた。

「最近、冬敏之の名前をみかけないね」

居酒屋で、酔っているのか文学仲間の大きな声が聞こえてきた。

「結婚もできた。子どもも生れた。お家《うち》も買った。今じゃ気楽なサラリーマン。しあわせな人間に小説なんて必要ないのさ。いいんじゃないの、しあわせならば」

私は離れた席で、友人らと座卓を囲んでいた。その声の主が誰かは聞き分けられた。日頃から冬敏之作品の出来が落ちてきているといっている評論家だった。

「一度、ハンセン病に罹った人間はしあわせになっちゃダメなのか。おたんこなす。彼にはまだカタをつけなきゃならないテーマがあるんだ」

私は、評論家の頭から大ジョッキの生ビールをぶっかけてやろうかと思ったが、自重した。ひとを小ばかにしたような下卑た笑い声が居酒屋中に響いていた。冬敏之がいなくてよかった、と思った。だが、いつの間にかそのことは冬敏之本人の耳にも入っていた。

「僕がしあわせになるのは、小説のためにならないといいたいのかな」

話が後戻りするが、八〇（昭和55）年一二月一八日、冬敏之は、千葉県松戸市の母親読書会から講師として招かれた。なぜ、冬敏之に声がかかったかといえば、遠藤周作の『わたしが・棄てた・女』を合評するためだった。登場する森田ミツが「らい」と誤診された女だからである。初版と文庫版では、表現が書き換えられてはいるもののハンセン病を「らい」「カッタイ」と称し、不治、遺伝、「天刑病」（天が与えた刑罰）とも書かれていた。ハンセン病の実態についていえば、作者の認識は誤謬と偏見だらけ、時代を一〇〇年前に逆戻りさせる悪しき作品だった。冬敏之は読後、怒りと興奮で眠れなくなった。

イマの七回忌法要でも冬敏之の逆鱗に触れる出来事があった。叔父・深津仙市が、「あの兄弟を法事に呼ぶな」と養子夫婦に告げていたからである。激しい憤りを覚え、法要から帰るなり叔父宛に便箋一一枚もの抗議の文書を速達で出した。叔父は甥の筋の通った猛烈な抗議に怖気づいたのか、猛省しているとの殊勝な詫び状を送ってきた。仙市は、父・義次の実弟である。

その興奮が冷めやらぬまま、松戸市の読書会に出席した。

森田ミツのモデルは、御殿場にある神山復生病院名誉婦長・井深八重だといわれている。八重は一八九七（明治30）年生れ、同志社女学校専門学部英文科を卒業後、長崎県立高等女学校の英語教師となった才媛だが、踵にできた赤い斑点を医師が「ハンセン病の疑いがある」といった。それだけのことで八重は神山復生病院へ送られたのだ。「らい」は医師の見立てちがいだったのだが、ハンセン病患者の置かれている悲惨な状況に心を痛めた八重は病院に留まった。看護婦の資格を取り、生涯にわたり同病院で看護活動に専念した敬虔なカトリック教徒である。冬敏之は旅の途中で御殿場に下車して、神山復生病院を訪ねたことがあった。八重を尊敬していたからである。

「癩病人なんて」と僕は何気なしに呟いた。「どこかの離れ島においときゃ、いいんだ。断種して、子孫もできないようにするほうがいい。」

（遠藤周作「わたしの・捨てた・女」）

遠藤周作は、「強制収容・終生隔離」、さらに「断種」まで光田健輔の口真似をして書いていた。糾弾されたのは当然である。冬敏之は、読書会ではハンセン病の歴史を語り、医学の進歩、自分の歩いてきた道を縷々述べた。だが、空しさが残った。小説はモデルとは似ても似つかぬ悪質、無知、因襲に囚われた下卑た作品だと批判した。だが、その声の届く範囲はたかが知れている。批判を受け容れて文庫本では遠藤自らが一部を削除、改訂はしているとはいうものの、活字になってひとたび読者の手に渡ったものは取り返しようもない。

「どうして患者の苦しみをわかってくれようとはしないのか」

冬敏之は幾夜も眠れない夜を過ごした。

ハンセン病患者を描いた文学作品の中で、冬敏之が唯一、やられたと口惜しがったのは、宮原昭夫の「誰かが触った」一作だけだった。第六七回の芥川賞（72年上半期）受賞作品である。

日本のハンセン病対策の歴史の上で「いのちの初夜」「小島の春」に続く位置を占めるかも知れない。

（選考委員・大岡昇平の選評。抜粋）

社会派推理小説の傑作と評され、ミリオンセラーになった松本清張の代表作「砂の器」は、六〇（昭和35）年六月から約一年、「読売新聞」に連載され、カッパブックスとなった。

音楽界での名声を得た前衛音楽家・和賀英良の前に、突如、彼の過去を知る元刑事・三木謙一が現れた。和賀英良の本名は本浦秀夫、父はハンセン病患者の本浦千代吉、放浪していた父子を保護、療養所へ収容したのは三木刑事だった。三八（昭和13）年、国を挙げて民族浄化「無らい県運動」、隔離・撲滅が叫ばれていた戦前のことである。秀夫は戦災で戸籍を焼失、戦後の混乱に乗じて和賀英良となり成功を収め、大物政治家の娘との華燭の典を前にしていた。三木によって療養所にいたことがばらされれば、名声はたちまちにして崩壊する。それを怖れた英良は三木を殺害する。やがて事件の真相が明るみに出て、英良の栄光の座は砂の器のように崩れ去る、というストーリーだ。

ハンセン病の隠蔽が殺人の動機になっているのは、それと知れたら社会から抹殺されるという暗黙の前提にたってのことだ。

「砂の器」の時代設定は、連載時と同じ六〇年となっている。しかし、小説に書かれている時代状況は、昭和一〇年代の「無らい県」運動時そのままなのだ。プロミンで治る病気となっていたにもかかわらず、「業病」と書き、不治の病、強烈な伝染病などの迷信が流布されていた時代をそのまま取り込んだ作品だと冬敏之は批判した。「らい予防法」廃止を叫ぶ患者運動に水を掛けるものでもあった。差別・偏見を是正するどころか、悪しき社会通念の上に胡坐をかいた作品だと思った。社会派・松本清張にして、ハンセン病の見識がこれか、冬敏之は地団駄を踏んで悔しがった。

ハンセン病患者を世にも恐ろしい存在として恐怖感をあおる作品は、なにも遠藤周作や松本清張に限ったことではないが、多くの読者をもつ人気作家の作品を前にして無力感に囚われて憂鬱になった。

冬敏之が頭を抱え込んだ新たな問題が持ち上がった。

嘉子が、埼玉県近代美術館から帰るなり、「病気のひどい像がある」と告げた。病気とはハンセン病のことである。冬敏之はすぐに美術館に出かけた。嘉子が、ひどい病気の像といったのは、舟越保武・作のブロンズ「病醜のダミアン」像だった。作者が「悪魔になったような気持で」ふるえながら作ったといっているだけあって、熱コブで人相を失った醜く恐ろしい顔をしている、と嘉子はいった。ダミアンはベルギー出身のカトリック神父で、一八七三（明治6）年、布教のためにハワイのモロカイ島にあったカーヴィル「らい」療養所へ渡り、患者とともに生活した。その一〇年後、ダミアンも発病、六年後の一八八九年に療養所で死去した。冬敏之の疑問は、百年前に死去した「病醜のダミアン」をなぜ彫刻家が作ったのかという点にあった。神聖な布教活動によって病魔に苦しむ患者を救うために祈りを捧げる献身的な精神が伝説化されている神父、その気高い姿に「芸術的衝動」に駆られての制作であろうことは理解できる。だが、冬敏之にとっては「らい」の醜さ、恐怖感をばらまくめざわりな物体でしかなかった。療養所に入所している誰も彼もが「ダミアン」のような「病醜」に冒されている悪魔のような病人に誤解されることを危惧したのだ。更に、病醜とは、差別用語に当たるのではないか、冬敏之の私憤はエスカレートしていった。

ハンセン病療養所の入所者の内、その八割は治癒しているといわれている。療養所、在宅患者をあわせても一、三〇〇人ほどにしか過ぎない。しかし、厚生省も一般の人々も一〇、〇〇〇人すべてをひっくるめて患者とみなしていた。厚生省が発表した資料によれば、九九（平成11）

年三月末現在、療養所開院（一九〇九年）後の退所者数は三、九八二名、死亡者数三、八三五名となっていた。

美術館に対し「病醜のダミアン」像の撤去を求める要請を行った。ハンセン病患者に対して迫害被害、偏見助長に通じると考えたからだ。

冬敏之は、兵庫県立近代美術館にも「病醜のダミアン」像が展示されていると知ると、すぐさま西へ向かった。

冬敏之が行っている交渉のあらましは、エッセイなどに書かれていた。だが私は共感することはできなかった。威圧的で強硬な姿勢を感じたからである。芸術家のモチーフを尊重すべきではないのか、と疑問を呈したが、冬敏之は態度を改めようとはしなかったが、別れ際にぽつりと呟いた。

「モグラたたきをしているみたいでやりきれないよ」

「病醜のダミアン」の初見は八三（昭和48）年八月だったが、その間の交渉によって九九（平成11）年に舟越保武は冬敏之らの要請を全面的に受け入れ、「病醜のダミアン」を「ダミアン神父」と改めただけでなく、展示を自粛、撤去した（現在は展示されている）。冬敏之らの要望が受け入れられたのである。

しかし、果たしてそれでよかったのか。度を越した冬敏之の被害者意識が、ゆきすぎた抗議活動に走らせたのではないのか。芸術家に対して、謙虚に理解と敬意を払うべきだったのではないか。

私は冬敏之の頑なな姿勢に、お互いの感受性の相違を感じていた。もしかすると、冬敏之の差別・偏見から受けた心の傷の深さを、私が理解し得ていないということなのかもしれない。

「らい予防法」人権侵害謝罪・国賠訴訟原告に

九六（平成8）四月一日に、「らい予防法の廃止に関する法律」（法律第28号）が公布された。その三年後、九八（平成10）年七月三一日、星塚敬愛園、菊池恵楓園の入所者一三名が国を相手どり、「『らい予防法』違憲国家賠償請求訴訟」（以下、国賠訴訟と略称）を熊本地裁に提訴（西日本提訴）した。

勇気ある一三人が立ち上がったのである。

その八ヵ月後、九九（平成11）三月二六日、栗生楽泉園、多磨全生園の入所者、退所者二一名が東京地裁に「らい予防法人権侵害謝罪・国家賠償訴訟」を東京地裁に提訴（東日本提訴）した。原告団代表は栗生楽泉園の谺雄二、原告番号は一番。八月二七日に長島愛生園の入所者、退所者一一人も岡山地裁に提訴（瀬戸内訴訟）した。

冬敏之は七月八日、東日本の第二次提訴一〇人の内のひとりとして原告となった。原告番号は二三番である。当日午後六時のＮＨＫニュース速報で、「ハンセン病訴訟　新たに患者一〇人が国を提訴」したとして、以下のように放送した。

きょう新たに一〇人の患者が謝罪と損害賠償を国に求める訴えを東京地方裁判所に起こしました。

訴えを起こしたのは、関東地方のハンセン病療養所などで生活している六〇代から七〇代の患者一〇人です。

訴えのなかで原告側は「ハンセン病が実際には感染しにくく、発病しても治療で治るのに、国が長い間「らい予防法」によって患者を強制的に療養所に隔離してきたため、差別や偏見を招いたもので人権を侵害された」と主張して、国に謝罪と一人当たり一億一、五〇〇万円の損害賠償を求めています。

国のハンセン病政策をめぐっては、熊本と東京で裁判が起こされていてきょうの提訴で原告の総数は一五九人になりました。

記者会見した原告の冬敏之さんは「差別や偏見のため、療養所を出たあともおもうような仕事に就けず、つらい思いをした。国は政策の誤りを率直に認めて謝罪してほしい」と話していました。

熊本地裁には、国の「答弁書」なるものが出ていた。

「ハンセン病に対する差別・偏見は国の政策と関わりない」

「断種・堕胎は本人の意思」

「除斥期間の規定により、人権侵害の請求はできない」

これを知った全国の入所者・退所者の憤りが爆発、原告団が膨れ上がっていった。

「断種・堕胎」問題一つをとってみても、「胎内からむりやり掻き出され、あわれその産声を抹殺された三千余の堕胎児・水子の霊」(谺雄二の東京地裁での意見陳述)をなきものとして嘯《うそぶ》いている国の態度は許されるものではなかった。


九九(平成11)年秋、冬敏之は短編小説「長靴の泥」を執筆、『民主文学』二〇〇〇(平成12)年一月号に発表した。少年時代、全生学園に見学に訪れた医学生らの質問に、林芳信園長(小説では林田園長)が応えて、ライオンフェイス、獅子様顔貌といわれた。そのショックを胸の中に秘めていた。「痛ましい汚名」を純粋培養させ、五〇年の歳月をかけて創作化した作品である。

「私の顎、頬、額から、坊主狩りにしたわずかに毛の残る禿げた頭まで、ゴム手袋で撫で回した。私は体中が熱くなり、全身の血という血が、音をたてて逆流するかと思われた」(「長靴の泥」)

「ローマ会議」の決議には、「児童は、あらゆる生物学上の正しい手段により、感染から保護される可きこと。保育所への収容は、このようなところに収容されることにより、痛ましい汚名を受けたと感ずるので、絶対的に必要な場合にのみ実施されるべきこと」と記されている。

冬敏之は多感な時期に、みんなが見ている前で、「痛ましい汚名を受けた」。その体験を文学によって告発したのである。

「らい予防法人権侵害謝罪」を求める原告の自覚を強くもって、「長靴の泥」は一気に書き上げられた。

「これをどうしても書きたかったんだ」

「長靴の泥」は、冬文学の代表作のひとつとなった。

冬文学の集大成『ハンセン病療養所』刊行

冬敏之が電話で「本をつくってくれないか」といってきたのは、二〇〇一（平成13）年一月、まだ松の内のことだった。『風花』（77年8月刊）以降、二三年間、冬敏之の作品集は一冊も出ていなかった。その間、サラリーマンだったこともあるが、単行本未収録の作品がいくつかあった。私が三冊目の本を作ることを薦めたときには、全く関心を示さなかった。

「僕の命は肝臓癌でもう長いことはない。後々、作品がどうなろうとなりゆきに任せる」

ところが手の裏を返すように、すぐに本を作ってくれとの急かしようだった。国賠訴訟の原告になって心境になにかしら変化が生じたことは確かだった。「強制隔離」の人権侵害が争われている国賠訴訟の証言のひとつとして、自作がものをいうとの判断があったからであろう。

国のいう「断種・堕胎は本人の意思」が、如何にでたらめなものか、療養所の作家たちの手によってその悲劇が書かれてきた。それを国が知らないはずはない。

北條民雄には「吹雪の産声」という名編がある。癩病院にも産室があった。臨月の女が入院してきた。今夜にも生まれそうな気配だが、生まれた子どもが母親の手元においておけるわけではない。すぐに自宅に引き取られるか、未感染児童の保育所に送られてしまうのだ。入室している「矢内」といえば、敗血症が悪化、死にかけていた。死期の迫っている男と生まれ出る寸前の子ども、吹雪の夜、療養所の屋根から雪の塊が雪崩落ちてきた。

「死ぬ人もあるけれど、生まれる者もあるんだね。僕は今まで、人間が生まれるといふことを知らなかつた。忘れてゐた。僕は今まで、既に生れてゐる者だけしか頭になかつたんだ」

「矢内」のつぶやきから、「断種・堕胎」の悲劇が見えてくる。世界で「強制収容・収容隔離」、さらに人権蹂躙の「断種・堕胎」を行ったのは日本だけだといわれている。

冬敏之の「高原の療養所にて」には、アルコール漬けにされた臍の緒のついた胎児をゴミ穴で燃やす場面が描かれている。壜には母親の名前、年齢、年月日を記したシールが貼ってある。

〈昭和十年六月四日　前田雪子　十九歳〉

胎内からむりやり掻き出され、「産声を抹殺」された胎児だった。

女性患者が、堕胎を強いられて、子どもが欲しいと泣き叫ぶ短編小説「たね」については前述した。

これでも、国は堕胎は、「本人の意思」だと嘯くのだろうか。

「本は、なるべく大型にして、活字も読みやすいように大きくすること。後はすべてそちらにお任せします。作品の選択も本の題名や装幀も一切、あなたが決めて下さい」

私が承諾すると、それでは明日、東上線池袋駅の改札口で会いましょう、とすぐさま時間を指定した。ヤケに急いでいるな、とは思ったが、早くしろというなら従うまでだと思った。

翌日、東武デパートの中の喫茶室で打ち合わせを行うことにした。嘉子が付き添って来た。冬敏之は、両手に軍手をしていた。冬場は冷えを防止するのに洗いざらしの軍手がつけ心地がいいというのだ。広い店内の中央に席を取り、〝鷲手〟を高々と上げて店員を呼んだ。

「ホット・ミルク」

連れがいるのを忘れているのか、自分の分だけを注文して、あとは涼しい顔をしていた。

「いつもこれですから」

嘉子が、呆れた顔をして私にメニューを差し出した。

冬敏之がトイレに立ったとき、嘉子から、「冬は、もう長いこと生きていられないのです」と耳打ちされた。

「これ準備金」

冬敏之から手渡された茶封筒には現金五〇万円が入っていた。

「金は、本が出来てからでいいんだ」

冬敏之が病を押して池袋まで出て来たのは、本の打ち合わせのためではなく、資金を届けに来てくれたのだ。おもいやりと気配り、それとせっかちな性格のなせる業だが、一日も早く本を手にしたかったからでもあった。

印刷所の社長に手付金として現金を渡したところ、「ツケを踏み倒されたことはあるが、仕事をする前に金を貰うのはこれが初めてだ」といって喜んでいた。

収録作品は、「高原の療養所にて」(旧題「高原にて」)「埋もれる日々」「父の死」「その年の夏」「長靴の泥」「土田さんのこと」「誕生」(旧題「辛い決着」)「街の中へ」(旧題「穴のあいた靴下」)「ハンセン病療養所」(旧題「スズラン病棟」)の九編。他に著者の「あとがき」を入れることにした。改題は、私が行った。表題は『ハンセン病療養所』とすることにした。

装幀は私なりのイメージがあった。余命宣告を受けている冬敏之の命を蠟燭の火に見立てて、黒地をバックに、水を入れた透明な硝子コップの中に炎を上げている太目の水蠟燭が浮かべるという構図だった。そのイメージを写真家の田邊順一に伝えた。するとイメージ通りの写真が出来上がって来た。

五月一〇日に冬敏之短編小説集『ハンセン病療養所』が出版された。口絵写真は、埼玉大学清水寛ゼミの特別講師をしていた頃のもので、朝日新聞写真部の八重樫信之による大学内での近影写真を承諾を得て掲載した。

「あとがき」で著者は、

ハンセン病療養所は、墓まで用意された隔離の場である。入るに易く出るに難しいところだ。しかもそれは、「らい予防法」という法律で規定された特殊な地域だった。ハンセン病を容認し、そこでの生活者になることも一つの方法であろうが、治癒した青年たちにとっては、牢獄のように思えた。重い後遺症を持つ私も、多くの若者と同じように社会復帰への憧れを持ちながら、現実にはそれが不可能なことを日常的に味わされてきた。文学へのかかわりは、そんなジレンマから生じたのかもしれない。

と記している。

「毎日新聞」五月九日付の朝刊に、「命ある限り記録を続けたい」として、「ハンセン病訴訟原告の埼玉のがん患者　短編小説集出版」との見出しで冬敏之の写真入り記事が出た。記事には冬敏之の弁として、「多くの仲間が療養所や社会で非業の死を遂げた。その無念を晴らすために書き続けたい」などと書かれていた。

その翌日には、「朝日新聞」社会面に出版を告げる記事が出た。冬敏之の短編小説集『ハンセン病療養所』が発売されると忽ち「冬文学の集大成」と高く評価され、話題が広がっていった。

そして五月一一日に熊本地方裁判所一階一〇一号法廷で驚天動地のハンセン病国賠訴訟初の判決が下されたのである。原告側勝訴に原告団や弁護団、そして支援者が欣喜雀躍した。

以下は、ハンセン病訴訟判決の骨子である。

▽ハンセン病は少なくとも六〇年以降、隔離政策を用いるほどの特別な疾患ではなくなった。

▽厚生省は同年以降、九六年の新法（らい予防法）廃止まで隔離政策変更を怠り、違法性があった。

▽国会は遅くとも六五年以降、新法の隔離規定を廃止しなかった立法上の不作為があり、違法性があった。

▽原告一二七人の慰謝料額は一人当たり百四十万円から八百万円の四段階。認容総額は十八億二千三百八十万円。

▽除斥期間の起算点は九六年の新法廃止時であり、適用はない。

杉山正士裁判長（永松健幹裁判長代読）は、争点となった「隔離政策の必要性」について、「隔離は継続的で極めて重大な人権の制限を患者に強いる」と述べるなど、弁護団の主張をすべて受け入れた内容になっていた。

五月二一日の全国一斉提訴では九二三人が追加となり、原告団は一、七〇三人に達した。その後、政府は控訴断念を発表した。

六月一二日、冬敏之は東京地方裁判所で、原告団副代表、退所者、作家として意見陳述を行っている。東京、岡山は係争中だった。以下は意見陳述からの抜粋である。

五月一一日の熊本地裁の判決と、それに次ぐ二三日の控訴断念のニュースは、私の六六年の生涯にとって、もっとも嬉しい出来事であったと申しても過言ではありません。なぜなら、昨年の秋、私はかかりつけの医師からC型肝炎による肝臓癌の宣告を受けていたからです。私に残された時間は長くはないかもしれませんが、今回の勝利判決を多くの原告や支援者の皆さん、弁護士の先生やマスコミの方々、それを後押しされた国民の皆さんとともに味わえたことが最大の幸せでした。

しかし、私の人生は平坦なものではなく、特にハンセン病療養所で過ごした少年期から青年期にかけての歳月は、忘れられない辛く苦しい日々でした。(中略)

戦後、(母が)久し振りに面会に来たときのことです。私は末っ子の甘えん坊で、入所するまで母と一緒に寝ていたほどでした。母は一時間ほどで帰ることになり、私と兄は正門まで送っていきました。私はもう暫くは母と会えないと思うと、急に悲しくなって、母の手を握ろうとしました。すると、ぱっと手を引きました。

「悪いけど、触るなと言われているので――」母の顔も歪んでいました。私は全身の血がひくのを感じました。気がつくと、礼拝堂の石段にぼんやりと座っていました。

冬敏之は、原告となった頃、「僕は今、かつてなかったほど充実した日々を過ごしている。裁判そのものが、こんなに楽しく、生きる喜びさえ与えられるものとは、原告になるまで考えたこともなかった」と、いっていた。無論、訴訟そのものが正義を求めるものであり、個人的利害が動いているわけではなかったからだ。

ハンセン病全国原告団協議会事務局次長の森元美代治とこんな話を交わしている。

裁判の目的は、国に「らい予防法人権侵害謝罪」させるためのものだ。「国家賠償請求」の金額は国が謝罪してくれさえすれば、たとえ一円だって構わない。

「らい予防」から九〇年、国に「強制隔離」の誤りを謝罪させ「人間回復」の道を開く、それが原告となった最大の動機だった。

二〇〇一(平成13)年七月一七日、東京地裁公判が一〇三大法廷で開かれ、厚生労働省と東日本原告側が和解の基本的合意を受け入れた。

津田ホールで出版記念文芸講演会

同年一〇月二七日、「『ハンセン病療養所』出版記念文芸講演会」が、東京千駄ヶ谷駅前の津田ホールで開催され、四〇〇人以上の聴衆で会場が埋まった。主催は壺中庵書房、協賛は毎日新聞社、文学同盟、ハンセン病・国家賠償請求訴訟を支援する会ほか。

文芸講演会は、世界に例を見ない「強制収容・終生隔離」の国立ハンセン病療養所で死んだ二三、八〇〇人の慰霊に国賠訴訟勝利の報告をしようという相談をしていた過程で生まれた企画だった。だが、冬敏之が壇上に立てるかどうかは予測がつかなかった。主治医でさえなんともいえないというのである。衰弱ぶりが素人目にもはっきりとしてきた。聴衆は、一目だけでも顔を見せればきっと満足してくれる、と思ったが、御茶ノ水駅から千駄ヶ谷駅まで移動ができるかどうか。それさえ危ぶまれた。

講演する加賀乙彦、吉永みち子（写真・田邊順一）

吉永みち子は、「スポーツニッカン」紙上の連載コラム「夢のあとさき」（01年6月4日付）で『ハンセン病療養所』を取り上げ、ハンセン病への偏見を俎上に載せた。「国も総理も謝罪、私たちにも責任がある」、と自戒した。冬敏之が手紙を添えて、著書を吉永みち子に送り、それに応えてエッセイで取り上げてくれたのだ。吉永みち子は、六六年に「らい予防法見直し検討委員会」ができたときの委員だった。そのことを冬敏之は覚えていた。吉永は委員になったとき、はじめて多磨全生園を訪ねたという。そのとき、全生園の入口で歓迎の握手を求めて来た患者の手を握り返すのに、一瞬ためらった。「相手が気がつかないほどの一瞬でも、自分は気がつく。身についた偏見の根強さを思い知らされた」と正直に白状している。また、「また悪法（らい予防法）の執行人は紛れもなく世間だったし、生き延びさせたのも国の怠慢プラス無関心を決め込んだ国民の怠慢でもある」と社会に対し問題を突きつけた。吉永みち子への講演依頼状は、冬敏之が自分で書き、快諾を得た。

宣伝活動をはじめるとすぐに、九五歳の詩人・伊藤信吉から、「いい企画。いい仕事をするものだと思いました。加賀乙彦さんが話されること、実にいい。老人参れず残念」との激励のハガキが届いた。女優の長岡輝子、九三歳は、「実にいい仕事をなさるわね。こういう人の朗読をわたしも行って聞いてみたい」と電話をかけてきてくれた。詩人の土井大助が冬敏之作品「誕生」を朗読するプログラムになっていたからである。

作家で精神科医の加賀乙彦が出演を承諾してくれた。

『ハンセン病文学全集』（全10巻　皓星社刊）は、大岡信、大谷藤郎、加賀乙彦、鶴見俊輔の四氏が編集委員となって、小説、記録・随筆、評論・評伝、詩、短歌、俳句・川柳、児童作品が収録される予定になっていた。作者はすべて入所者、もしくは退所者である。第一巻から第三巻までは小説、これは加賀乙彦責任編集となっている。冬敏之作品は、第三巻に数編が収められ、来秋刊行されるとのことだった。

国賠訴訟東日本弁護団の団長・豊田誠が裁判の報告をしてくれることになった。あとは、冬敏之が壇上に立つことが出来れば、いうことなしの講演会になる、と期待が膨らんだ。

冬敏之のハッスルぶりには心底驚いた。壇上に用意していた椅子には見向きもしなかった。

立ちづくめで四〇分の持ち時間をきっちりと語り切った。万雷の拍手をあびて拳を高々と上げた。

加賀乙彦は、冬敏之文学をつぎのように評価した。

冬さんの文学世界は、ハンセン病文学のなかで、北條民雄に代表されるような暗い絶望の世界を繊細なリアリズムで痛々しく描くという、そういう世界ではありません。そうではなくて不思議に明るくて、明るさが際立っていた、ハンセン病文学のなかにひとつの独創的な世界を打ち立てた方であるというふうに、私はここで断言できます。（略）
今回の短編集のなかで、私がいちばんの傑作だと思っているのは「街の中で」という短編です。（略）何か暖かい人間関係を描いた短編です。ハンセン病元患者の視点で、それを見ている人の立場も認めている。世間の影響もあるでしょうし職責もあるでしょう、やむをえずにそうしている人の立場も認めている、そういう人間関係の暖かさ、さわやかさというものが、冬さんの小説の世界のもち味です。

講演会終了後、津田ホール地下一階のユーハイム千駄ヶ谷で開かれた「冬敏之出版記念交歓パーティー」にも、加賀乙彦、吉永みち子ほか一〇〇名以上が参加した。冬敏之は、新良田教室の同級生らに胴上げされていた。

各地、各団体からの講演、原稿依頼はすべて引き受けた。

「年越しはむりだと先生にいわれているのに、どうして来年の講演をひき請けるのですか。無茶苦茶ですよ、あのひとは」

嘉子の心配を馬の耳に念仏、馬耳東風と聞き流していた。

主治医は、今日か明日かのいのちです、年越しはむりです、と断言した。冬敏之は、二月二〇日に発表される文学賞の候補になっていた。私は、それまでなにがなんでも持ちこたえてくれ、死なないでくれ、と祈るような気持ちで病院に通い続けていた。

津田ホールでの文芸講演会のあと、一一月二三日に東京・赤坂プリンスホテルでマスコミ関係者らとの「午後の昼食会」を壺中庵書房の主催で開催した。冬敏之、嘉子、長女の敦子を囲む懇談会で、朝日新聞の高波淳、八重樫信之、毎日新聞の江刺正嘉、埼玉新聞の菊池正志、しんぶん赤旗の浅尾大輔など各紙の記者、講演会で短編「誕生」を朗読してくれた詩人の土井大助、『ハンセン病療養所』発売元の本の泉社社長の比留川洋らが出席した。私は敦子と食事を共にしたのは、この日がはじめてだった。

冬敏之は講演依頼がたて込んできていた。一息いれてほしかったということもあるが、講演会が成功したのは新聞各社が記事にしてくれたからだった。国賠訴訟報道に一貫して精力的に取り組んでいた毎日新聞が、講演会の後援をしてくれたことに冬敏之自身がお礼をいいたい、といっていたからでもある。

少年・少女たちに託した思いやりの心

○一（平成13）年一二月六日、冬敏之夫妻と東京駅で落ち合って岐阜へ講演旅行に出かけた。同日夜、名古屋駅前のモンブランホテルに前泊、七日に講演会場へ向かった。冬敏之は昼夜二ヵ所で講演を行うことになっていた。嘉子と私が同行したのは、医師から年越しは無理だ、と余命宣告を受けていたため、万が一のことを考えてのことである。医療人でもある嘉子は、そもそも講演を引き受けること自体とんでもない話だと目くじら立てて反対していた。「引き受けたところはドクターストップです、といってキャンセルしなさい」とカンカンである。しかも一日に二ヵ所の強行軍である。自殺行為だというのが嘉子のいい分だった。

片や冬敏之は、「自殺行為だろうがなんだろうが、僕の話を聞いてくれるというならいのちある限りどこへでも行く」と一歩も譲らなかった。

末期がん患者でありながら、ベッドにじっとしていなかった。講演を頼まれれば飛行機に乗り、新幹線に乗った。

車中でもホテルでも、嘉子がひとり、無謀な講演旅行を非難し続けていた。寡黙な男ふたりは、ちゃんと聞いていますよというように、時折、頭の上の蝿でも追い払うように頷いていた。

七日昼、岐阜県明智町立明智中学校主催「人権学習講演会」で一年生から三年生まで全校生徒二四八名、その他、教職員、父母を前に、「人間におもいやりとやさしさを」と題して話しはじめた。椅子に腰かけて、ボソボソとやるのかなと思ったら大違いだった。まず曲がった指でチョークを摑み、黒板に「おもいやり」と大書した。滔々たる熱弁で、そのハッスルぶりは青年教師さながらであった。しかもはじめから終わりまで立ち詰めだった。冬敏之は教師になっても、ピカイチの熱血先生になっていただろうと思った。

明智中学の三年生は、人権学習で冬敏之の小説「長靴の泥」を副読本として使用していた。講演会には三年生だけでなく、一年生、二年生はもちろん、父母の聴講も認められた。冬敏之講演会は三年生の生徒から出された要望だった。講師との交渉に当った同校教諭野崎弘二によると東京から来た作家の話が生で聴けるとあって、生徒たちはいささか興奮気味とのことだった。生徒たちはときおりユーモアを交えて語る冬敏之の講演をしわぶきひとつ立てず、真剣な表情で耳を傾けていた。しかも会場は、明智町農村教育文化体育センターで椅子席ではなかった。生徒たちは、床の上に腰をおろし膝小僧を抱え込み窮屈そうにしていたが、體をもじもじさせることもなくおとなしく聞いていた。

『ハンセン病療養所』に収録されている九編は、その大半は十代の頃の体験を基にして書かれた作品だった。療養所で暮らす思春期のナイーブな子ども患者の生態は、ニキビひとつに一喜一憂する年頃の生徒たちによく理解されていた。

「やさしさとおもいやりを忘れないで下さい」、それが冬敏之から少年・少女たちに贈られた

〝遺言〟だった。

その夜、恵那市・恵那教育会館で教職員を対象に、「人間におもいやりとやさしさを――うばわれた自由と尊厳」と題して講演した。昼間、ハッスルし過ぎて疲れたのか、夜の講演は着席したまま話をした。声もかすれがちになり、疲労の色が濃くなっていた。

岐阜県明智中学校での講演の後、生徒たちと（写真・秋元康子）

講演終了後、主催者が用意した岐阜県南東部、木曽川の中流にある恵那峡グランドホテルに案内された。恵那峡の景観が見渡せるホテルだった。

嘉子が風呂に出かけた後、口の重い冬敏之が不図思いついたように、私に向かって過去を語り出した。冬敏之のサラリーマン時代は疎遠になっていたが、三〇年を越す長いつきあいになるだけに、改まることなくざっくばらんに話が出来た。旅行に出たことは度々のことだが、ホテルでふたりだけになったことはなかった。それでも御茶ノ水の順天堂医院に入院したときは個室だったこともあり、よく話をした。

病室で聞いた自殺した女生徒の話は衝撃的だった。

新良田教室を卒業して間もなくのことだというから、冬敏之がまだ二四、五歳の頃のことである。多磨全生園に新良田教室の女先生が訪ねてきた。冬敏之に会うためである。冬敏之の二級下の女生徒が長島の断崖絶壁から瀬戸内海に身を投げたのである。自殺だった。遺体を引き揚げてみると女生徒は妊娠しているのが判った。島での自殺騒ぎは珍しいことではなかったが、女高生が妊娠していたというので、学内だけでなく島中に噂が広がったのだ。

「相手の男は誰か」と詮索がはじまった。そこに冬敏之の名前があがった。長島ではすっかり相手は冬敏之だということになっていたらしい。それで女教師は真相を確かめるために上京してきたのだということである。冬敏之は、身に覚えはありません、ときっぱりと否定した。だが、火のないところに煙は立たないといわれ、プレイボーイを気取っていたことが悔やまれた。

あらぬ疑いを駆けられて、弁解に苦慮したようだったが、満更悪い気はしなかったという。

「恋人が妊娠したなら、僕は逃げたりしませんよ」と、いうと女教師は、「それもそうね」といって納得してくれたという。その話をしたときは、口が重いどころか、まさにまくしたてるといった興奮ぶりだった。

私と冬敏之は、土田義雄と北條民雄が連れ立って共同浴場に出かけ、背中を流しあったようなことはしたことはないが、文学仲間内では最も親しくしていた書き手のひとりだった。

「若い頃、大文学を書くと大法螺を吹いていたが、それがいつしか退所が大目標となり、色気がつくと今度は結婚願望で文学はそっちのけになった。鶴岡さんに、僕はプレイボーイだといったことがあると思うけど、大法螺じゃないんだ。気が多くて女と見ると片っ端からちょっかいを出した。浅ましく、いきなり抱きついたり、キスをしようとしたりした。それでビンタを喰らったこともある。生活力もないのに女の家族に会いに行き塩を撒かれたこともある。僕は通俗的で野暮な男なんだ。思い返すと今でも顔から火が出るような恥ずかしいことをしてきた。相手を思いやるやさしさなんてこれっぽちもなかった。多情多恨の人生だった」

「冬さんは、『土田さんのこと』の中で、土田さんが揮毫したという西郷南洲の遺訓が出て来ますね。〝幾度か辛酸を経て、志、初めて堅し〟でしたっけ。ジグザグ、寄り道、バカをやるのは青春時代、万人共通ではないのですか。私にだって身に覚えがあります」

「しかし、僕は元ハンセン病患者だからね。女性たちは怖かったんだろうと思うよ。壮健さんとは悩みの重みが違う」

元患者たちは、健常者のことを壮健さんといっていた。

「ハンセン病は、万人の怖れる病気だから、その患者の苦しみを描いた小説を書いているからといって、そんなもの誰も読んでくれなかった。人権を奪われ、国が患者を撲滅しようとして躍起になっていたわけだからね。療養所の中で文学の好きな奴が小さく集まって細々とやっていただけだし、外の文学賞に応募しても原稿は消毒されてボツにされるのが関の山だった。それなのに筆一本で生活すると息巻いていた。大文学を書くと大言壮語していた奴がなんのことはない、サラリーマンになって小説の筆を折ったと陰口を叩かれた。療養所の連中には、あいつはひとり外に出て好き勝手なことをやっているといわれていた。定年を迎えて、さあこれから本気で小説を書く、と思ったら肝臓癌だ。国賠訴訟裁判で勝ったからよかったものの、これで負けていたら何のために文学をやって来たのかわからない」

私は冬敏之が何をいおうとしているのか糸口がつかめなかった。それぐらいのことは、改めていわれるまでもなく私は十分、呑み込んでいたつもりだからだ。

「僕は、ハンセン病作家といわれるのが嫌なんだ。何々文学とはよくレッテルが貼られるけれど、なぜ〝文学〟といいきってくれないのかそれが不満なんだ。僕は、ハンセン病のことを書いているつもりはない。ハンセン病に罹患した人間を描いてはいるけど、あくまでも人間の問題を描いているつもりだ。だから樋口一葉や太宰治と同じ小説、文学なんだ」

私は、冬敏之の小説「スズラン病棟」を「ハンセン病療養所」と改題した張本人だから耳の痛い話だった。

私は、冬敏之が愛読した堀辰雄のサナトリウムものを連想させるような「スズラン病棟」ではだめだといった。草津の重監房では二三人が獄死している。脱走したり反抗的だったりする患者をみせしめのために重監房に閉じ込めたのだ。殺人監獄だった。その重監房のある療養所を日本のアウシュビッツだという患者もいた。本のタイトルもずばり「ハンセン病療養所」とすべきだ、と主張した。インパクトが増すといったのだ。私の主張は冬敏之に歓迎されなかった。しかし、改題は渋々だったが認めてくれた。冬敏之は、療養所を一面的に凄惨な地獄絵図として捉えられることに疑義を感じていたようだった。小説「土田さんのこと」でも、ハンセン病療養所について、次のように書いている。

民雄の小説を読むと、そこに描かれている人物たちがいずれも深刻な顔つきをしていて、悲惨で救いようのない状況設定になっている。息のつまる感じである。療養所を知らない人たちが読むと、それが現実の「らい」療養所であると思うだろう。それだけ迫力があり、リアルであるのだ。ところが実際の療養所の雰囲気は、もっと大らかで明るく、バラエティに富んでいた。一方には民雄の描くような世界も存在したけれど、他方では、それなりに人生を楽しもうとする人々もいたはずである。療養所といえども小社会であるから、金持ちの息子もいれば、ヤクザの親分もいた。看護婦と仲よくなり、手に手をとって出て行き、以後、平凡で幸せな家庭を作ったという例もあった。

では、冬敏之はハンセン病療養所をどのように描いてきたのか。それについて私なりの考えがあるが、後で必要になってくると思うのでついでに、「土田さんのこと」から次の文章を引用しておきたい。作者とおぼしき少年が土田さんを好きになる場面である。

土田さんは誰に対しても丁重で、やさしく親切だった。土田さんの寮が学校のすぐ横だったこともあって、私は時々道や学校のグランド（土田さんの寮から医局などへ行くには、グランドを横切るのが近道で、たいていの患者はそこを通った）で土田さんとすれちがったが、土田さんは私よりも先に頭をさげて挨拶するのだった。まだ小学六年生ぐらいの少年に向かって、率先して頭をさげる人など、土田さん以外に私は知らなかった。

私たち子どもに対して、同情とか憐みとか、或いは蔑みなどで接してくる大人たちは、患者や職員を問わずこと欠かなかったけれど、ひねくれた小生意気な少年たちを、対等に認め、わけ隔てなく接してくれた人は、土田さんがはじめてだった。

これを読みながら、冬敏之が中二の時に書いた作文「言葉」に酷似していると思った（「言葉」は本書56～58頁に全文掲載）。

冬敏之の小説には、屡々、「ひねくれた小生意気な少年」が登場する。あたかも作者自身のことのように思わせるテクニックは創作のうちなのであろうが、ご本人は礼儀正しく、大人びた少年だった。

「言葉」は風呂から上がろうとしたとき、S先生に「錡君、洗ってやるからこっちへ来な」と呼ばれたものの、気恥ずかしさもあって断ってしまう。しかし、親切に声をかけてもらったことが嬉しかったのだ。気持ちまでもが明るくなり、喜びがあふれてくるさまを作文に書いている。おもいやりや親切に敏感でその喜びを文章化するところから冬敏之の文学は芽吹き出したのである。冬敏之がいう通り、「人生へのうらみつらみ」が、創作意欲を駆り立てた源泉かもしれないが、その底辺には、美しい「おもいやりとやさしさ」の心が清流となって流れていたのである。七歳までの家族愛に囲まれた環境から一転した峻烈な状況のなかで、もみくちゃにされた。それでも、深津錡――冬敏之のおもいやりとやさしさを尊ぶ美しい心は歪むことはなかった。

ひばりよ
おまえは　おまえの世界を
声かぎり歌うがよい

冬敏之の一〇代の詩「ひばり」は、自らのゆく道を指し示す導きのポエムだった。
四九（昭和24）年、全生園では、医師が全患者を診察し、最もプロミンを必要としている患者を選び優先的に投与していた。土田義雄はそのひとりに選ばれた。一、二〇〇人の中からプロミンを受けられるのは一割にも満たない少数の患者だった。病状の進行は千差万別で一夜にして失明したり、数日で面変わりするものもいた。土田はそうした体質のひとりだったためプロミン治療の対象者に選ばれたのだが、「みんなが受けた後でよい」といって辞退した。よいことは一番あとでいい、という土田義雄の自己犠牲の美徳に作者の共感があった。いいことは一番あとでいい、という土田義雄像は、少年・冬敏之の謂わば理想像であった。

加賀乙彦が、冬敏之の出版記念文芸講演会で述べたことは、既述しているので重複になるが、それを承知で繰り返す。

「冬さんの文学世界は、ハンセン病文学のなかで、北條民雄に代表されるような暗い絶望の世界を繊細なリアリズムで痛々しく描くという、そういう世界ではありません。そうではなくて不思議に明るくて、明るさが際立っていて、ハンセン病文学のなかでひとつの独創的な世界を打ち立てた方であるというふうに、私はここで断言できます」

冬文学が、峻烈な人権無視の世界を描きながら明るさとユーモアが際立っているとすれば、それは主人公の折り目正しく、礼節を重んじる敬いの精神が健全だったからに他ならない。

冬敏之の文学は、加賀乙彦が指摘したように、断じて絶望の文学ではない。敬いの文学と命名したいほど、透明感に満ちた清冽な文学である――難治のハンセン病療養所に育った冬敏之は、泥の中に美しい花を咲かせたのである。礼節を尊び、人間を敬う美声で声をかぎりに歌い続けて来たのだ。

「ねえ、冬さん、自分でもそう思いませんか?」

私は、夢から覚めたように目の前の冬敏之に声をかけた。ところが冬敏之は、旅の疲れと講演が終わってほっとしたのか、トウガラシ茶の入った湯呑みをその手に握ったまま、今にも體が左側に倒れそうになっていた。

湯から上がってきた嘉子が、「あら、どうしましょう」といいながら駆け寄り、冬敏之の肩に手をやって軽く揺すった。

「疲れたんだわね、きっと。ねえ、あなた、お蒲団に寝たら」

嘉子があなたといったその声が冬敏之に聞こえたのかどうかわからないが、東京からこれまで嘉子は、「ねえ」の一点張りだった。

「それじゃ、私も一風呂浴びて来ます」

私は、ホテルの浴衣に着替えると、タオルを懐に入れて大浴場に向かった。

てっきり冬敏之は、私のおしゃべりを静かに聞いていてくれると悦に入っていたのだが、とんだ自惚れだったようだ。

「冬さん、嘉子さんがあなたと呼んでくれましたよ。よかったですね、冬さん」

私は大浴場の湯船に體を沈めているうちに、ウトウトとしてしまったらしく束の間に夢を見ていた。重病人であるはずの冬敏之が、明智中学校の運動場で生徒たちと歓声を上げながら、白線のひかれたグランドを悪い足を曳き摺りながら、懸命に走っていたのである。

その年の暮れ、加賀乙彦が共同通信の「私が選んだ今年の3冊」の第一位に冬敏之の『ハンセン病療養所』を挙げている、との情報が伝わってきた。掲載紙を探さなければならなかったのだが手立てがわからず、愚図愚図していると、友人が「信濃毎日新聞」に出ていると教えてくれた。漸く販売店を捜し出して、掲載紙を手に入れることが出来た。一二月二三日付の同紙には、編集部のリードが付けられていた。

「新刊書は大量に出るのに本が売れない。そんな空前の出版不況の中でも、いい本は優れた読み手たちの手にちゃんと収まっている。そんな読書人たちに、今年の収穫三冊を推薦してもらった」

以下は、加賀乙彦のコメントからの抜粋である。

①冬敏之著『ハンセン病療養所』（壺中庵書房）
①以前ハンセン病療養所に隔離され、差別と偏見のさなかで苦闘した人の、澄んだ文体で表現された貴重な短編小説集。

早速、新聞を持って冬敏之が入院している順天堂医院へ駆けつけた。岐阜から帰京するとすぐに、その足で順天堂医院に再入院していた。加賀乙彦の激励のこもったその記事を見て自信がついたのか、重病人は見る見るうちに息を吹き返した。

「冬さんには、褒め言葉がいちばんの良薬だね」

私が耳もとで語りかけると、無愛想な表情のまま、「ああ」とだけ答えた。

「もう一度、新聞を見せてくれないか」

そういって蒲団から手を差し出してきた。そして加賀乙彦の記事が載っているページを開き、食い入るようにして見つめていた。

一二月末、私は、「望年会をやりましょう」といって順天堂医院の病室から冬敏之を連れ出し、タクシーに乗せて京橋の「ざくろ」へしゃぶしゃぶを食べに行った。嘉子、私の妻、澤田章子も一緒だった。当初、私の無謀な提案に異を唱えていた嘉子も妻も、大乗り気になっている冬敏之の笑顔には逆らえなかった。

「この霜降りは美味いなあ」

今日か明日の命といわれている男が、大皿の牛肉を一人前分をぺろりと平らげ、一同を驚かせた。

二〇〇二（平成14）年の新年がやって来た。

順天堂医院を出て、所沢市にある埼玉西協同病院に転院したのは一月一二日のことである。肝臓がんの化学療法は體に負担がかかり過ぎる上、効果が期待できないといわれた。手術がどうのこうのという段階ではなかったのである。医師から見放されて、いわばあとは静かに死を待つだけのところに追い込まれていた。

どうにか一月は乗り越えたものの、二月に入ると容態が急変した。もはやこれまでかと観念しなければならない時が迫っていた。

青少年読書感想文全国コンクール表彰式へ

二月八日、東京・大手町の東京会館で「第47回青少年読書感想文全国コンクール」の表彰式が行われるという。全国学校図書館協議会長賞に選ばれたのは、「絶望の中から生まれたもの――『ハンセン病療養所』」を書いた神奈川県厚木市立森の里中学校三年生の佐藤美奈子、一五歳だった。

七日の夜、嘉子から電話がかかってきた。

「冬が明日どうしても表彰式に行くといっていますけど、どうしますか？　佐藤美奈子さんにお礼を言いたいんですって」

私は込み上げて来る笑いをこらえることが出来なかった。

「奥さんにどうしますか、といわれても困りますね」

私が笑い出すと、嘉子もつられたのか、オホホホと朗らかに声をあげて笑い出した。

私はこういうことになるのではないのかと、予測していたから、心の準備は出来ていた。私が笑ったのは、いかにも冬敏之のやりそうなことだと思ったからだ。

今は、感想文を書いてくれたその女子中学生のことで頭がいっぱいなのであろう。しかし、なにがなんでも出席する、と意気込んでいても、果たして明日生きているかどうかはわからなかった。なにしろ、一刻一秒が危うい重病人なのだ。

病院長は、「どうして生きているのか不思議です」といって首を捻っていた。医学では解明できないということなのか、どうしてもわからない、というのである。

冬敏之がいつだったか、「らい菌でぼろぼろになり、肝硬変、癌になってもまだ生きている。僕は簡単にはくたばりません。人間ではなくて昆虫みたいなものです」と、自慢とも自嘲ともとれることをいっていたことがある。

医師は、寿命を蠟燭に喩えるとすればとっくに燃え尽きているはずだ、というのである。ここまできたら、残された時間は本人の思い通りにさせてあげることだと思った。冬敏之が出席したいというのなら、そうさせてあげよう。そのためなら車の運転手でもなんでも、私にできることをやろうと思った。

冬敏之は、一四、五歳の子どもたちのこととなると、目の色が変わった。絶対安静のわが身を忘れて期待に応えようとした。明智中学校での講演会がそうだった。佐藤美奈子の入賞感想文は、事前に江刺記者から知らされていた。冬敏之は、どうしてもその女子中学生に会いたい、というのである。だが、ただでさえ消えかかっている蠟燭の火を無事に往復させてあげられるかどうか。體が持ちこたえられるかどうか、一寸先は闇だった。もし火が消えるようなことになったとしても、その後のことは、そのとき考えればいいのだ。

嘉子には、病院長から外出許可をもらってくださいと頼んだ。

アポイントもとらずに、いきなり表彰式会場に乗り込んだりすれば門前払いになるのが関の山だ。表彰式には、皇太子夫妻が臨席するというから警備も厳重なはずだ。私は一計を案じた。主催団体の毎日新聞社会部の江刺正嘉記者に手を貸してもらおうと思ったのだ。編集局に電話してみると運よく記者は在席していた。「冬敏之が佐藤美奈子さんに会いたがっているので段取りをお願いできませんか」と、持ちかけると二つ返事で引き受けてくれた。記事になると思ったのかもしれない。「特別室を用意しておきます」と、約束してくれた。

江刺記者とは、順天堂医院に入院していた冬敏之を取材に来ていた折、偶然鉢合わせしたのがきっかけとなって顔見知りとなった。ハンセン病国賠訴訟の集会や東京地裁で冬敏之が意見陳述に立ったときも、私は顔をあわせていた。ハンセン病問題を元患者の立場に立って一貫して追跡している熱血記者だった。発売前日、紙面に『ハンセン病療養所』出版の記事を書いてくれたのも江刺記者である。

「会場に到着したら、すぐにぼくを呼び出してください。特別室にご案内します」といってくれた。

八日の朝、埼玉西協同病院に到着してみると、病院長から特別許可が出ていた。冬敏之は、ベッドの中で眼を閉じていた。着替えは私が行った。着ていたパジャマを脱がすことからはじまった。パジャマは着古したものと見えて、脇の下が擦り切れて穴があいていた。私は、「なんて亭主に無頓着な女房なんだ」と向っ腹を立てた。入院している亭主に穴のあいたボロパジャマを着せている、とムカッとしたのだ。

「嘉子さん、新しいパジャマを着せてあげなさいよ」

するとすぐさま、嘉子が抗弁してきた。

「この人は新しいものは肌に擦れて痛いからいやだというのです。洗いざらしの木綿のものが気持ちがいいといって、破れていても捨てると怒るのです」

「そういうことだったのですか、それは失礼なことをいってすみませんでした」

それにしても穴のあいたパジャマを着せなくても、いろいろ手立てはありそうなものだと思ったが、それ以上、嘴を入れるのはやめにした。

白いワイシャツに腕を通し、ボタンを一つ一つ嵌めながら、気分はいかがですか、と冬敏之に声をかけた。嘉子は、ネクタイの締め方がわからないといって手を出さなかった。ネクタイも私が締めた。ズボンや靴下は嘉子が履かせた。

独身時代の冬敏之はいつも背広を着て、ネクタイを締めていた。あれは自分でやっていたのだろうか。これまではそんなことを考えたこともなかったが、曲がった不自由な手でどうやってネクタイを結んだり、解いたりしていたのか、それを思うとやるせなくなった。

病院長が見送りに出て来てくれた。

「途中で容態が急変したら、すぐに救急車を呼ぶようにしてください」

嘉子が病院長に何度もおじぎをしながらお礼をいっていた。それを見ていた冬敏之は、怒気を露わにして窓越しに声を荒げた。

「何を愚図愚図やっているんだ。早くしないと、式がはじまっちゃうじゃないか」

ところが、この日は道路が渋滞していてノロノロとしか進まなかった。有料道路の関越道に入ると更に渋滞が激しくなった。冬敏之のイライラはピークに達していた。

何という悲しみと怒りに満ちた目なのか。私は今までこのような目を見たことがない。テレビで「ハンセン病訴訟」のニュースを見た時、そこに映し出された患者の目を、私は今でも忘れることが出来ない。その目の持ち主は、いったいどれほどの苦しみや絶望を味わってきたのか。私は、彼等の過ごしてきた日々の重さを考えずにはいられなかった。(中略)
「らい予防法」という悲しい法律は、たくさんの患者達に死よりもつらい、超えられない苦しみ、悲しみを与えた。身を切られる寂しさを与えた。私はこの事を過去のあやまちだと切り捨て、無関心を装うことは出来ない。なぜなら『ハンセン病療養所』を読んで、今でも苦しんでいる人達がいることを知ったからだ。法律がなくなったからといって、いまだに差別や偏見が残っている現実を知ったからだ。一度植え付けられた偏見や差別を拭い去ることがいかに難しいかを知ったからだ。
しかし、私は悲観していない。木谷(註・小説「誕生」の主人公)の青い火が『ハンセン病療養所』を通して私の心に燃え移ったと同様、きっと四方八方に燃え広がっていることだろう。

私の青い火は私の手で私の周囲に伝えたい。まずあなたに。あなたから次の人へ。私には見える、青い火のリレーが。だから悲観していない。

（佐藤美奈子）

佐藤美奈子の書いた「絶望の中から生まれたもの――『ハンセン病療養所』」の一節である。女子中学生が、著書を読んでくれただけでなく、冬敏之が最も望む形で作品を的確に折り目正しく受け止めてくれたのだ。冬敏之が一目散に駆けつけて、少女に会いたいという気持ちがよくわかった。

心急く気持ちとは裏腹に、車は一向に前へ進まなかった。

東京会館に到着したのは開会時刻すれすれだった。駐車場には車椅子が用意されていた。江刺記者が手配してくれていたらしい。受付の前は黒山の人だかりができていた。ＶＩＰの警備員たちが隈なく目を光らせていた。式次第は既にはじまっていた。皇太子夫妻は既に着席していた。

受付嬢は、「名簿に冬敏之様のお名前はありません」の一点張りで事情を聞こうとすらしなかった。ここで待機していてください、といわれたが、そんな悠長なことはしていられないのです。この人は命がけで飛んで来たのです、すぐ佐藤美奈子さんに会わせてください、と食い下がった。

「とにかくここで待機していてください。責任者に相談して来ますから」

目つきの鋭い背広姿の男が、携帯マイクで何やら連絡していた。

「早くしないとこの人は死んじまうんですよ」

私は、興奮のあまり大声を発した。すると忽ちのうちに五、六人の警備員に取り囲まれてしまった。私は、車椅子の冬敏之を指さして更に大きな声で、佐藤美奈子の名前を叫んだようだ。警備員のひとりが、背広の襟の後ろに隠し持っている携帯マイクを使って何やらヒソヒソと話を続けていた。こんなところで愚図愚図していたら、本当に冬敏之は死んでしまうと思った。

関越道から首都高に入ったとき、後部座席に横たわっている冬敏之をチラッとふり返って見たときのことだった。寝顔がまるで雪でも降りかかったように蒼白になっていたのだ。

これは一大事だ、と悲鳴を上げそうになった。息遣いも聞こえてこなかった。

「ああ、やっぱりだめだったか」

蠟燭の火が消えたのだ。病院長のいっていた通り、ベッドでおとなしく寝かせておけばよかった、と後悔した。首都高を走行中だったため車を止める事も出来なかった。動顚している私の気配を察して、助手席に座っていた嘉子が、後ろ向きになって声をかけた。すると、「まだ着かないのか」という憮然とした声が返ってきた。

背中を小突かれて、振り返ると江刺記者が立っていた。

「こっちです、こっち」

人垣を強引に掻き分けて車椅子を進めると、特別室だという部屋に招き入れられた。VIPの控室を一時、拝借することにしたとのことだった。

車椅子のまま待つこと数分して、制服を着た女子中学生が笑みをたたえながら特別室に入ってきた。細面の大柄な中学生だった。佐藤美奈子は、冬敏之の前に膝をつき、名前を名乗った。一斉にカメラのシャッターを切る音がした。

佐藤美奈子と対面、握手する冬敏之(写真・浅尾大輔)

冬敏之は佐藤美奈子としっかりと握手をした。

「将来の希望は何ですか」

冬敏之の質問に対して、即座に、「医師です」との答えが返ってきた。すると今度は、おもむろに佐藤美奈子が冬敏之に問いかけた。

「失礼ですが、今はしあわせですか?」

「ハンセン病訴訟で勝利することが出来て、私の心はすっとしました。人生の前半は必ずしもしあわせではなかったが、晩年は佐藤さんのようなすばらしい人々との出会いが続き、幸福でした」

蒼白になっていた冬敏之の表情が紅潮していた。

森元美代治が、「冬さんはいざというときになると、底知れぬ力を発揮するのです」といっていたが、まさしくその通りだった。

翌日の「毎日新聞」、「しんぶん赤旗」にふたりが握手を交わしている写真と記事が掲載された。「毎日」の記事には、江刺正嘉の署名が入っていた。「しんぶん赤旗」の場合は一面のカラー版で扱われていた。死ぬか生きるかの境を越えて、少女に感謝と感激を伝えたいという、冬敏之の篤実な人柄に私は唯々脱帽していた。

慶応大学文学部の女子学生が、卒論に「冬敏之論」をやりたいと相談に現れると、親切に対応していた。

病室で行われた多喜二・百合子受賞式

嘗て、多磨全生園では葬儀となると「全生学園」の児童たちは野辺送りに駆り出された。冬敏之が、抹香くさいのと黒い服は大嫌いだ、といっていたが、それは、子どもの頃のその嫌な光景を思い出すためだった。

「僕が死んでも葬式はやらなくていい」

嘉子は黙って頷いていた。傍らでそれを私は聞いていた。墓地も自宅近くの霊園に購入してあり、墓石の工事も着工していた。死後、嘉子が困ることのないように手立てを尽くしていた。それらすべての計画を冬敏之自身の手で行っていた。

私が嘴を入れたのは、唯ひとつ、墓石銘を「冬敏之」にという提案だけだった。希望、愛、曙といった文言が候補に挙がっていたからである。冬敏之は私の提案を受け入れて、すぐさま石材店に変更の手続きをした。墓誌には、冬敏之（本名・深津俊博）一九三五年愛知県生まれ。代表作『ハンセン病療養所』と刻んだ。

二月一六日になって容態が急変した。冬敏之が苦しみ出したのだ。苦しみに耐えきれなくなったらしく、もうこれまでと思ったのか断食するといい、水さえ口にしなくなった。点滴も拒否した。延命処置はするな、と嘉子に厳命した。

「もういい。なにもするな。自然死する」

か細い息の下で、延命処置はするなといったその声を聴いたときの私の心持といったらなかった。医療人としての嘉子は、患者の希望を最優先する、それを信念としていた。

「はい」と返事すると、小走りにナースステーションに駆け込んで行った。

「兎に角、一度いい出したら人のいうことなど聞かない人ですから」

主治医も承認したと見えて看護師が三人、病室に来て忽ちのうちに点滴を外しはじめた。痛み止めのモルヒネ一本を残して持ち去って行った。

困ったことになった、と思った。

冬敏之にはまだやってもらわなければならない最後の仕事が残っていたからである。『ハンセン病療養所』が、日本共産党中央委員会が設けている二〇〇一年度「多喜二・百合子賞」の有力候補に挙げられていた。しかもその受賞はほぼ確定的と思われた。朗報は二日後、一八日の午前中に常任幹部会議での最終決定を待って、午後には授賞伝達の使者が病院にやってくることになっていた。「ざくろ」で望年会をやった折、「多喜二・百合子賞」のことが話題になった。私も澤田も、きっと大丈夫だと太鼓判を捺したのだが、冬敏之は、「僕なんか」といって、首を横に振った。

「当日まで、内密にしておいて下さい」と、知らせてくれた事務局担当者から口止めされていた。授賞の正式発表は二月二〇日、小林多喜二が築地警察で虐殺された命日に、「しんぶん赤旗」紙上に掲載されるとのことだった。

「文学は一生唯一の仕事」

若い日の日記に、冬敏之はそう書いている。虫の息になっていたとしても、受賞式まで持ちこたえてくれ、と祈るような気持ちでいたところに、断食宣言となったのである。

この一年、いつ死ぬんだろう、いつのことになるのだろう、そればかりを考えながら、冬敏之を見守ってきた。それはなんとも奇妙な感じなのだが、実は冬敏之も同じことを考えていた。だから死後のこともふたりで相談が出来た。私が葬式をやる、というとやらなくていいという。意見がぶつかっても、頑強に自説に固執することはしなかった。「あとのことは任せてください」というと、「葬式無用」と書いた遺言状をあっさり破棄してくれた。

ある夜、「哺乳類ではない。僕は爬虫類だから、尻尾を切られたくらいでは死にはしない。易々と死んでたまるか」といった。

しゃぶしゃぶの効果なのか、一月には、嘉子の運転する車に乗って、運転免許証の更新に出かけていた。

私は緊急事態に間に合うように、所沢市内の所沢第一ホテルに投宿することにした。所沢市内にある葬儀場の下見も済ませていた。冬敏之は、葬式はやるな、といったが、ハンセン病裁判の象徴的な存在になった今、身内だけで済ませましたというわけにはいかない、といって翻意を促したのだ。

一八日の午後、病室に「多喜二・百合子賞」の授賞決定の知らせをもって、使者がやってきた。冬敏之は、パジャマ姿のままベッドに横たわっていた。目を開けているのが辛いのか、目礼するとすぐに瞼を閉じた。

「お受けしていただけますか」

使者の問いかけに、蚊の鳴くような声で「はい」と答えた。二〇日の授与式は病室で行われることになった。

一介の友人でしかない私が出しゃばるのは口幅ったいとは思ったが、見てみぬふりはできなかった。このままでは、二〇日まで持ちこたえられないと判断、独断で主治医に点滴の再開を申し入れた。その後で、冬敏之にその旨を伝えると、「わかった」といって、了解してくれた。

二〇日の朝、静かだった病室が俄かに慌ただしくなった。新聞を見たといって受賞のお祝い電話がかかってきた。また医師や看護師、入院患者までもが、「おめでとうございます」といって病室を覗きに来た。

「しんぶん赤旗」に「授賞作品について」という選考結果が発表されていた。

この短編小説集に収められた作品は、『民主文学』に一九六八年から二〇〇〇年までの三二年間におよんで掲載されたものです。収録にさいして、作品の配列も工夫され、ハンセン病問題を作品化するうえでの作者の視野の広がりを感じさせます。作者は、書き始めた当初から、人間としての生き方をハンセン病問題と結びつけて描くという姿勢を一貫させており、本作品集は、そうした作者の仕事の集大成として、日本の近・現代文学の流れのなかで、ハンセン病患者を描いた文学世界の新しい達成といえます。(抜粋)

冬敏之に全文を読んで聞かせた。視力も落ちているらしく、新聞活字は霞んでしまって読めない、といったからである。

新聞記者からインタビューの申し入れがあったが、「とてもとても、ものがいえるような状態ではないから」と、いって断った。

てっきりパジャマ姿のままベッドで賞状を受け取ることになるだろうと思っていた矢先、冬敏之が口を開いた。

「背広に着替えさせてください」

セレモニーに臨むに当って、ネクタイ姿になるというのである。看護師たちの手を借りて仕度にとりかかった。骨が溶けてしまったかのようにぐにゃぐにゃになっていた體が、車椅子に乗るとしゃんとなった。ネクタイは私が結んだ。髪を整え、靴下を履き、よく磨かれた黒靴も履いた。その體は謎めいていた。いざというときになると思わぬ底力を発揮する、といっていた、森元美代治の言葉がまたしても甦って来た。

山口富夫・文化知識人委員会責任者（衆議院議員）が賞状を読み上げた。

病室のなかだけでなく、廊下にも受賞式を一目見ようとする職員らの姿があった。白衣姿の病院長も、病室の出入り口に立って見守っていた。

冬敏之は車椅子の上で賞状と副賞を受け取ったが、息が苦しいのか一言も発しなかった。かろうじて山口議員と力の抜けた痩せた手で握手を交わすのが精いっぱいだった。ともかくこれで受賞式は終わった。お礼の言葉を望むのは酷だと思った。なにしろ声が出ないのだ。するとまたしてもあり得ないことが起った。冬敏之が、やおら話をはじめ出したのである。

今回、思いがけなく、多喜二・百合子賞という名誉ある賞をいただくことができまして、心から光栄に思っております。

私は賞には縁のない人間でした。二一歳のときに書いた小説で佳作をもらったことがありますが、それ以後のことを考えると、ハンセン病というある意味では隔離された療養所のなかの、一角における文学ということで、賞をいただくにはちょっと離れすぎている、やはりそれも隔離のなかの一つと考えております。文学のなかでも差別があったわけです。

今回ははからずもハンセン病訴訟という裁判のなかで取り上げられました。病をかかえた私は、十分な活動ができませんでしたが、みなさんの力と大勢の方々の応援で勝てたことが何よりましてうれしいことでした。ありがとうございました。

「長い間、こつこつと努力して小説を書いてきました」といえば、恰好良すぎますけれど（笑い）、ほかにやることがなかったもので、それが一つにつながっていったのだと思います。

あまり華々しい人生でも何でもなくて、本当にしょぼくれた人生でしたが、みなさんに、あらためて感謝すること以外に言葉はございません。ほんとうにありがとうございました。

虫の息の下から、言葉を絞り出すようにして、大要、以上のような謝辞を述べた。推敲した原稿を読むように淀みのない静かでユーモラスに富んだスピーチだった。

謝意と礼節、冬敏之は自らの言葉で人生の喜びを締めくくった。

受賞式の後、お祝いなのか、病気見舞いなのか見極めのつかない来訪者で病室は賑わった。主治医もそして私も、「面会謝絶」にすべきだと思ったが、冬敏之は来客があるとニコニコ顔で出迎えていたので成り行きに任せた。

森元美代治が新良田教室時代の同級生とともにやって来たときのことである。

「冬さん、やったね、おめでとう。冬さんは高校時代から作家になると宣言していたけど、遂にやったね」

病室での多喜二・百合子賞受賞式
（写真・「赤旗」写真部）

ベッドの枕元に置かれていた多喜二・百合子賞の賞状を繁々と覗きこむようにして見つめていた。冬敏之は、蒲団の中からやおらやせ細った腕を抜き出して、シュプレヒコールでもするように握り拳を高々と上げて気炎をあげた。

「これからだよ、これから」

その威勢のよさに、これでまた蘇生するかもしれない、と期待を懐かせた。

だがそれからの日々は、人生の予定はこれですべて終わったとでもいうように、夢の中にいることが多くなった。

私は相変わらず、所沢第一ホテルから病院に通い続けていた。匙に小さく刻んだ苺をのせて、食いしん坊の口元に運んでやっても、反応しなくなった。

「何か言い残すことはありませんか」

耳もとで訊ねた。

「ある」

そのときばかりはびっくりするようなしっかりした返事が返ってきたが、それきりで、あとは何も言わなかった。力尽きていたのだ。

蠟燭はすでに燃え尽きていたのだ。すべてを燃焼尽くしたすがすがしい顔が、そのことを物語っていた。


受賞式から六日後、冬敏之は息を引き取った。

二月二六日午後六時八分だった。そのとき、鷲手といわれた冬敏之の冷たい骨ばった手を握りしめていた私の體のなかを、暖かくて気持ちのよい霊魂のようなものがさわやかに通り抜けて行った。

冬俊之は、一羽のひばりとなって、垂直にどこまでも天高くのぼっていった。

枕頭には、書きかけの皺のよった原稿用紙が残されていた。冬敏之は、最後の一瞬までペンを離さなかった。エッセイ「忘れ得ない人々」の構想があり、森田竹次、小笠原登、伊吹八重、島田等などについて書くと執念を燃やしていたが、果たせなかった。原稿の文字は乱れていたが、「森田竹次哀悼——光田健輔と闘った男」と読み取ることが出来た。

母・イマと同じく六七歳の昇天だった。

通夜、告別式は、所沢市のさがみ典礼・所沢葬祭センターに於いてしめやかに執行された。葬儀委員長・土井大助、参列者は一五〇名にのぼった。一人娘の敦子は、語学留学先の米・ロスアンゼルスから急遽帰国、父を見送った。厚は姿を見せなかった。多磨全生園でひとり、かけがえのない弟との永遠の別れをしていた、とのことであった。

参列者のなかに佐藤美奈子、一五歳の悲しみに潤んだ姿があった。冬敏之が「晩年の幸運」といって喜んだ、彼女の書いた感想文全文を、霊前で澤田章子が朗読した。明智中学校三年生一同、教職員一同からの長文の弔電は、「私たちは、冬さんの訃報に接し、全校が悲しみの中にあります」ではじまっていた。

長編小説「病み棄て」から生まれた遺稿「柊の花」

冬敏之の訃報や追悼記事は、朝日、毎日、読売、日本経済新聞、しんぶん赤旗ほか、各紙に掲載された。朝日の「惜別」欄に、映像センターの高波淳が記事を書いた。赤坂プリンスホテルの昼食会で写真を撮ってくれたカメラマンだ。高波は、佐藤美奈子の読書感想文に触れながら「冬さんが命をかけて闘った人間の尊厳への志は、確かに若い世代へと伝えられた」と書き、その死を悼んだ。同記事は、単行本『惜別―忘れ得ぬ人たち』（　年、主婦の友社刊）に収録されている。

　私は、葬儀が済んでからも埼玉県亀久保の家へ遺品整理のために出向いていた。冬敏之は、新良田教室時代に女子高生から貰った年賀状が余程嬉しかったとみえて、何年分かが保管してあった。書斎に積み上げられていた段ボール箱を私の家に運び込み、アルバイトを雇って整理した。その数、約一〇個、そこには小説「埋もれる日々」などの生原稿や中学時代からの日記、書簡類や掲載誌『山櫻』などが雑然と詰め込まれていた。その中に、一冊のアルバムが入っていた。社会復帰した新良田教室の同窓生たちは、誰もが病気を隠すために焼却してしまったという記念アルバムが包装紙に包んで大事そうに仕舞ってあった。


　遺稿「柊の花」（『民主文学』02年9月号）は、段ボールの中から見つけた長編小説「病み棄て」の一部分を抜き取り、「柊の花」と題して発表した。それは二〇〇〇（平成12）年秋、肝臓癌と宣告された頃に執筆していた作品だった。

「病み棄て」は、四〇〇字詰め原稿用紙二九二枚の未発表の長編小説であるが、一話完結のオムニバス形式となっていた。

　私は、年の暮れに、冬敏之遺作集『風花』（壺中庵書房刊）を出版した。収録したのは、「柊の花」「薄明り」「風花」「病み棄て抄」の四編である。「病み棄て抄」は、長編の冒頭部分の五〇枚である。長編「病み棄て」には題辞がつけられていた。題辞は「病み棄て抄」に、そのまま生かした。

「らい」処遇思想の二千年は、病とともに人も棄ててきた二千年である。醜いとされ、汚いとされ、穢れているとされて人々は棄てられてきた。人間の存在にとって、棄てられるということが、いかに根深い衝動であるかを、この象徴的な疾病は示している。

島田　等

長島愛生園の入所者でハンセン病の歴史を研究していた島田等（本名。島田八左衛門　一九二六〜一九九五）には、評論集『病棄て――思想としての隔離』（85年、ゆみる出版刊）、詩集『次の冬』（94年　論楽社）などがあり、『隔絶の里程　長島愛生園入園者五十年史』（82年　日本文教出版）をも編集している。

高校時代、狭い長島の中で、光田健輔の批判をしたり、悪口をいったりすれば、夜など物騒で独り歩きなど出来なかった、と冬敏之から聞かされていた。長島は、光田派と反・光田派が対立、内戦のごとき様相を呈していたが、絶対的多数派を占めていたのはいうまでもなく光田派だった。反・光田派の急先鋒は森田竹次であり、真理は常に少数派にあった。

島田等の『病棄て』が出版されたのは、冬敏之が五〇歳のときであり、九歳年上の島田は還暦を迎えようとしていた。六五歳となり、肝臓癌と宣告された冬敏之は、島田の著書に啓発され、題名もそのまま「病み棄て」として、最後の力を振り絞るようにして長編に取り組んだのだ。

かつて、家族や地域からしめだされ、居所をなくした患者は放浪乞食となって、橋の下や洞窟に隠れてその日その日を凌いでいた。女は手拭で瘢痕の顔を隠すなどして人目を避けた。辛い思いをしていた人々は、療養所に入ってほっとした、という。家族から切り離され、断種・堕胎という人権蹂躙の処遇を受けても、「終生隔離」によって命拾いをしたと受け止めた。そうした多くの患者たちは、強制収容・終生隔離政策を推進した光田健輔を「救らいの父」として尊敬していたのだ。

冬敏之自身、療養所でおとなしく一生を送るのも悪くないかもしれないと考えたことがある。だが殺されてもおとなしくしてはいられなかった。

「病み棄てにされてたまるか。おれは人間なのだ」

冬敏之は普段は口数の少ないもの静かな男だったが、時には烈火のごとく怒りを燃え上がらせることがあった。

「長靴の泥」に登場する園長の林田芳太郎のモデルが多磨全生園の林芳信園長であることは療養所の関係者にはすぐわかる。林園長は、ハンサムで人柄もやさしく男女を問わず人気もあり、高く信頼されていた。

小説とはいえ、冬敏之は「長靴の泥」で〝林田芳太郎〟を悪しざまに描いた。「土足厳禁」の校舎に雪解け道の泥の塊を落としながら闊歩し、思春期の「わたし」の顔を獅子様顔貌、ライオンフェイス、と名指しして、心を傷つけたからだ。

しかし、言葉に無頓着な人間がいた。林園長を知る人々から、「長靴の泥」は嘘を書いている、冬敏之は嘘つきだ、と批難が起った。

そのとき、冬敏之は、ひとこと、「言葉は大事です」といった。

中学時代の作文「言葉」の茶摘みのおばあさんの話を私は思い出さずにはいられなかった。批判や中傷に激昂せず、静かに、「言葉は大事です」という、そういうときの冬敏之もまた私は好きだった。

冬敏之の文学的半生は、「埋もれる日々」によって幕を開けたが、青年らしい気概をもち、ペン一本で人生の扉を大きく開いた。その人生は傷だらけだったとしても、幸福な一生だった、と私は信じている。運命に流されず、作家の道を邁進した〝反骨我流〟の一生だった。

冬敏之の墓は、埼玉県三芳町にある林や畑に囲まれた霊園に建っている。私は、「冬敏之」と刻まれた墓石の前に立ち、命日には、ゆかりの人々を招き、賑やかに「風花忌」をやりますから、愉しみにしていてください、と呟きながら線香に火を点けた。

そういえば、冬敏之はこいつが嫌いだったと気がついたが、私は白檀の香りが好きだった。生きているやつの勝ちである。

私は墓石が香煙で隠れてしまうほど白檀を焚いた。

頭上高くで、ひばりが声高らかにさえずっていた。

〈参考資料〉

冬敏之短編小説集『ハンセン病療養所』（二〇〇一年　壺中庵書房刊）
冬敏之遺稿集『風花』（二〇〇二年　壺中庵書房刊）
冬敏之随想&追悼集『風花忌』（二〇〇二年　壺中庵書房刊）
冬敏之『埋もれる日々』（一九七〇年　東邦出版社刊）
冬敏之『風花』（一九七七年　東邦出版社）
『北條民雄全集』（上巻・下巻　東京創元社刊）
『ハンセン病文学全集』（全10巻　皓星社刊）
全国ハンセン病療養所合同詩集『いのちの芽』（三一書房刊）
伊藤憲一『解放戦士列伝』（一九七四年　医療図書出版社刊）
ラディゲ　新庄嘉章訳『肉体の悪魔』（一九八四年　新潮社文庫版）
多磨全生園患者自治会編『倶会一処　患者が綴る全生園の七十年』（一九七九年　一光社刊）
栗生楽泉園患者自治会編『風雪の紋　栗生楽泉園患者五〇年史』（一九八二年刊）
栗生楽泉園入園者自治会編『栗生楽泉園入所者証言集（上）』（二〇〇九年　創土社刊）
ハンセン病国家賠償訴訟『ブリキの貨幣』（「らい予防法」違憲国家賠償請求訴訟弁護団・原告団）
森田竹次評論集『偏見への挑戦』（長島評論部会刊）
『ハンセン病と人権　長島愛生園のあゆみ』（福山市人権平和資料館刊）

遠藤周作『わたしが・棄てた・女』（二〇〇一年　講談社文庫版　第79刷）
沢田五郎作品集『その土の上で』（二〇〇八年　皓星社刊）
沢田五郎『とがなくてしす　草津重監房の記録』（二〇〇二年　皓星社刊）
沢田五郎『風荒き中を　ハンセン病療養所で送った青春』（二〇〇三年　皓星社刊）
清水寛編著『生きること学ぶこと』（一九九二年　創風社刊）
風見治『鼻の周辺』（一九九六年　海鳥社刊）
らい予防法研究委員会『ハンセン病の新しい知識』（一九六三年　全国国立ハンセン病患者協議会刊）
山陽放送「RSKイブニングニュース・新良田教室の歴史」ほか（撮影・編集　宮崎賢）
ドキュメンタリー映画「もういいかい　ハンセン病と三つの法律」（監督・高橋一郎）
冬敏之『「らい予防法」廃止への道』（月刊誌『ゆたかなくらし』一九九六年に全10回連載）
鶴岡征雄「小説・冬敏之」（『民主文学』二〇一二年五月号）
『海人全集』（上巻・下巻　一九九三年　皓星社刊）
『いのちの遺産　神山復生病院創立一一〇年』（一九九九年　財団法人神山復生病院刊）
写真集『趙根在写真集　ハンセン病を撮り続けて』（二〇〇二年　創風社刊）
荒井裕樹「文学にみる障害者像　松本清張著『砂の器』とハンセン病」
（月刊『ノーマライゼーション』二〇〇四年九月号）
大谷藤郎『ハンセン病資料館　小笠原登』（一九九三年　藤楓協会刊）
NHK日曜美術館「黒潮の画譜」『田中一村』（一九八五年　日本放送出版協会）
大場昇『やがて私の時代が来る――小笠原登伝』（二〇〇七年　皓星社刊）
東京新聞「世界と日本　大図解シリーズ№1148　ハンセン病」（二〇一四年五月二五日付）　ほか

初出誌

『季論21』２０１２年秋（18）号～２０１４年夏（25）号
２０１４年春（24）号は休載。連載時タイトル「冬敏之伝」。
単行本化にあたり、大幅に加筆・修正いたしました。

鶴岡　征雄（つるおか　ゆきお）
１９４２年茨城県龍ヶ崎町（現・龍ヶ崎市）生まれ。作家。日本民主主義文学会会員。大田文化の会事務局長。著書に短編小説集『夏の客』（本の泉社）、『私の出会った作家たち　民主主義文学運動の中で』（同）ほか。
壺中庵書房主として、冬敏之著『ハンセン病療養所』、同『風花』、冬敏之追悼集『風花忌』ほか編集・出版。大田文化の会事務局長として、長岡輝子、岡本文弥、高橋エミ、マルセ太郎、真弓田一夫、酒井広、熊澤南水の舞台をプロデュース主催公演。２００７年以降は、三上和彦とディキシーランドステイツのジャズ演奏会主催。

鷲手《わしで》の指《ゆび》—評伝《ひょうでん》冬敏之《ふゆとしゆき》

二〇一四年十一月一日　第一版発行

著　者　鶴岡征雄
発行者　比留川洋
発行所　本の泉社
〒113-0033
東京都文京区本郷二-二五-六
Tel ０３（５８００）８４９４
FAX ０３（５８００）５３５３
印刷　音羽印刷（株）
製本　難波製本（株）

ISBN978-4-7807-1186-8 C0093　Printed in Japan

本の泉社発行・発売
鶴岡征雄、冬敏之の既刊本

鶴岡征雄

定価1600円+税　46判上製　ISBN 978-4-7807-1163-9

私の出会った作家たち　民主主義文学運動の中で

梅崎春生、西野辰吉、金達寿、霜多正次、窪田精、小原元、松本清張、島尾敏雄、吉行淳之介、江口渙、戸石泰一、伊藤信吉、手塚英孝、冬敏之……文学運動半世紀！　心に残る多彩な作家・詩人たち。実感的回想

定価1905円+税　A5判上製　ISBN 978-4-8802-3651-3

夏の客

1958年の春、隅田川に架かる吾妻橋の袂でスケッチする若者に娼婦が声をかけた。売春防止施行前夜を背景に、娼婦に心を寄せはじめる青年の心理を描く「吾妻橋にて」など7編を収録した半自伝的短編小説集

冬　敏之

壺中庵書房刊　定価2381円+税　A5判上製　ISBN 978-4-88023-366-6

ハンセン病療養所

90余年にわたるハンセン病者への「強制収容・終生隔離」政策。戦時下、父・兄二人と共に幼くして療養所に入所させられた経験に基づく作品。人間の自由と尊厳を求めるすべての人々の魂をゆさぶる9編を収録

壺中庵書房刊　定価1905円+税　A5判上製　ISBN 978-4-88023-650-0

風花

「風花が舞っている」亮三は、墓石に向かって小さく呟いた。その声は、隣にいた洋子の耳にも届かなかった……。表題作ほか未発表作を含む3編を収録した遺作集